新 신사임당 윤순숙의
코리아 탈무드

新 신사임당 윤순숙의
코리아 탈무드

윤순숙 지음

차례

03 코리아 탈무드 윤순숙의 내 아이를 위한 투자법칙

04 코리아 탈무드 윤순숙의 성공투자법칙

05 코리아 탈무드 윤순숙의 비전

KOREA
TALMU

01

코리아 탈무드
윤순숙과
빌(Bill)플러스
투자회사

작은 일에
정성을 다하라

현재 우리나라 사람들이 가장 원하는 것 중의 하나가 대박일 것이다.

많은 사람들이 크게 성공하여 부자가 되길 원하지만 대부분 가장 중요한 원칙을 간과하고 있다. 바로 작은 일에 정성을 다하는 것이다. 사실 이 말은 고교 은사께서 내게 해주신 말이다. 나는 충주여자상업고등학교 출신이다. (지금은 한림디자인고등학교로 바뀌었다.) 사람들의 기대와 달리 이 학교를 졸업한 것이 내 학력의 전부다. 그렇다보니 그곳에서 만난 선생님이 나에게 해주신 말들이 내 배움의 전부였다. 하지만 그 말들은 어디에서도 배울 수 없는 삶의 철학을 담고 있었다.

'작은 것에 정성을 다하라.'

학력이 높고, 배운 것이 많은 사람들은 분명 흘려들었을 이 말이 그때의 나에겐 너무나 소중한 가르침이었다. 때문에 나는 그 말을 계속 복기하며 내 삶에 철저히 적용했고, 그것이 거름이 되어 현재에 이르게 되었다.

작은 것에 정성을 다하는 행위는 사람과의 만남에서 출발한다고 할 수 있다.

우리는 흔히 사람을 만나면 영혼 없는 칭찬을 하는데, 그런 칭찬은 상대방도 금세 알아채고 만다. 대신 구체적으로 맞춤형 칭찬을 해야 하는데 상대방을 잘 파악해야 하는 만큼 정성이 들어갈 수밖에 없다. 아주 작은 관심과 정성으로 상대방에 대한 맞춤형 칭찬을 해주었을 때 상대방 역시 나에게 호감을 갖게 되고 마음이 열리게 된다. 그리고 이것이 습관이 되면 설득력이 높아진다.

이는 상대방에 대한 대접으로 이어질 수 있다. 접대하려 하지 말고 대접해야 한다는 것이다. 상대에 대한 진지한 관심을 바탕으로 도움을 줄 때 더 큰 영향력을 발휘한다.

옷을 입을 때도 마찬가지다. 기업을 운영하거나 사람을 설득하는 것을 직업으로 하는 사람은 반드시 복장을 갖추어야 한다. 상대에게 자신의 전문성과 신뢰성을 보여주는 것이다.

특히 기업을 운영하는 사람들의 경우, 고객 혹은 직원에게 아주 작은 정성을 보였을 때 놀라운 변화가 일어나는 것을 경험할 수 있다.

월트 디즈니는 디즈니랜드를 설계할 때 항상 엎드린 자세로 바라보았다고 한다. 아이의 시선에서 모든 것을 보기 위해서였다.

디즈니뿐만이 아니다. 그곳에서 일하는 직원들 역시 디즈니랜드 무대 안에서와 밖에서의 삶이 같다. 하다못해 인형탈을 쓰고 연기하는 사람들조차도 무대 밖에서 사사롭게 행동하지 않는 것이다. 왜냐하면 모두가 디즈니랜드를 찾아온 사람들에게 꿈과 희망을 주는 사람으로서의 책임감을 갖고 있기 때문이다.

디즈니랜드에는 은퇴 후, 70세가 넘어서도 재고용되어 일하는 고용인들이 수두룩하다. 때문에 그곳에서 일하는 사람들은 '내 삶과 함께하는 기업이다'라는 공동체의식이 굉장히 강하다.

예를 들어 같이 일하는 누군가의 아이가 아파서 일을 하기 곤란해졌을 경우, 다른 동료들이 자신의 연차를 하루씩 양보해준다. 그러면 아이의 부모는 완쾌될 때까지 회사에 출근하지 않아도 되는 것이다. 이런 동지애는 공동체의 역량을 키워서 놀라운 자긍(自矜) 에너지를 발휘할 수 있다.

결국 당신의 성공과 실패를 좌우하는 결정적 요인은 아주 작은 정성과 변화에서 온다고 할 수 있다.

욕심을 버려라

세상의 모든 것은 자연의 조화다. 자연의 조화 없이 이루어질 수 있는 것은 아무것도 없다.

세상에 필요 없는 것은 없다. 심지어 우리를 깨무는 모기조차도 필요한 존재다. 잠자리가 유일하게 먹는 것이 모기 유충인 만큼 모기가 없으면 잠자리 역시 사라진다. 들쥐도 마찬가지다. 여우의 먹이가 되기 때문이다.

우리가 보기에는 쓸모없는 존재처럼 보여도, 어느 하나가 사라지면 생태계가 무너지는 위험에 처할 수 있다.

인간은 스스로를 으뜸이라고 생각한다. 단순한 동물들과 달리 인간은 복잡한 존재다. 그만큼 욕심도 많아 불필요하게 일을 크게, 많이 벌여놓고 감당 못하는 경우가 많다. 그리고는 일이 잘 안 되면 늘 다른 사람이나 주변 환경의 핑계를 대곤 한다.

"내가 저놈 때문에 힘들어 죽겠어."

하지만 실제로는 다 내가 만들어낸 일이다.

예쁜 꽃밭을 가꾸거나 잔디밭을 가꿀 때 잡초를 뽑아내야 꽃과 풀들이 정상적으로 자랄 수 있다. 우리 인생에서도 쓸데없는 잡초를 뽑아내야 한다. 그리고 단정하게 길러내야 한다. 너무 복잡하게 일을 벌여놓으면 늪에 빠져 쓰러질 수밖에 없다.

다이아몬드나 진주 같은 보석은 변하지 않기 때문에 비싸다. 하지만 그것들 역시 돈으로 환산 가능한 물질일 뿐이다.

반면 인간의 가치는 돈으로 환산할 수 없다. 그만큼 귀하기 때문이다. 그러나 자신이 귀한 존재인 줄도 모르고 소처럼 일만 하다 결국 지치고 만다.

욕심이 많으면 열등감에 빠지기 쉽다. '나는 그저 그래'라는 생각을 갖고 살게 된다.

노력하지 않고 성공하려 하고, 잘 웃지도 않으면서 좋은 인상을 갖길 원하고, 사랑을 주지도 않으면서 받으려고 한다. 이것이 모두 인간의 욕심이다. 우리에게는 '내려놓기' 연습이 필요하다.

한약방을 하는 100세 노인이 아침에 출근해서 환자를 보고 있었다. 사람들이 궁금해서 물어보았다.

"100세에도 그렇게 정정하게 일할 수 있는 비결이 뭡니까?"

어르신은 세 가지 원칙을 말해주었다.

"첫 번째, 마음을 편안히 해라.

두 번째, 남을 용서해라.

세 번째, 소식하고 운동해라."

남을 용서하라는 것은, 남을 미워하면 내 마음이 복잡해지니 빨리 용서하고 잊어버리라는 것이다. 잡초를 뽑아내듯이 남의 허물을 잊고 용서해야 마음이 편안해질 수 있다.

사람은 많은 것을 알고자 하는 욕심이 있다. 그러나 자신들이 얼마나 욕심이 많은지에 대해서는 전혀 인식하지 못하고 산다. 손에 가시가 박히면 불편하고 아프기 때문에 바로 알아차리고 바늘로 빼내려고 한다. 그러나 영혼에 박힌 가시는 빼낼 생각을 하지 않는다.

의사들은 자기 병원에서 수면내시경을 하지 않는다고 한다. 수면 상태에서 어떤 행동을 할지 모르기 때문이다. 자기도 모르게 화를 내거나 욕을 할 수도 있어 대부분 자기를 모르는 다른 병원에서 내시경을 받는다는 것이다.

타인을 향한 미움, 복수하고 싶은 생각, 이런 것들이 모두 마음의 가시다. 이런 것들을 빼내야만 영혼이 건강해지고 성공적인 삶을 도모할 수 있다.

'젊어서는 인생이 긴 것 같았고 늙어서는 살아온 인생이 얼마나 짧은지, 젊음은 두 번 다시 오지 않고 세월은 그대를 기다려주지 않는다. 이 몸뚱이 먹고 입는 세상에 분주하여 그 고운 얼굴 남몰래 주름 잡혔네. 인생이 어찌 하늘에 이르리오. 몸이 있다 하지만 오래지 않아 잠깐 머무는 것, 무엇을 탐하리오. 오늘은 오직 한 번뿐, 다시 오지 않으리. 오늘을 보람 있게 살자. 시간은 누구에게나 똑같이 분배되나니, 즐거우면 천 년도 짧을 것이요, 괴로우면 하루도 지루할 터.'

긍정의 힘이
성공을 부른다

조직행동심리학자인 킴 캐머런이 쓴 『긍정에너지 경영』에 의하면 일터에서 긍정적 분위기를 조성하는 것이 중요하다고 한다.

예를 들어, 어떤 회사에서는 암으로 죽어가는 한 직원이 치료를 받을 수 있도록 동료들이 하루씩 연차를 반납했다. 그리고 회사에서는 병에 걸린 직원에게 동료들이 몰아준 연차 기간을 적용해 죽을 때까지 급여를 지급했다. 이런 경우 회사에 대한 직원들의 공동체의식은 강해질 수밖에 없다. '우리 회사는 내가 병에 걸렸더라도 끝까지 책임지는구나'라는 믿음이 생기면서 그들은 회사를 더 이상 단순한 일터로 생각하지 않게 된다.

이런 원리는 국가조직론에도 적용될 수 있다.

옛날에는 국민들이 조국애, 민족애를 갖고 있었다. 그러나 지금은 그런 모습들이 많이 사라지고 있다. 하다못해 삼일절에 대한 관심과 의식도 점차 희미해지고 있다. 나의 조국에 대한 정체성이 긍정적이지 않으면 사고가 비뚤어져 불행해질 수밖에 없다. 또한 그런 사람은 다음 세대를 위한 고민과 행동을 절대 할 수 없다.

동료의식에 대해 조직이 보상하는 것은 어떤 지도자라도 반드시 반영해야 한다. 그런 것들이 긍정관계를 구축한다.

킴 캐머런이 볼링장에서 실험한 내용 또한 우리에게 흥미로운 사실을 보여준다. 그는 한 무리에게 스트라이크 장면을 보여주고, 다른 무리에게는 핀이 몇 개 남아 있는 장면을 보여주었다. 스트라이크 장면을 계속 본 사람들은 스트라이크 성공률이 높았고, 실패하는 장면을 본 사람들은 역시 스트라이크 성공률이 낮았다.

이것이 바로 긍정의 심리학이다.

감사, 지지, 도움, 수용, 긍정은 빛이다. 비판, 불인정, 불만족, 냉소는 어둠이다. 이것이 영성의 차이로, 놀라운 조직에는 긍정의 언어가 사용된다.

미국 병원에서는 암병동에서 일하는 의사보다 더 많이 교육시키는 사람이 청소부, 그 다음이 간호사라고 한다. 실제로 환자와 가장 많이 접하는 사람이 청소부이기 때문이다. 의사는 회진할 때 외에는 잘 볼 수 없고, 늘 보는 청소부가 던지는 긍정적인 말 한마디가 치료효과는 더 좋은 것이다.

청소부가 일을 하다 마주치곤 하는 환자에게 한마디 건넨다.

"어머, 어제보다 혈색이 더 좋아지셨네. 내가 환자분 같은 경우 많이 봤는데, 이 정도면 나을 수 있을 거예요."

이 말 한마디가 회복에 큰 영향을 주게 되는 것이다. 실제로 긍정적 훈련을 받은 의사와 간호사, 청소부가 배치된 병동에서 치료율이 높게 나왔다고 한다.

우리의 역사 한 토막에서도 이런 사례를 찾아볼 수 있다. 이지함 선생이 제자와 함께 역병이 도는 지역을 지날 때였다. 포졸이 금줄에 숯을 꽂고 사람들이 마을로 들어오지 못하게 막고 있었다.

길을 돌아가던 제자가 선생에게 물었다.

"선생님, 역병이 돌아서 저 마을 사람이 다 죽었는데 어떻게 저 포졸은 살아 있습니까?"

"저 사람은 어명을 받았기 때문일세."

제자는 어리둥절해 다시 물었다.

"어명 때문에 역병에 걸리지 않다니요? 그게 무슨 말씀입니까?"

"신 같은 존재인 왕에게 어명을 받은 공명심이 그를 살린 것이다."

그것이 긍정의 힘이다.

나폴레옹 역시 전쟁 중 동상에 걸린 병사의 발가락에서 자신의 입으로 진물을 직접 빨아낸 적이 있다. 감히 우러러볼 수도 없는 리더가 직접 그런 행동을 한 것은 조직에 긍정적인 힘을 실어주게 되었고, 그 장면을 본 병사들의 충성도는 하늘을 찌르게 되었다. 그 힘은 그들을 승리로 이끌었다.

조직에 긍정적인 에너지가 넘쳐흐르면 성공확률이 적은 일도 성사시키기 마련이다. 그런 조직은 반드시 성공할 수밖에 없다.

단순, 반복, 지속의
원칙을 지켜라

화살을 쏠 때, 처음에는 과녁 맞히기가 힘들다. 어찌 보면 당연한 일이다. 중요한 것은 그 다음이다. 과녁에 맞히기 위해서 계속 화살을 쏘다 보면 언젠가는 과녁 중심에 맞히는 날이 온다. 한 번 맞히는 데 성공하면 그 다음엔 두 번, 세 번 성공하게 되고, 나중엔 능숙하게 맞히는 날이 온다. 결국 과녁을 맞히려면 반복하는 수밖에 없다는 이야기다.

세상의 모든 일이 다 마찬가지다. 공부도 반복학습이 중요하고, 학생들을 가르치는 일도 반복하면 더 잘 가르치게 된다. 가수도, 운동선수도, 엔지니어도, 반복 없이 전문가가 되는 길은 없다.

주식투자를 배우는 것도 반복이다. 반복만큼 중요한 것이 없다. 수많은 사람들이 주식부자가 되기 위해 수많은 주식기법을 아주 복잡하게 배운다. 그러나 복잡하게 배울수록 더 주식을 못 한다. 하나만 알고 그것만 지속적으로 반복할 수 있다면 돈을 벌 수 있다.

물질의 주인이 되라

우리나라 사람들은 유교의 영향을 받아 배금주의 사상을 갖고 있다. 그러나 디아스포라 생활을 할 수밖에 없었던 유대인들은 물질의 주인이 되어야 민족을 지킬 수 있다는 사실을 잘 알고 있었다. 2,000년의 세월 동안 광야를 떠돌던 그들이었지만, 자기 민족의 언어를 지키고 풍속을 지키고, 랍비라는 종교적 시스템을 지켜낸 유일한 민족이 되었다. 그들은 13살 성인식을 치르면서부터 경제교육을 시킨다. 국가가 없는 유랑생활을 하며 늘 절대적 위기 상황 속에 살아야 했던 그들은 창의적으로 자활능력을 가르칠 수밖에 없었던 것이다.

그러나 우리나라의 교육은 다르다. 하다못해 부모가 일이 바빠 아이의 밥을 못 챙겨주게 되었을 경우에도, 다 준비해놓고 어떻게 먹을지까지 다 가르쳐준다.

프랑스 어머니들만 해도 아이들을 그렇게 양육하지 않는다. 그들은 보다 창의적이고 자립적으로 아이들을 양육한다. 아이들은 아침에 일

어나서 자기가 먹을 것은 알아서 챙기고, 먹고 난 그릇도 알아서 정리
한다. 학교도 가기 싫다고 하면 보내지 않을 정도다.

　돌이켜보면 창의교육과 경제의 주인되는 교육만이 빈부격차가 심해
지는 한국의 경제상황 속에서 살아남을 길이다.

KOREA
TALMUD

02

코리아 탈무드
윤순숙 이야기

억척 어머니의 현명함

가끔 그런 생각을 한다.

가정에서, 사회에서 성공적인 삶을 살고 있는 지금의 나는 지혜롭고 부지런하셨던 어머니의 성품을 물려받은 덕분일 수도 있겠구나 하고.

어머니는 원래 일본에서 태어나고 자라셨다. 그러다 외할아버지가 운영하던 비행기공장에 원자폭탄이 떨어지는 바람에 온 가족이 한국으로 돌아오게 된 것이다. 어머니는 윤진사댁 아들인 아버지와 중매로 만나게 되었고, 심성이 착한 아버지와 곱고 지혜로운 어머니는 부부가 되었다. 외할아버지에게는 불행한 사건이었겠지만, 그분의 사업에 닥친 위기가 있었기에 내가 태어날 수 있었던 것일지도 모르겠다.

그 당시 결혼한 여자들은 대부분 집안 살림을 맡아 하는 정도였지만 어머니는 농사까지 도맡아 하셨다. 정치 분야에 관심이 있으셨던 아버지는 당시 신민당 일로 늘 바쁘셨다. 집에도 막차를 타고 겨우 오실 정도로 늘 바빠서 농사에 신경 쓸 겨를이 없었고, 덕분에 농사일은 온전히 어머니의 몫이 되었다.

어머니가 농사를 짓던 작물은 땅콩이었다. 때문에 사람들이 나를 부를 때 '땅콩집 딸'로 부르기도 했는데 지금도 그때의 얘기가 나오면 농담처럼 이런 말을 하곤 한다.

"내가 데이터를 빨리 분석하고, 결과를 예측할 수 있는 능력을 갖게 된 것은 어쩌면 어릴 때 우리집에서 땅콩농사를 지어서일 거야. 그때 집에 늘 땅콩이 쌓여 있었던 덕분에 습관처럼 땅콩을 먹곤 했거든. 그 덕을 지금 보네?"

농사일이라는 것이 집 앞의 텃밭을 가꾸는 것과 달라서 짬짬이 할 수 있는 일이 아니다. 하루 동안 주어진 시간의 대부분을 투자해야 먹고 살 만한 결과물이 나오는 일이다. 때문에 농사일을 전담하신 어머니가 집안일도 도맡아 하시는 것은 불가능했다.

당연히 집안일은 내가 분담해서 할 수밖에 없었다.

어머니가 거친 황소를 끌고 밭으로 가면 나는 바구니를 들고 어른들을 따라 나물을 캐러 갔다. 재미있는 것은 내가 유난히 손이 빨랐던 덕에 나물을 다 캐고 내려올 때면 다른 아주머니들보다 내 바구니의 나물이 2배는 많았다.

물론 내가 맡아서 할 일이 나물캐기가 전부는 아니었다. 밑으로 동생이 세 명이나 있던 덕분에 챙겨야 할 일도 많았다.

학교를 마치고 집으로 돌아가면 소가 먹을 죽을 끓이곤 했는데, 그때마다 동생을 업고 해야 했다. 소죽을 다 끓이고 나면 이번에는 기저귀 빨기가 기다리고 있었다. 빨랫감을 가지고 냇가로 가면 이미 와서 빨래를 하고 있는 동네 아주머니들을 만나 수다를 떨기도 했다. 깨끗해진 기저귀를 가져와 집 마당에 쳐놓은 빨랫줄에 다 널고 난 후, 집안 청소까지 마치고 나면 그제야 공부할 시간이 생겼다.

가끔 그런 날도 있었다. 어머니가 일 때문에 외출해야 하는 날이면 막내 동생을 돌볼 사람이 없었다. 중요한 일이기 때문에 어머니는 외출하셔야 하고, 그렇다고 어린 아이들만 집에 둘 수도 없는 상황이라 어머니가 의지할 사람은 결국 나밖에 없었다. 그렇다보니 어머니는 학교에 가지 말고 집에서 셋째 동생을 돌봐달라고 하셨다.

하지만 나 역시 학교에 가는 것을 포기할 수 없었다. 무슨 수를 쓰더라도 학교에 가고 싶었던 나는, 결국 동생을 업고 십리 길을 걸어 학교에 갔다. 어찌 보면 내가 그렇게 할 수 있었던 것도 어머니께 물려받은 당찬 성격 덕분이었던 것 같다.

내가 어머니를 많이 도와드리기는 했지만 역시 농사일을 여자 혼자 해내는 것은 무리였다. 육체적, 정신적으로 많이 지친 어머니는 농사일을 그만두기로 결정하셨다. 바깥일 때문에 농사일에 도움을 못 주시던 것이 내심 미안하셨던 아버지는 어머니가 농사를 그만두자 온 가족을 데리고 충주 시내로 이사를 했다.

비록 농사짓는 것을 그만두긴 했지만 집에서 살림만 하고 계실 어머니가 아니었다. 어머니는 작은 구멍가게를 열었다. 땅콩농사를 지을 때도 인심이 좋아 동네 사람들에게 많이 나눠주곤 했던 어머니였다. 구멍가게를 운영하면서도 그 후한 인심은 여전했다. 더운 날, 가게 앞을 지나는 아이들이 더워 보이면 어머니는 아이들을 불렀다.

"애들아, 덥지? 이리 와 봐."

"왜요? 아줌마?"

"더우니까 아이스케키 하나씩 먹으면서 가."

어느 아이가 아이스케키를 마다하겠는가? 아이들은 신나게 가게로 몰려들었고, 어머니는 인심 좋게 아이들에게 아이스케키를 그냥 나눠 주었다.

"아주머니, 감사합니다."

"아주머니, 최고예요."

어머니는 아이들이 아이스케키 하나로 행복해하는 걸 보며 좋아하셨다. 하지만 그런 선한 인심이 영업에는 전혀 도움이 되지 않았다. 오히려 가게 수익구조는 적자로 돌아섰고, 결국 얼마 후에 가게는 문을 닫게 되었다.

그럼에도 불구하고 어머니는 장사를 포기하지 않았다. 이번에 어머니가 도전한 것은 쌀가게였다. 역시 이번에도 어머니는 모든 손님들에게 인심이 후했다.

"집에 아이들 있으면 밥 많이 먹을 텐데, 쌀 넉넉하게 드릴게요."

"젊은 사람들이라 밥 잘 먹어야겠네. 내 가득 퍼줄게요."

"일 열심히 하려면 밥을 든든히 먹어야죠. 쌀 좀 더 가져가요."

어머니는 손님들에게 쌀을 차고 넘치게 주곤 했다. 손님들은 좋아하며 돌아갔지만 가게 수익으로 이어지진 못했다. 하지만 어머니는 영업 방법을 바꾸지 않으셨다. 늘 사람이 우선이었던 어머니는 장사를 하더라도 내 돈을 챙기기보다 손님을 만족시키는 일을 하고 싶으셨던 것이다. 그렇게 넘치는 인심으로 운영되던 쌀가게 역시 이윤을 내지 못했고, 결국 문을 닫게 되었다.

그때 우리가 살고 있던 집은 도립병원 유과장님의 집이었다. 그런데 넷째 동생까지 생기다 보니 집이 너무 좁았다. 어머니는 좀 더 넓은 집을 하나 장만하기로 마음먹고 집을 구하러 다니셨다. 하지만 집을 구하는 일은 만만치 않았다. 여러 차례 장사에 실패한 탓에 남은 돈이 얼마 되지 않았던 것이다. 그렇다보니 마음에 드는 집을 골랐다 싶으면 돈이 부족할 수밖에 없었다. 그렇다고 돈에 맞는 집을 찾아가보면 영 마음에 안 드는 것이었다. 하지만 어머니는 맞는 집을 찾을 때까지 포기하지 않고 발품을 파셨다. 그리고 마침내 가격도 적당하고 마음에 드는 집을 마련하게 되었다.

하지만 그 덕에 나는 또 힘든 상황에 처했다. 하필이면 새로 얻은 집이 내가 다니던 학교에서 아주 멀리 떨어진 곳에 있었던 것이다. 초등학교 1, 2학년 때는 십리를 걸어, 가끔은 동생까지 업고 학교를 다니더니, 시내로 이사를 와서도 여전히 먼 길을 걸어 학교를 다니게 됐구나 생각하니 웃음밖에 안 나왔다.

그때는 너무 피곤하고 힘들기만 했는데 지금 생각해보니 그 또한 감사한 일이었다. 학교를 오가는 길이 멀었던 까닭에 생각할 시간이 많아졌고, 그 덕에 깊이 사고하는 습관을 들일 수 있었다. 뿐만 아니다. 공상할 시간도 많아졌다. 덕분에 이런저런 꿈을 꾸며 비전을 세울 수 있었다. 단단한 체력 역시 그때의 경험이 큰 몫을 했다. 학교까지 매일 먼 길을 걸었으니 따로 운동을 안 해도 저절로 체력이 좋아질 수밖에 없었다.

유능한 의사도 병원에서 집을 멀리 둔다고 한다. 집에서 병원 가는 사이에 그는 가상으로 수술 연습을 할 수 있는 덕에 병원에 도착하면 수술에 빨리 들어갈 수 있다는 것이다.

나 역시 학교를 오고가는 긴 시간 동안 인생을 설계했다. 그 시간, 나는 인생에 대한 꿈을 꾸었다. 아주 구체적으로. 덕분에 나는 좀 더 명확한 인생의 비전을 세울 수 있었고, 그것이 주춧돌이 되어 지금의 내가 될 수 있었다.

때문에 나는 지금도 단언할 수 있다. 이 세상에서 가장 중요한 것은 꿈을 꾸는 것이다. 단, 막연한 꿈은 안 된다. 구체적으로 꾸어야 한다. 그런 꿈은 반드시 이루어진다.

새로 세를 얻어 이사 간 집은 새로 지은 예쁜 집이었다. 우리 가족은 모두 만족하며 살고 있었다. 그런데 어느 날 집주인의 여동생이 어머니를 찾아왔다.

"어머니, 안녕하세요? 저 놀러 왔어요."

어머니는 여느 때처럼 반갑게 맞이했다.

"어머, 반가워요. 어서 들어오세요."

두 사람은 차를 마시며 담소를 나누었다. 그런데 다른 때와 달리 집주인 여동생의 표정이 어딘가 이상했다. 마치 할 말이 있는데 못 하고 있는 것 같았다. 뭔가 있음을 눈치챈 어머니는 다정하게 얘기했다.

"나한테 무슨 할 말이 있는 것 같은데 주저하지 말고 얘기해봐요."

잠시 머뭇거리던 여동생은 결심한 듯 입을 열었다.

"맞아요. 사실은 할 말이 있어서 찾아왔어요. 제가 겪어보니까 어머니는 너무 착한 분인 것 같아서, 도저히 제가 양심에 걸리는 일은 못 하겠더라구요. 사실은요, 이 집이 경매로 넘어갈 거예요. 그러니까 빨리 전셋돈 빼서 이사 가세요."

"아, 그랬군요. 알려줘서 고마워요."

어머니는 다음날 당장 집을 내놨다. 새로 지은 예쁜 집은 인기가 많았다. 당연히 내놓은 지 이틀도 안 되어 임자가 나타나 계약까지 일사천리로 이루어졌다. 그런데 하필이면 계약한 사람들이 신혼부부였다. 그래서인지 한시름 놓을 상황이었음에도 어머니는 다른 고민에 빠지기 시작했다. 다른 사람도 아니고 인생의 새 출발을 하는 신혼부부에게 넘긴 게 양심에 걸린 것이다.

어머니는 할 수 없이 신혼부부를 다시 불렀다.

"이 계약을 무릅시다."

신혼부부는 어리둥절했다.

"왜 갑자기 계약을 무르자고 하시는 거예요?"

여자가 물었다. 어머니는 솔직하게 사정을 얘기해주었다.

"사실은 이 집이 조만간 경매로 넘어갈 거예요. 그래서 나도 얼른 내놓은 것인데, 아무래도 첫 출발하려는 신혼부부에게 내가 몹쓸 짓을 해서는 안 될 것 같아요. 계약은 없던 일로 합시다."

그러자 이번엔 남자가 넙죽 절을 하는 것이었다. 어머니는 깜짝 놀랐다.

"아니, 갑자기 웬 절을…."

"평생 누님으로 모시겠습니다."

남자는 이렇게 말하며 어머니에게 고마워했다. 결국 신혼부부는 계약을 취소하고 돌아갔고, 어머니의 마음은 그제야 편해졌다. 하지만 집은 경매로 넘어갔고, 우리집은 경제적으로 또 손해를 보게 되었다.

우리 가족은 오래된 기와집으로 이사를 갔다. 그리고 이사 간 지 얼마 안 되었을 때, 낯선 여자가 집으로 찾아왔다. 모르는 여자를 경계할

법도 하긴만 어머니는 자상하게 물었다.

"무슨 일로 찾아오셨나요?"

"저는 바깥 분과 아는 사이인데, 돈 문제로 상의 드릴 일이 있어 찾아왔습니다."

그녀는 자신이 대학교수라고 소개했다.

"내가 바깥분에게 돈을 빌려줬어요. 그분이 ○○상회에 돈을 빌려준다고 그랬거든요. 벽지 파는 상회인데, 이번에 부도가 나고 말았어요. 그래서 이 집 바깥분에게 돈을 받으려고 연락을 했는데 도통 연락이 되질 않더군요. 사람들에게 물어보니 그분도 역시 돈을 받아내려고 상회 사람들을 찾으러 다니는 중이라고 하기에 제가 집까지 찾아오게 되었습니다. 혹시 남편분이 돌아오시거든 꼭 돈을 받아서 내 돈을 갚아달라고 전해주세요."

어머니는 기가 막혔다. 아버지는 벌써 며칠 채 집에 오가지도 않고 있는 상황이었는데 낯선 여자가 나타나 뜬금없이 꿔간 돈을 갚으라고 하니 말이다. 게다가 어머니는 아버지가 돈을 꾸었던 사실을 전혀 모르고 있었다. 여교수가 돈을 꿔줬다고는 하지만 그녀의 말뿐이었다.

당연히 어머니로서는 화를 낼 만한 상황이었다. 아버지에게든, 여교수에게든. 하지만 어머니는 속이 깊은 분이었다. 속이 상했을 법도 한데 오히려 다정한 말로 여교수를 안심시켰다.

"그렇군요. 그렇다면 교수님, 저희에게 시아버님이 물려주신 땅이 있습니다. 가진 것이라고는 그것이 전부이긴 하지만, 혹여 남편이 돌아와 교수님에게 빌린 것이 사실이라고 하면 땅이라도 팔아 돈을 갚아드리겠습니다. 그러니 걱정 말고 댁으로 돌아가 계세요."

여교수는 어머니의 눈을 응시했다. 과연 그 말을 믿어도 되는지 확신이 필요한 듯했다. 한동안 말이 없던 그녀는 결심한 듯 대답했다.

"알겠습니다. 그 말을 믿고 돌아가겠습니다."

그리고 여교수가 돌아간 다음날, 그녀에게서 전화가 왔다. 어머니는 빚 독촉을 하려는 것인가 생각했다. 하지만 수화기 너머에서 예상과 다른 말이 흘러나왔다.

"어제 사모님이 절 대해주신 모습이 너무나 인상적이었습니다. 다른 여자들 같았으면 '나한테 허락받고 돈을 빌려줬냐'거나, '당신과 내 남편과의 사이에 있었던 일을 어떻게 알겠냐'며 나 몰라라 했을 것이에요. 그런데 사모님은 그렇게 말하지 않고 가진 것을 가지고 갚아준다고까지 해서 감동받았습니다."

그리고 뜻밖의 제안이 이어졌다.

"사실 저에게 좋은 집이 하나 있어요. 전에 살던 세입자가 불을 내는 바람에 때마침 전부 수리를 해서 거의 새 집이나 다름없어요. 보니까 사시는 집이 너무 오래됐던데 가족과 함께 그 집에서 사세요. 집이 넓으니 거기서 하숙치면서 살면 좋을 거예요."

여교수는 어머니로부터 새 집에 이사를 가자마자 경매로 다시 옮길 수밖에 없었던 사연을 들었던 터라 이런 배려를 해주었던 것이다. 덕분에 이사 간 집에서 어머니는 하숙집을 운영하게 되었다.

얼마 후, 집으로 돌아온 아버지는 땅을 팔아 여교수의 빚을 갚았다. 그러자 여교수가 이번엔 아버지를 불러 새로운 제안을 했다.

"내 보기에 당신은 굉장히 부지런한 사람 같아요. 내가 가게 하나를 줄 테니, 영업을 해서 이익은 반씩 나눕시다."

그렇게 어머니는 하숙을 치고, 아버지는 장시를 하게 되었다. 하숙집은 아무리 인심이 후해도 망할 일이 없었다. 하숙집도, 장사도 이번엔 모두 성공적으로 운영되었다.

드디어 돈을 잘 벌게 된 부모님은 결국 여교수로부터 하숙집과 가게 모두를 인수했다. 아버지는 내가 결혼한 후 돌아가셨는데 아버지가 돌아가실 즈음엔 가게도 두 개가 될 정도였다.

나는 이 모든 결과가 어머니의 선한 마음과 지혜에서 비롯되었다고 생각한다. 사람을 미워하지 않고, 내 손해를 남에게 떠넘기지 않고 주어진 상황에서 최선을 다해 살아갈 때 결국은 좋은 열매들이 맺어질 수밖에 없는 것이다. 그런 삶의 지혜를 직접 보여주신 어머니. 그 어머니가 나에겐 최고의 스승 중 한 분이다.

봉사 할아버지의 소원

앞서 말했듯이 나는 윤진사댁 손녀딸이다. 할아버지 역시 인심이 넉넉하셔서 늘 사람들에게 대문을 활짝 열어놓으셨다. 그리고 찾아오는 사람들이 배불리 먹고 돌아갈 수 있도록 넉넉히 대접하곤 했다.

하지만 그분에겐 한 가지 규칙이 있었다.

"얼마든지 먹어도 좋지만 대변은 반드시 우리집에서 보도록 하시오."

농업사회였던 만큼 거름이 귀하던 시절이었다.

할아버지 댁에는 봉사 어르신이 살고 있었다. 그분은 할아버지 일에 조언을 해주는 역할을 하며 사랑방에 기거하고 있었는데, 할아버지는 돌아가시며 그분에게 땅도 조금 나누어줄 정도로 신뢰하셨다. 눈이 보이지 않는 처지에 농사를 지을 수 없었던 어르신은 사람들에게 소작을 맡기고 나름 편하게 사셨다.

하지만 어르신에게는 아직 이루지 못한 소원이 있었으니, 바로 눈을 뜨는 것이었다. 혼자 글을 쓸 수 없었던 어르신은 어린 나를 불러 대통령에게 도움을 요청하는 편지를 써달라고 했다. 나는 어린 마음에도 어르신이 대통령의 도움을 받아 눈 뜨는 수술을 할 수 있기를 바라며 정성스럽게 편지를 썼다. 하지만 답장은 없었고 어르신은 마음에 한을 안고 돌아가셨다.

그런데 어느 날, 어르신의 땅을 소작하던 농부 중 한 명이 편지를 들고 찾아왔다. 편지는 청와대에서 온 것으로 그 옛날, 어르신이 눈을 치료할 수 있게 도와달라고 청했던 편지에 대한 답장이었다.

편지에는 이렇게 씌어 있었다.

'… 전문가의 의견으로는 귀하의 경우 수술을 통해 시력을 회복할 수 있다고 합니다. 정부에서는 귀하의 치료비 절반에 해당하는 비용을 지원해드리고자 합니다.'

편지를 보낼 당시 어르신의 주소는 한 소작농의 집으로 등록되어 있었다. 그러다보니 청와대에서 보낸 답장이 소작농의 집으로 배달되었고, 편지를 열어본 소작농은 마음이 복잡해졌다. 정부에서 치료비를 절반만 지원해주면 나머지는 봉사 어르신이 내야 하는데, 그럴 경우 땅을 팔아 치료비에 쓸 가능성이 컸기 때문이다. 소작농 입장에서는 땅을 팔아버리면 당장 생계가 어려워질 처지였다. 때문에 소작농은 고민 끝에 편지를 감춰버리기로 결정한 것이었다. 소작농의 이기심 때문에 봉사 어르신은 소망을 이루지 못하고 세상을 떠났다.

가끔 그분이 살아 계신 동안 어린 나에게 해주신 말이 생각난다.

"너는 나중에 남편될 사람이 집으로 찾아오게 될 거야."

재미있게도 나는 정말 남편을 우리집에서 처음 만나게 되었다.

하숙집 손님과 어머니,
그리고 결혼

남편을 만난 것은 어머니가 하숙집을 운영하던 시절이었다.

아직 재래식 부엌에서 벗어나지 못하던 시절, 우리집은 입식부엌을 사용하고 있었고, 77평 규모에 마당과 큰 마루, 방 7개를 갖춘 꽤 좋은 하숙집이었다.

그는 내가 고2 겨울방학을 보내고 있을 즈음, 방을 구하러 우리집에 왔다. 이제 막 충주전문대에 합격한 남편은 집에서 통학하기 너무 먼 거리라 하숙집을 구하고 돌아가려고 했던 것이다.

하지만 어머니는 그가 대학생인 것이 마음에 걸렸다. 당시 어머니가 하숙을 주던 사람들은 대개 경찰청 계장 등 높은 위치에 있는 분들이었다. 그런 하숙생들은 바빠서 아침만 해주면 점심부터는 나가서 먹거나 하며 외식을 많이 하기 때문에 밥을 많이 차릴 필요가 없었다. 엄마 입장에서는 편하고 좋은 하숙생들이었던 거다. 그런데 대학생인 남편이 하숙을 하게 되면 학생 한 명 때문에 점심도 차려야 되는 등 번거로운 일이 많아질 터였다.

어머니는 그에게 이렇게 말했다.

"어쩌나, 하필이면 하나 남은 빈 방이, 보일러가 고장나버려서 학생을 들일 수가 없어요. 대신 내가 아는 다른 하숙집을 소개해줄 테니 거기서 방을 구하도록 하세요."

어머니는 하숙집을 운영하는 다른 친구의 집으로 그를 보냈다. 그러나 그 집에서도 역시 방이 없다는 핑계로 다른 하숙집을 소개해줬다. 마지막으로 찾아간 하숙집 역시 상황은 마찬가지였다.

남편의 본가는 충남이었다. 남편의 집에서 우리 동네까지 오려면 버스를 3번 갈아타며 7시간을 와야 할 정도로 먼 거리였다. 이 집 저 집을 돌아다니는 사이 밤이 되고, 본가로 돌아갈 차마저 놓친 남편은 다시 우리집으로 찾아왔다. 그리고 이렇게 말했다.

"보일러가 고장났어도 괜찮으니 방을 주세요."

순간, 어머니는 갈등했다. 언젠가는 대학을 가게 될 당신의 두 아들들이 생각났기 때문이다.

'언젠가는 우리 아들들도 대학을 가게 될 텐데, 만약 집에서 먼 대학이라도 다니게 되면 걔들도 이 학생처럼 하숙집을 구하러 다니겠지? 그런데 그 하숙집 아줌마도 나처럼 밥 차려주기 귀찮아서, 이 핑계 저 핑계 대면서 방을 안 주면 어떡해?'

생각이 여기까지 미친 어머니는 덜컥 겁이 났다.

'내가 이 학생에게 한 거짓말 때문에 우리 아들들이 벌을 받을 수도 있겠지?'

결국 마음을 바꾼 어머니는 남편에게 방을 주기로 했다.

"좋아요. 남은 방을 쓰도록 해요."

남편은 좋아하며 어머니에게 꾸벅 인사했다.

방을 계약한 남편은 집으로 내려갔다가 3월 3일 입학식에 맞춰 다시 왔다. 그의 형과 아버지가 같이 올라와 입학식에 참석했다가 내려갔다.

어머니는 손재주가 좋으셔서 늘 수를 놓거나 뜨개질을 하셨다. 겨울이면 자식들 옷을 직접 다 뜨개질해서 입힐 정도였다. 입학식이 있던 날도 어머니는 안방에서 수를 놓고 계셨는데 누군가 문을 두드리고 들어왔다. 남편이었다.

"오늘 입학식이 있어서 아버지와 형이 다녀갔는데 하숙집 아주머니 드리라고 형이 사과 한 박스를 사주고 갔습니다."

그때 나는 어머니와 반대편 끝에 등을 돌리고 앉아 TV를 보고 있었다. 시력이 나쁜 나는 TV 화면에 얼굴을 바짝 들이대고 있었다. 어려서부터 뭔가 하나에 집중하면 다른 것에 신경을 쓰는 성격이 아니었던 나는 그때 역시 TV에만 열중하고 있었다. 젊은 남자가 방에 들어왔어도 돌아볼 생각조차 하지 않고 있었다.

그런데 남편의 목소리가 들리기 시작했다.

"제가 사실은 서울대에 들어가려고 3년이나 도전했습니다. 그런데 이상하게 늘 떨어졌습니다."

그는 자신의 이야기를 풀어놓기 시작했다.

그는 충남 홍성 출신으로, 딸만 5명인 7남매 중 여섯째이자 막내아들이었다. 그러다보니 큰 형이 12살 때까지 업어줄 정도로 귀하게 자랐다. 물론 그가 대학생이 될 즈음엔 부모님이 연로해지셨다. 그가 3수를 하는 동안 부모님이 쓴 돈이 지게로 6~7짐은 되는 금액이었다.

3년째 서울대를 떨어지고 나니 부모님께 죄송해서라도 더 이상 재수를 할 수 없었던 그는 후기대학은 합격이 확실할 만한 곳에 지원하기로 결심하고 충주사범대 수학과에 원서를 넣으려 했다. 그러나 무슨 운명의 장난인지 원서를 접수할 때 쓰려고 준비한 돈을 모두 소매치기 당해버렸다.

결국 후기대학에 지원조차 못한 그는 예전 충주공업전문대 기계과에 입학하게 되었다. 연로하신 부모님이 돌아가시기 전에 어떻게든 대학에 들어가는 모습을 보여드리고 싶은 마음뿐이었다고 한다.

"그래서 결국 이렇게 아주머니 댁에 하숙을 오게 되었네요."

TV를 보며 자연스럽게 그 얘기를 듣게 된 나는 생각했다.

'저 사람 바보 아니야? 말 안 하면 아무도 모를 텐데, 굳이 자기가 3년 재수한 얘기까지 할 건 또 뭐야? 순진한 것 같기도 하고 바보인 것 같기도 하고. 저렇게 솔직하게 얘기하는 것 보면 심성이 착한 사람 같긴 한데 말이야.'

그리고 어떤 남자인지 얼굴이나 한번 보자는 생각으로 돌아보았다. 그런데 그의 얼굴을 본 순간 나는 깜짝 놀랐다. 고운 피부를 가진, 귀공자같이 생긴 사람이 앉아 있었던 것이다. 그는 내가 본 어느 영화배우보다 잘 생긴 남자였다. 지금도 사람들이 나에게 시집 잘 갔다고 할 정도다.

그런 그였으니 여자들에게 인기가 있는 것은 당연했다. 하다못해 내 절친한 친구조차 그에게 반했을 정도니 말이다. 같은 고등학교를 다니고 있던 친구는 학교를 마치면 늘 우리집에 들러 한참을 놀다 집으로 돌아가곤 했다. 나는 친구가 내 남편이 될 사람을 마음에 두고 있는지

는 새까맣게 모르고 그에 대해 물어볼 때마다 아무 의심 없이 대답을
해주었다.

"저 오빠는 뭐 하는 사람이야?"

"대학생."

"몇 살이야?"

"스물네 살."

"원래 집이 어디래?"

"충남이래."

친구의 질문은 한 번에 끝나지 않았다. 집에 놀러왔다 돌아갈 때면
또 다른 질문이 이어졌다.

"성격은 어때?"

"무슨 음식 좋아해?"

"애인은 있어?"

"어떤 여자 좋아한대?"

워낙 그런 쪽으로는 둔했던 나였다.

그런데 어느 날, 친구가 결심한 듯 나에게 말했다.

"나 저 오빠 좋은데, 네가 소개 좀 해줘."

"뭐? 너 그 오빠 좋아해?"

"응. 그러니까 네가 오빠한테 내 얘기 좀 잘 해줘."

나는 왠지 모르게 선뜻 그러겠다고 대답하지 못했다.

"하지만 난 그런 거 잘 못하는데…."

"그럼 이번 일요일에 오빠 데리고 우리집에 놀러 와. 나머지는 내가
알아서 할게."

친구는 내가 가장 좋아하는 찐빵으로 나를 꼬드겼다.

"내가 너 좋아하는 찐빵 쪄줄게. 응?"

친한 친구의 부탁에 나는 그러겠다고 대답하고 말았다.

그리고 일요일이 되었다. 그런데 정작 그를 보자 도저히 말이 떨어지지가 않았다.

"오빠….."

"왜?"

마치 내가 고백이라도 하는 것처럼 친구가 소개시켜달라고 했다는 말이 입 안으로만 맴맴 돌았다. 우물쭈물하는 나를 가만히 보고 있던 오빠는 이렇게 말했다.

"오빠한테 무슨 부탁 있니?"

그 말에 나는 대뜸 이렇게 대꾸했다.

"오빠, 나랑 어디 좀 갈래요?"

목적지도, 이유도 말하지 않고 어딘가로 가자는 나의 황당한 부탁에 남편은 아무것도 묻지 않고 고개를 끄덕였다. 나는 그 길로 남편을 데리고 친구 집으로 향했다. 친구는 당시 충주댐 수몰지구에 살았는데 집 앞으로 냇물이 흐르는, 경치가 아주 좋은 시골집이었다.

그와 함께 친구의 집으로 걸어가던 중 냇물에 뭔가 둥둥 떠내려오는 것이 눈에 띄었다.

"오빠, 저기 냇물에 뭔가 떠내려오는 것 같지 않아요?"

내가 손가락으로 가리키는 곳을 유심히 보던 그가 말했다.

"저거, 돈뭉치 같은데?"

"돈이요?"

나는 얼른 돈을 건져내야겠다는 생각에 바짓단을 걷고 냉큼 냇물 안으로 들어갔다. 그리고 젖은 돈을 그대로 주머니에 넣고 냇가로 나왔다.

여담이지만 나는 어릴 때부터 길을 가다 돈을 잘도 줍곤 했다. 아버지와 함께 친척집에 가는 길에도 성큼성큼 앞서 걷는 아버지의 뒤를 종종 따라가다 보면 길가에 떨어진 돈들이 눈에 띄는 것이다. 그러면 나는 얼른 돈을 주워 주머니에 넣고는 아버지에게 이렇게 말했다.

"아버지, 저는 아무래도 못 가겠어요. 혼자 가세요."

"아니, 왜? 어디 아프니?"

"네. 갑자기 배가 아파서 못 가겠어요."

아버지는 마지못해 내가 집으로 돌아가도록 허락해주셨다. 그러면 나는 집으로 신나게 달려가 어머니를 찾곤 했는데, 공교롭게도 그럴 때마다 어머니는 빨래하러 냇가에 가 계시곤 했다. 그래서 냇가로 가면 어머니는 동네 아주머니들과 함께 빨래를 하고 계시는 것이었다. 나는 누가 들을새라 어머니 곁으로 다가가 귓속말로 속삭였다.

"엄마, 내가 길에서 돈을 엄청 많이 주워왔어요."

"그래? 우리 딸, 좋겠네."

어머니는 이렇게 말하며 웃어주시곤 했다. 이런 일들은 종종 내게 크고 작은 재미를 주곤 했다.

지갑을 집에 두고 나간 어느 날이었다. 길을 걷는데 어디선가 붕어빵 굽는 냄새가 너무 맛있게 났다. 나는 속으로 이렇게 생각했다.

'어디서 1,000원만 생겼으면 좋겠다. 붕어빵 사먹게.'

그런데 정말 몇 걸음 안 가, 길에 떨어져 있는 1,000원을 발견한 것이다. 나는 그 귀한 1,000원으로 붕어빵을 사서 맛있게 먹었다.

이런 행운은 때로 내게 선물을 안겨주기도 했다. 백화점 경품 추첨에서 김치냉장고가 뽑히기도 하고, 50만원짜리 상품권을 타기도 했다. 김치냉장고 같은 경우는 시어머니께 선물로 드렸는데, 좋아하시던 모습이 지금도 눈에 선하다.

지금의 남편과 함께 친구의 집에 가던 길에서 또 돈을 줍게 되니 얼른 집으로 돌아가 엄마에게 보여주고 싶은 마음이 앞섰다. 덕분에 그에게 친구의 마음을 전해줄 용기가 생겼다.

나는 친구 집으로 향하던 그를 붙들었다.

"오빠, 친구 집에 가기 전에 할 말이 있어요."

"뭔데?"

그는 뭔가를 기대하듯 나를 응시했다.

"오빠, 내 친구가 오빠 좋대요. 사귀재요."

그 말을 들은 그의 눈에 실망하는 기색이 스쳤다. 잠시 생각에 잠기던 그는 뭔가 결심한 듯 내게 말했다.

"나는 네 친구에게 전혀 관심이 없어."

그는 잠시 말을 멈추고 나의 반응을 살피는가 싶더니 다시 입을 열었다.

"내가 좋아하는 사람은 바로 너야."

"네?"

생각지도 못한 고백에 나는 당황했다. 한번 말을 시작한 그는 마음속에 담고 있던 말들을 다 쏟아내기 시작했다.

"우리집 뒤에 밤나무하고 감나무가 있거든. 그 나무에 열매가 맺히려면 3년이 걸려."

나는 그가 무슨 말을 하려고 하는지 도무지 알 수가 없었다.

"그런데요?"

"나무에 열매가 열리면, 우리집으로 널 데려가고 싶어."

처음엔 당황해서 정신없던 나는 그의 말을 들을수록 생각이 명확해졌다. 나는 당돌하게도 그에게 나와 사귀기 위한 조건을 제시했다.

"만약 결혼을 전제로 만나고 싶다면, 나는 결혼해서 시부모님께 효도하고 사랑받으며 살고 싶어요. 혹시 부모님 모두 살아 계신가요?"

"당연하지. 연세가 많으시긴 하지만 어머니, 아버지 모두 살아계셔."

"나는 결혼해서 큰 집에 살고 싶어요. 그리고 나중엔 천 평짜리 집에 살 거예요. 내가 그런 집에서 살게 해줄 수 있나요?"

"그럼, 해줄 수 있어."

"좋아요. 그럼 생각해볼게요."

그를 얼마나 좋아하는지 잘 모르고 있었던 나는 그 정도로 대답해줄 수밖에 없었다. 얘기를 마치고 나자 친구가 떠올랐다. 그를 소개받을 생각에 가슴 설레고 있을 친구를 생각하니 미안한 마음이 가득했다. 그렇다고 이제 와서 집으로 발길을 돌릴 수도 없었다. 나는 그와 함께 친구 집으로 찾아갔고, 그는 친구에게 거절 의사를 전했다.

여름방학이 되었다. 하숙을 하는 대부분의 대학생들이 본가로 돌아가는 시기다. 그도 역시 짐을 챙겨 방에서 나왔다.

"어머니, 저 본가에 다녀오겠습니다."

"그래. 잘 다녀와."

어머니는 그를 다정하게 배웅해주었다. 한가해진 어머니는 부엌에서 마늘을 잔뜩 들고 나와 마루에 펼쳐놓았다. 어머니는 천천히 마늘을

까기 시작했고, 나도 옆에 앉아 도와주고 있었다. 그런데 집에 간다고 인사하고 나간 그가 얼마 지나지 않아 다시 집 안으로 들어섰다.

"어머니, 저 다시 왔어요."

"뭐, 놓고 간 게 있어?"

그런데 그는 대답 대신 어머니 옆으로 오더니 털썩 주저앉았다.

"마늘 까고 계셨네요? 제가 도와드릴게요."

하숙생이 집에 내려가 밥할 일이 줄었다고 좋아하던 어머니는 다시 돌아와 주저앉는 그를 보자 어리둥절할 뿐이었다. 한참을 마늘만 까던 그는 결국 어머니에게 속내를 털어놨다.

"저, 이번에 집에 내려갈 때 따님을 데려가고 싶습니다."

3년 후에 집에 데려가겠다던 그였지만 결국 못 참고 얼른 나를 어른들게 소개하고 싶었던 것이다. 어머니는 아직 그와 나의 관계를 모르고 있었다. 당연히 크게 놀랄 수밖에 없었다.

"뭐라고?"

그는 용기 있게 어머니에게 고백했다.

"저, 순숙이 많이 좋아합니다. 이번에 집에 데려가서 부모님께 소개 시키고 싶습니다."

다 큰 딸을 외간 남자의 집으로 보내다니 당연히 안 될 일이었다.

"아무리 그래도 그렇지. 다 큰 여자애를, 남자 집으로 보내 외박시키는 부모가 어디 있겠나?"

"제가 잘 데리고 다녀오겠습니다."

"안 돼."

아무리 사정해도 소용없었다. 어머니는 완고했다. 상황이 그쯤 되니 그도 고집을 부리기 시작했다. 그날부터 일주일 동안을 집에도 내려가지 않고 버티기 시작했다. 결국 엄마는 그에게 항복하고 말았다.

"내가 졌다. 본가에 윤숙이 데리고 가도 좋아."

그는 뛸 듯이 기뻐했다.

"어머니, 정말 감사합니다."

"정말 우리 애, 곱게 잘 데려갔다 와야 해."

"걱정 마세요. 어머니."

그나마 아버지가 출장중인 터라 집에 안 계셔서 가능한 일이었다. 엄한 윤진사댁 아들이었던 아버지와 달리, 어머니는 어려서 일본에서 자랐던 탓에 생각이 다소 개방적이었기 때문이다.

나는 예쁘게 옷을 입고, 엉덩이까지 내려가는 긴 머리를 찰랑거리며 그를 따라나섰다. 당시 일반 고등학교에서는 단발머리만 가능했지만 여자상업고등학교는 긴 머리도 허락되었다. 나 역시 평소 학교 다닐 때는 긴 머리를 땋고 다녔다. 그래서 하숙생들을 챙기느라 바쁜 아침이면 오빠가 엄마 대신 내 머리를 땋아주기도 했다. 하긴 어디 그뿐이랴. 교복에 다는 하얀 목깃도 다려주고, 학교 갈 때 빠진 물건이 없는지 챙겨주고, 자전거로 학교 앞까지 태워다주는 등 지극 정성이었다.

지금도 그렇지만 시골에서는 이웃끼리 워낙 잘 알고 지내다 보니 서로에게 관심도 많았다. 그를 따라 시골집으로 향하던 길, 동네 사람들을 만나면 그는 공손하게 나를 소개했다.

"제가 하숙하는 집 딸인데, 아직 고등학생입니다."

하지만 내 차림새와 긴 머리를 본 동네 사람들은 아무도 그 말을 믿지 않았다. 나를 본 사람들은 모이기만 하면 쑥덕였다.

"세상에, 그렇게 머리 긴 고등학생이 어디 있어?"

"아무래도 어디 공장에 다니는 아가씨 만나면서 괜히 그렇게 둘러대는 것 같아."

"아무리 봐도 고등학생은 아니야."

결국 소문은 그의 부모님 귀에까지 들어갔고, 그분들의 심기를 불편하게 했다. 당신들께서는 아들이 절대 거짓말하지 않는다는 것을 알고 있었지만 사람들의 오해가 마음에 걸렸던 것이다.

그의 부모님은 내가 고등학생인 것을 알 수 있는 사진을 보내라고 하셨다. 오빠는 내가 교복을 입고 찍은 사진을 한 뭉치 보내드렸고, 시부모님은 동네 사람들에게 사진을 보여주며 내가 학생인 것을 증명했다. 그렇게 우리는 양가 부모님의 허락을 받고 정식으로 사귀기 시작했다.

시간은 흘러 고등학교를 졸업하기 6개월 전, 나는 은행에 취직을 하게 되었다. 그러자 그가 아버지를 찾아갔다.

"아버지, 저 그 아가씨와 꼭 결혼하고 싶어요."

"그래. 나도 그 아이가 마음에 쏙 들더구나."

"그런데 큰일 났어요. 지금 그 아가씨가 은행을 다니고 있어요."

아버지는 그게 왜 큰일 날 일인지 전혀 이해하지 못했다. 그러자 그가 더 기가 막힌 얘기를 늘어놓았다.

"그 아가씨가 은행에서 벌 돈 몇 년 치를 아버지께서 해주시고, 아가씨를 지금 당장 데려오면 안 될까요?"

아버지 입장에서는 기가 막힐 얘기였다.

"뭐라고?"

"그 아가씨 밑으로 동생이 셋이에요. 은행 다니면서 동생들 다 가르쳐야 나에게 시집을 수 있대요. 그러니까 동생들 가르칠 돈을 아버지께서 미리 좀 해주세요."

3년이나 재수시켜서 대학에 보내놓고 나니, 장가간다고 신부 줄 돈을 달라 하니 환갑이 넘은 아버지는 기가 찼다.

"장가갈 때는 가더라도 공부나 마치고 가면 안 되겠냐?"

그는 단호하게 대답했다.

"안 됩니다. 혹시 그 아가씨가 대학이라도 가게 되면 다른 남자한테 뺏길지도 몰라요. 그러니 대학 가기 전에 결혼해야 합니다."

"그래도 그건 안 된다."

"아버지, 저는 그 아가씨와 결혼하지 않으면 안 됩니다."

"그래, 결혼해. 둘 다 학교 졸업하고."

"그렇게 기다리다 그 아가씨 놓칠 수도 있습니다."

하지만 아버지는 완강했다. 그런데 그가 갑자기 자기 머리를 벽에 박기 시작했다. '쾅, 쾅, 쾅.' 놀란 그의 아버지가 그를 뜯어말렸다.

"이게 무슨 짓이야. 당장 그만두지 못해!"

"아버지가 결혼허락 안 해주시면, 전 그냥 죽어버릴래요."

그는 원래 반항이라고는 할 줄 모르는 사람이었다. 그저 얌전하고, 조용하고, 착한 성품이라 이제껏 속 한 번 썩인 적 없던 그였다. 그런 그가 목숨까지 걸 정도로 간절함을 보이자 그의 부모님은 두 손 들 수밖에 없었다.

얼마 후, 그의 아버님이 한 보따리나 되는 현금다발을 안고 우리집에 찾아왔다. 우리의 결혼을 허락받기 위해서였다. 영문을 모르는 어머니는 그저 반갑게 어르신을 맞이했다. 그의 아버지는 어머니와 마주 앉은 자리에서 현금보따리를 앞으로 내밀었다. 당시 어른들은 현금만이 진짜 돈이라 생각하셨던 탓에 가볍게 수표로 바꿔서 들고 다닐 생각 같은 건 아예 하지도 않으셨던 것이다.

"이 돈을 받아주십시오."

한 보따리나 되는 현금을 주겠다니, 어머니는 깜짝 놀랄 수밖에 없었다.

"이 돈을 왜 주시려는 건가요?"

"우리 아들이 따님을 간절히 원합니다. 사정을 듣자하니 따님이 은행에 다니며 번 돈으로 동생들 학비를 대야 한다더군요. 따님이 은행 다니면서 벌 돈을 드릴 테니 따님을 지금 우리에게 주십시오."

시아버지의 뜻을 곡해한 어머니는 버럭 화를 내셨다.

"지금, 내 딸을 돈 받고 팔라는 말입니까?"

"아니, 제 뜻은 그게 아니고….”

이미 화가 머리끝까지 오른 어머니는 시아버지의 변명을 들을 생각도 없었다. 어머니는 돈보따리를 집어 마당에 던져버렸다. 마치 바람결에 날아온 꽃잎처럼, 그렇게 지폐들이 마당에 흩날렸다. 망연자실하게 그 모습을 바라보는 시아버지를 향해 어머니는 선포하듯 말했다.

"우리 딸은 아직 시집 못 보냅니다!"

시아버지는 돈보따리를 들고 다시 시골로 내려가셔야 했다.

얼마 후, 그에게 입영통지서가 날아왔다. 결혼허락도 못 받은 상태로 입영해야 하는 그의 마음은 천근만근이었다. 하지만 어쩔 수 없는 노릇이었다.

그는 논산훈련소에 입소했다. 그가 그나마 다행이라고 생각한 것은 방위 판정을 받은 덕에 20여일의 훈련을 받기만 하면 다시 밖으로 나올 수 있는 상황이었기 때문이었다. 아주 어릴 때 폐병을 앓았던 전력 덕이었다. 나는 사실 훤칠한 외모에 건강하게 생긴 남편이 방위 판정을 받은 것이 내심 아쉬웠다. 남자 입장에서는 다르겠지만, 그때 나는 남자라면 씩씩하게 군대를 다녀와야 한다고 생각했었다.

그가 눈물을 머금고 훈련소에 입소한 지 얼마 안 되었을 때다. 헬쑥한 얼굴을 한 그가 긴머리 가발까지 쓰고 집으로 찾아왔다. 그를 본 어머니는 깜짝 놀랐다. 그도 그럴 것이 머리를 밀고 훈련소에 들어간 지 얼마 지나지 않았기 때문이었다.

"아니, 자네 어떻게 여기 있는 거야?"

"저, 순숙이가 너무 보고 싶어서요."

그의 말에 어머니는 가슴이 아파왔다. '결국 탈영까지 했구나. 이러다 남의 자식 인생 망치게 생겼네' 하는 생각에 결국 어머니는 마음을 바꿔 그에게 말했다.

"훈련만 무사히 마치고 돌아오면 바로 약혼식을 올려주겠네. 그러니 걱정 말고 가서 훈련 잘 받고 오게."

뜻밖의 말에 그는 너무나 기쁜 나머지 어머니에게 절까지 했다.

"어머니, 감사합니다. 감사합니다."

하지만 탈영은 순전히 어머니의 오해였다. 내가 너무나 보고 싶었던 남편이 상사를 찾아가 부탁을 했던 것이다.

"사랑하는 사람이 너무 보고 싶습니다. 너무 보고 싶어서 온몸이 아플 지경입니다. 나가서 한 번만 보고 오면 누구보다 열심히 훈련받겠습니다.”

사실 말도 안 되는 부탁이었다. 보통의 상사였다면 오히려 욕을 먹고 벌을 받았을 것이었다. 그러나 그의 간절함을 알아준 상사는 어디선가 가발까지 구해다주었다. 그리고 집에 무사히 다녀올 수 있도록 조언까지 해주었다.

“이 가발을 쓰고 가서 색시 보고 와. 단, 절대 버스 타지 말고 기차만 타고 가도록 해.”

당시는 헌병대들이 버스 검문을 자주 하던 시절이었기에 그의 조언은 아주 유용했다. 상사의 도움으로 집에 올 수 있었던 그는 어머니에게 결혼허락까지 받아 홀가분한 마음으로 훈련장으로 돌아갈 수 있었다. 그는 훈련을 무사히 마치고 돌아왔고, 우리는 약혼식을 치렀다.

어머니는 그의 짧은 머리가 마음에 걸렸던지, 미용실까지 데리고 가 그 짧은 머리를 파마까지 시켜주었다. 꼬불꼬불한 그의 머리가 웃길 법도 했는데, 내 눈에는 그저 멋있고 듬직한 왕자님처럼 보였다.

시댁에서는 여러 개의 목걸이와 반지, 팔찌 등을 약혼 패물로 선물해주셨다. 그야말로 넘치는 선물이었다.

약혼 기간은 그리 오래가지 않았다. 내가 고등학교를 졸업하자마자 결혼했기 때문이다. 그리고 지금까지 오랜 세월, 우리는 부부로 살고 있다.

남들은 부부가 오래도록 같이 살다 보면 사랑이 식기도 하고 지겨워지기도 한다지만, 내게는 그럴 일이 없었다. 그의 자상하고 따뜻하고, 배려 넘치는 모습에 변함이 없었기 때문이다. 멋스러운 외모도 변함이 없다. 지금도 양복을 입으면 제대로 맵시가 날 정도니 말이다.

그를 바라보고 있을 때면 내 인생 최고의 축복은 바로 남편이라는 생각이 든다. 그와 결혼한 덕에 자랑스러운 내 아이들을 낳을 수 있었다. 그와 결혼한 덕에 시부모님에게도 넘치는 사랑을 받을 수 있었고, 그가 사랑해준 덕에 힘든 세상살이 가운데서도 행복할 수 있었다. 그의 지혜로움 덕에 내가 어리석은 욕심을 부리지 않을 수 있었다. 그처럼 든든한 기둥이 나를 지탱해주었기에 지금의 내가 있을 수 있는 것이다.

그는 아내 사랑과 자식 사랑이 깊은, 최고의 남편이다. 내가 가장 존경하는, 세상에서 가장 훌륭한 사람, 그가 나의 남편이다.

사업의 밑천은
성실과 정보력이다

남편은 대학 졸업 후, 교수님 추천으로 회사에 입사하게 되었다. 어느 날, 아주버님이 나에게 전화를 하셨다.

"제수씨, 우리 막내아들 공부 좀 1년만 가르쳐주세요. 애가 중3인데, 저러다 고등학교도 입학 못할 것 같아요."

"당연히 도와드려야죠. 그런데 혼자 결정할 수는 없으니 남편과 상의해볼게요."

그도 그럴 것이 나와 남편은 충주에 살고 있었고, 아주버님은 서울에 살고 있었다. 조카의 과외를 하게 된다면 시아주버님 댁에 들어가야 했고, 남편은 직장이 충주에 있는 만큼 1년 동안 서로 떨어져 살아야 하는 상황이었다.

"여보, 어떡하죠?"

남편의 고민은 길지 않았다.

"당신과 1년이나 떨어져 사는 것은 너무나 힘든 일이지만, 조카를 모른 척할 수는 없잖아. 우리가 좀 희생하자고."

나는 결국 남편과 떨어져 1년 동안 아주버님 댁에 들어가 조카의 공부를 맡게 되었다.

중학생인 조카는 저녁 7시 반이 되어서야 집에 돌아오곤 했다. 그러면 그때부터 공부를 시작해 새벽 1시나 되어서야 수업이 끝났다. 그리고 또 다음날이면 저녁 7시 반에 조카가 돌아올 때까지 나의 무료한 기다림이 계속되었다. 그러다보니 자연스럽게 형님이 하는 부업에 눈길이 갔다.

"형님, 그거 뭐예요?"

"어, 부업으로 하는 거야."

신부 면사포에 구슬을 다는 작업이었다.

"형님, 저도 해봐도 돼요?"

"그럼, 물론이지. 심심하면 동서도 같이해."

나는 형님이 하는 대로 하나하나 구슬을 꿰었다. 그런데 그렇게 만들다 보니 속도가 너무 더뎠다. 작업을 계속하며 궁리하던 나는 한 번에 구슬을 많이 달 수 있는 묘안을 생각해냈다.

"형님, 제가 한 번에 구슬을 많이 달 수 있는 방법을 생각해냈어요."

"그래? 그럼, 일단 한번 해 봐. 그 방법이 통하면 나도 그렇게 하게."

내 아이디어대로 구슬을 달아본 결과 형님이 만든 양과 31배의 차이가 났다.

"우와, 동서 대단한데! 나도 당장 방법을 바꿔야겠어."

결국 내 방법대로 작업방식을 바꾼 형님은 1년 동안 부업으로 꽤 좋은 수입을 올릴 수 있었다.

그렇게 1년이 지나고 조카는 무사히 고등학교에 입학하게 되었다. 나는 다시 사랑하는 남편이 있는 내 집으로 돌아왔다.

그런데 어느 날, 낯선 여자에게서 전화가 왔다.

"윤순숙씨 되시죠?"

"네, 그런데요?"

"나는 순숙씨가 하던 부업을 관리하는 사람이에요."

내가 하던 부업은 원래 무역회사에서 직원들에게 하청을 주는 방식으로 진행되던 것이었다.

당시 부업의 하청을 도맡아하던 사람은 사장의 운전기사였는데, 회사 생산부에서 일거리를 주면 운전기사의 부인이 부업 일꾼들을 고용해서 일을 맡기고 관리하는 방식이었다. 모든 재료는 회사에서 다 제공해주었기 때문에 부업하는 사람들은 그것으로 완제품을 만들어내기만 하면 되었다. 나에게 전화를 건 사람은 바로 그 운전기사의 부인이었다.

"네. 무슨 일이시죠?"

"순숙씨가 일을 너무 잘해서 계속 해줬으면 해서요."

"하지만 제가 사는 곳이 지방이라 곤란한데요."

"나한테 방법이 있어요. 물건을 서울 마장동에서 버스 편으로 부치고 그쪽으로 연락을 줄 테니까, 순숙씨는 시간 맞춰 그쪽 터미널에 나와서 버스기사에게 물건을 받으면 돼요. 다 된 물건도 그런 식으로 올려 보내면 되고. 어때요?"

내가 가르쳐준 방법으로 형님이 훨씬 많은 양을 작업할 수 있게 된 것을 알게 된 그녀는 나를 놓치기 싫었던 것이다. 곰곰이 생각해보니

할 만하다 싶었다.

"좋아요. 하겠습니다."

그 이후, 터미널에서 버스기사를 통해 물건을 주고받는 방식으로 임가공 부업을 계속하게 되었다.

나는 무슨 일이든 대충하는 것을 싫어한다. 아무리 작은 일이라도 성실히, 열심히 해야 한다. 부업도 마찬가지다. 나는 부업이라는 말이 무색할 정도로 열심히 했다. 그러다보니 문득, 아무리 열심히 해도 하루 동안 내가 만들어낼 수 있는 양에 한계가 있다는 생각이 들었다. 양이 한정적이면 수입에도 한계가 있을 것이었다.

나는 하루 동안 온전히 부업에 매달릴 수 있는 시간을 계산해보았다. 하루는 24시간, 그 시간 중 집안일하는 시간과 잠자는 시간을 제외하고 남는 시간이 일할 수 있는 시간이었다. 한 시간 동안 만들 수 있는 물건의 양과 받을 돈을 계산하니 한 달에 벌 수 있는 돈이 계산되었다. 나는 수입을 늘릴 수 있는 방법에 대해 고민하다 부업 일꾼을 고용해 생산량을 늘리기로 했다.

나는 다음날 아침 대문 앞에 이렇게 써 붙였다.

'부업 있음.'

얼마 후, 부업을 배워보겠다며 집으로 두 명의 여자가 찾아왔다. 뚱뚱한 여자와 조그맣고 날씬한 여자였다.

"밖에 부업 있다고 붙어 있는 것 보고 왔는데요."

"이런 부업 해본 적은 있어요?"

"아니오. 처음이에요."

두 사람 모두 처음이었다. 그런데 유독 뚱뚱하고 둔해 보이는 여자를 보니 '저렇게 뚱뚱한데 오랫동안 앉아서 이런 걸 제대로 만들 수 있겠어?' 하는 의구심이 들었다. 하지만 처음 찾아준 일꾼인 만큼 나는 성심성의껏 물건 만드는 방법을 잘 가르쳤다. 그리고 물건을 주며 일주일 후에 가져오라고 했다.

다음날, 일을 가져간 여자들이 다시 찾아왔다. 나는 그녀들이 일을 못 하겠다고 말하러 온 거라 생각했다. 그런데 벌써 물건을 다 만들어 온 것이었다. 그것도 얼마나 잘 만들었는지 내가 그동안 해왔던 물건이 부끄러울 정도였다. '나는 머리는 있지만, 손재주가 없구나' 하는 생각이 들었다. 그리고 겉모습만 보고 사람을 판단하면 안 된다는 생각을 하며 반성도 하게 되었다.

내가 하청받아 만드는 모든 물건은 사실 해외로 수출되는 물건들이었다. 수출품은 무엇보다 정확한 날짜에 정확한 수량을 맞춰주는 것이 중요하다. 나는 수출품 날짜를 맞추기 위해 일주일에 4일 정도는 밤을 새며 일해야 했다.

그날도 다음날 아침 9시 30분까지 물건을 맞춰놔야 하는 상황이었다. 그렇게 급한 상황일 경우에는 일하는 사람들의 집을 돌아다니며 직접 물건을 수거해오곤 했다. 부업 일꾼들이 물건을 만들어 가져오기까지 하면 오고가는 시간이 소비되기 때문이었다. 차라리 그 시간에 그들이 물건을 하나라도 더 생산하는 것이 내게는 훨씬 유리했다.

일하는 사람들의 집을 돌며 완성된 물건들을 수거하다 보니 마지막 집에 이르렀을 때는 어느새 날이 저물었다. 집 안으로 들어가니 물건 재료들이 바닥에 즐비했고, 한쪽에 완제품들이 쌓여 있었다. 그녀는 손으로는 계속 물건을 만들며 미안한 듯 내뱉었다.

"어떡하죠? 아직 좀 더 만들어야 할 것 같아요."

"그래요?"

나는 얼른 완성된 물건들의 개수를 헤아렸다. 내가 거들어 같이 만든다고 해도 몇 시간은 더 걸릴 것 같았다. 그녀는 마치 큰 잘못이라도 한 양 미안한 듯 나를 걱정했다.

"어떡하죠? 시간이 좀 걸릴 것 같은데…. 차 시간 괜찮겠어요?"

"막차 타면 될 거예요. 걱정 말아요."

자가용이 없던 처지라 버스를 타고 물건을 수거하러 다니던 시절이었다. 그런 처지를 잘 알기에 내가 집으로 돌아갈 길을 걱정해준 것이다. 그래서인지 그녀는 더 속도를 내기 시작했고 막차시간에 맞춰 버스정류장에 도착할 수 있었다. 정류장에서 버스를 기다리는 사람은 나밖에 없었다.

깊은 밤, 아무도 없는 버스정류장에 홀로 서서 하늘을 올려다보았다. 유난히 검은 밤하늘이었다. 오랜만에 별을 보고 싶었는데 어느 곳에도 별이 떠 있지 않았다. 순간, 외로움이 밀려왔다. 남편이 보고 싶었다. 그가 곁에 있다면 하늘의 별따위 떠 있지 않아도, 아무리 무거운 짐이 손에 들려 있어도 외롭게 느껴지지 않았을 텐데.

갑자기 코끝에 물방울이 떨어졌다.

톡.

가슴이 덜컹했다. 빗방울이었다. 우산도 없이 손에 짐만 한가득인데 비라도 오면 큰일이었다. 아니나 다를까 또 다른 빗방울들이 내 얼굴 위로, 어깨 위로 떨어져 내렸다.

후두둑, 후두둑.

그리고 이내 소나기가 퍼붓기 시작했다. 하지만 비를 피할 수도 없었다. 어떻게든 막차를 타야 집에 돌아갈 수 있었기에 그 자리에서 비를 맞으며 버티고 서 있을 수밖에 없었다.

얼마 후, 세차게 내리는 빗줄기 사이로 버스가 보였다. 출장 갔던 남편이라도 돌아온 것처럼 버스가 그렇게 반가울 수가 없었다.

"아, 이제 살았다."

나는 버스를 향해 힘껏 손을 흔들었다. 그런데 이상했다. 정류장 가까이 오고 있는데도 버스는 속도를 줄이지 않고 있었다.

'설마…, 그냥 지나치려는 것은 아니겠지?'

마음에 스치는 불안한 예감을 무시하고 양손으로 짐을 움켜쥐고 버스가 서기를 기다렸다. 하지만 예감은 틀리지 않았다. 버스는 내 코앞을 스쳐 지나가버렸다. 어둠 속에서 세차게 내리는 소나기에 버스기사의 시야가 가려졌던 것인지 막차는 나를 지나쳐 또 다시 어둠 속으로 멀리 사라져갔다. 나는 넋을 놓고 어둠 속을 바라보며 중얼거렸다.

"가지 마…."

나도 모르게 눈물이 고였다. 빗속을 걸어 돌아가야 할 길은 십 리도 넘는 길이었다. 하지만 마냥 버스를 원망하며 울고 있을 시간이 없었다. 어떻게 해서든 집으로 돌아가야 한다는 생각에, 짐을 든 손에 힘을 주고 어둠 속으로 발을 내딛었다. 그리고 집을 향해 걷기 시작했다.

비를 맞으며 돌아오는 내내 빗물인지 눈물인지 모를 것들이 내 양볼을 타고 내려왔다. 서러움이 밀려왔지만 이를 꽉 물고 걸음을 멈추지 않았다. 그리고 약해진 내 마음에 계속 용기를 불어넣었다.

'순숙아, 억울해하지 마. 지금의 이 고생이 결국 네 삶을 빛나게 할 자양분이 될 거야.'

그렇게 밤길을 걸어 집으로 돌아오니 하얗게 질린 얼굴을 한 남편이 나를 기다리고 있었다. 남편의 얼굴을 보자 내 안에 있던 서러움이 한 순간에 날아가는 듯했다. 나는 비 맞은 생쥐 꼴을 하고서도 남편을 향해 웃어보였다.

"여보, 나 다녀왔어요."

남편은 눈물을 글썽이며 달려오더니 나를 와락 끌어안았다.

"다행이다, 다행이야."

"걱정시켜 미안해요."

"아니야, 내가 미안해."

우리는 한동안 그렇게 서로 꼭 껴안고 있었다.

그리고 얼마 후, 한국에 최초로 소형자동차 '프라이드'가 선을 보였다. 내게 딱 필요한 자동차였다. 나는 '프라이드'가 출시되자마자 차를 샀고, 드디어 걷지 않고 차를 이용해 물건을 실어나를 수 있게 되었다.

그렇게 임가공업을 시작한 지 3년이 지나고 있었다. 그 3년 동안, 나는 정작 일을 주는 회사 이름도 모르고 있었다. 또 내게 하청을 주는 당사자, 소위 회사 사장의 운전기사네 집 근처도 가보지 못하고 있었다.

일을 시작하고 얼마 후, 내 일을 관리하던 운전기사의 부인에게 회사 이름을 물은 적이 있었다.

"사모님, 이 물건 만드는 회사 이름이 뭐예요?"

내 질문에 그녀는 갑자기 긴장했다.

"회사 이름은 왜요?"

"그냥요. 제가 일하는 회사 이름 정도는 알고 있어야 하지 않을까 해
서요."

"그냥 부업인데, 회사 이름까지 알아서 뭐하게요."

그녀는 불안한 듯 내게 다시 물었다.

"혹시 회사에서 직접 하청받으려는 건 아니죠?"

"저야 그러면 좋죠."

"어떡하죠? 회사방침이 있어서⋯. 원래 이런 하청은 회사 직원들에
게만 주게 되어 있어요."

"그래요?"

그녀는 확실하게 못을 박듯 말했다.

"그나마 그 일도, 우리 남편이 사장님 운전기사로 워낙 신뢰를 얻어
놔서 우리한테 주신 거예요. 회사에서는 모르는 사람에게 절대로 하청
안 줘요."

나는 그녀의 말을 철썩같이 믿었다.

그리고 또 얼마 후, 이번에는 내가 서울에 갈 일이 있어 그녀에게 전
화를 걸었다.

"사모님, 제가 서울에 갈 일이 있어서 직접 물건을 가지고 올라가려
고 하는데요. 댁으로 갖다드릴 테니 집 주소 좀 알려주세요."

그녀의 반응은 예상과 달랐다.

"그건 좀 곤란해요. 그날 집에 일이 있어서요."

"그럼, 어떡하죠? 버스기사한테 물건 부치는 값도 절약할 겸 서울 가
는 김에 제가 물건 들고 가려고 했는데."

"그럼, 우리집 말고⋯ 어디 중간쯤에서 만나죠."

그 이후에도 서울에 가게 돼서 집으로 가겠다고 하면 역시 그녀는 다른 핑계를 대며 집이 어디인지 알려주지 않았고, 내 약속장소로 그녀가 물건을 받으러 오곤 했다. 나는 단지 이상하다고만 생각했을 뿐, 그녀에게 다른 꿍꿍이가 있을 것이라고는 전혀 의심하지 않았다.

나중에 알고 보니 그녀의 집에는 하청 물건을 실어 나르는 회사 트럭이 드나들고 있었다. 트럭에는 회사 이름이 크게 새겨져 있는 만큼 내가 집에 찾아갔다가 하필 회사 트럭이라도 보게 되면 회사 이름을 알게 될 것이고, 내가 회사와 직접 거래를 할 가능성도 있었기에 모든 통로를 차단하려고 했던 것이다. 하지만 전후사정을 모르던 나는 그녀의 말만 믿고 내 할 일만 열심히 하고 있었다.

그러던 어느 날, 조카가 서울에서 약혼식을 하게 되었다. 나는 이번에도 그녀에게 전화를 걸어 집으로 찾아가겠다고 했다. 그녀는 역시 말도 안 되는 핑계를 대며 나를 막았다.

"집에 중요한 손님이 와 계셔서요. 내가 가지러 갈게요. 어디로 갈까요?"

"미용실로 오세요. 약혼식 때문에 화장하고 머리해야 하거든요."

"알았어요. 시간 맞춰 갈게요."

미용실로 나를 찾아온 그녀는 기분이 좋아 보였다. 여느 때와 달리 물건을 가지고 바로 돌아가지 않고 내 옆에 앉아 수다를 떨기 시작했다.

"무슨 좋은 일 있으신가 봐요."

내 질문을 기다리기라도 한 듯 그녀는 자랑을 늘어놓았다.

"내가 3년 동안 회사에서 하청받은 걸로 돈 좀 벌었잖아요. 그래서 그 돈으로 이번에 화양리에 집을 샀거든요. 고생 끝에 낙이 온다는 말이 딱 맞아."

얘기를 듣다 보니 뭔가 이상했다. 사실 그녀가 직접 하는 일이라고는 하청받은 일의 10% 정도밖에 되지 않았고 나머지 90%는 나에게 다시 하청을 주고 있었다. 역시 나중에 안 일이지만 내게 일을 줄 때 주는 수당이 물건 한 개당 300~400원이라면 회사에서 받는 수당은 한 개당 10,000원이나 됐다. 그녀는 나에게 일을 시키고, 이익을 몇백 배나 챙기고 있었던 것이다. 결국 그녀가 집을 살 수 있도록 돈을 대신 벌어준 사람은 나였다.

그녀의 자랑이 이어졌다.

"H사에서 처음 하청받고 일 시작했을 때만 해도 이 정도로 짭짤할 줄 몰랐는데…."

순간, 그녀의 입에서 회사 이름이 새어나왔다.

'H사.'

자기가 얼마나 부자가 됐는지 자랑하느라 정신이 없던 그녀는 실수로 회사 이름을 내뱉은 것조차 모르고 있었다. 그녀의 입에서 흘러나온 회사 이름을 듣는 순간부터 나는 더 이상 그녀의 말을 듣고 있지 않았다. 단지 회사 이름을 잊지 않기 위해 머릿속으로 같은 단어만 반복해 외우고 있었다.

'H사, H사, H사….'

이후로도 한참을 떠든 후에야 그녀는 미용실을 떠났다. 나는 그녀가 떠나자마자 얼른 메모지를 찾아 회사 이름을 적었다. 하지만 회사 이름을 적으면서 내 머릿속엔 여러 가지 생각이 떠올랐다.

'내가 알기로 이건 시계회사 이름인데….'

'혹시 내가 잘못 들은 것은 아닐까?'

'일부러 가짜 회사 이름을 흘린 건 아닐까?'

나는 집으로 돌아가자마자 서울 114에 전화를 걸었다.

"고객님, 무엇을 도와드릴까요?"

"혹시 서울에 'H사'이라는 회사가 있나요?"

"잠시만 기다려주세요."

수화기 너머로 114 직원이 전화번호를 검색하는 타이핑 소리가 들렸다. 그리고 이어지는 그녀의 목소리.

"죄송합니다. 현재 서울에는 그런 상호의 회사가 없습니다."

그 말을 들은 나는 실망감에 휩싸였다.

'정말 내가 잘못 들은 걸까?'

그러다 문득 다른 생각이 떠올랐다.

'잠깐, 그 여자의 집이 서울이라고 해서 반드시 회사가 서울에 있으란 법은 없지. 회사가 서울 말고 다른 지역에 있는 건 아닐까?'

나는 생각을 바꿔 지방 쪽으로 알아보기로 했다. 대전, 부산 등 대도시를 시작으로 지역별로 회사 이름을 조사한 끝에 결국 회사가 인천에 위치하고 있다는 것을 알아냈다. 나는 회사에 전화를 걸었고 드디어 생산부 과장과 연결이 되었다.

"저는 윤순숙이라고 합니다. 그 회사에서 면사포 만드는 일을 하청 주고 있지 않나요?"

"맞아요. 하지만 그 일은 회사 직원 가족이 맡아서 하고 있는데요."

"사장님 운전기사 내외 말씀하시는 거죠?"

과장은 깜짝 놀라는 것 같았다.

"그걸 어떻게 아십니까?"

"제가 그분들 일을 다시 하청받아서 하고 있거든요."

나는 일이 어떻게 진행되는지 자초지종을 설명했다. 설명을 듣고도 설마하던 과장은 면사포 외에 어떤 물건들이 나에게 와 있는지 확인했다. 그리고 운전기사 부부에게 하청을 받은 10가지 중 9가지 물건이 나에게 와 있다는 것, 운전기사 부부가 회사에서 받은 일을 다시 하청을 주며 폭리를 취하고 있다는 것을 알게 되었다. 놀란 회사에서는 나와 직거래하기를 원했다.

"그렇다면 윤순숙씨가 우리에게서 직접 하청을 받으시는 건 어떻습니까?"

"저야 좋죠. 하지만 하청은 회사 직원에게만 주는 걸로 알고 있었는데요?"

"절대 그렇지 않습니다. 제가 상부에 얘기해서 윤순숙씨가 독립해 우리와 직접 거래할 수 있도록 해보겠습니다."

하지만 과장이 확신한 것과 달리 회사와 직거래하는 일은 쉽게 이루어지지 않았다. 이 일을 불쾌하게 여긴 운전기사 부부가 결사반대하며 일에서 손을 떼겠다고 으름장까지 놓은 것이다. 평소 운전기사를 신뢰하던 사장은 운전기사 부부의 손을 들어주었다. 결국 독자적으로 거래하려던 계획은 무산되었고, 나는 계속 기사 부인의 하청을 받아 일을 하게 되었다.

그러던 어느 날, 상황이 바뀔 절호의 기회가 찾아왔다. 회사가 이제까지 만들던 것보다 좀 더 복잡한 공정이 요구되는 물건을 수주하게 된 것이었다. 회사에서는 일을 더 수월하게 진행하고자 재료도급업자에게 하청을 주었다. 임가공업은 회사에서 재료를 다 대주고 사람들이 물건만 만들면 되는 작업이다. 하지만 재료도급업은 재료까지 직접 다 사서 물건을 만들어 납품하는 방식이기 때문에 회사 입장에서는 좀 더 편하게 하청을 줄 수가 있다.

그런데 물건의 납품 마감일을 일주일 남겨놓은 상황에서 재료도급업자가 손을 들어버렸다. 물건을 만들지 못하겠다는 것이었다. 회사에서는 난리가 났다. 수출 날짜를 맞추지 못하면 회사 신뢰도에 큰 타격을 입을 것이고, 다른 계약 건에도 영향을 미칠 것이기 때문이었다. 생산부 과장은 급한 마음에 운전기사 부인에게 전화를 걸었다.

"상황이 급하게 됐습니다. 일단 주문량의 삼분의 일이라도 좋으니 만들어주세요."

하지만 그녀는 나와 직거래를 성사시키려던 생산부 과장을 벼르고 있던 참이었다.

"갑자기 일주일 안에 그 많은 물건을 어떻게 만들어내요?"

"어떻게, 안 되겠습니까?"

"죄송한데 전 못 해요."

그녀는 생산부 과장의 간절한 부탁을 매몰차게 거절하며 전화를 끊었다. 상황이 그쯤 되자 과장은 내게 직접 연락을 해왔다.

"무리한 부탁인 걸 알고 있습니다만, 윤순숙씨라면 해주실 수 있을 것 같아서 연락드렸습니다."

"알겠어요. 일단 재료들을 보내주세요."

전화를 끊은 나는 일꾼들을 모두 동원했다. 그리고 생산부에서 부탁

한 분량의 물건을 며칠 만에 만들어냈다. 나는 다시 회사에 전화를 걸었다. 전화를 받은 생산부 과장은 긴장하는 듯했다.

"설마, 물건 못 만들겠다고 전화한 건 아니죠?"

나는 웃으며 대답했다.

"물건 다 됐어요. 이거 가져가시고 나머지 물건도 다 주세요. 일주일 안에 다 해드릴 수 있을 것 같아요."

과장은 뛸 듯이 기뻐하며 전무에게 바로 보고를 했다. 하지만 보고를 받은 전무는 과장에게 이렇게 말했다.

"그 아줌마가 일을 맡으려는 욕심으로 거짓말하는 것인지, 정말 다했는지 직접 내려가서 확인하고 오세요."

지시를 받은 생산부 과장은 그날로 직접 물건을 싣고 내려왔다. 그리고 나와 부업 일꾼들이 모여 일하는 사무실로 직접 찾아왔다. 사무실에 쌓여 있는 물건을 눈으로 확인한 그는 만족한 듯 보였다.

"눈으로 직접 확인하니 더 믿음이 가네요. 이번에는 반드시 윤순숙 씨를 독립시켜 회사와 직거래할 수 있게 할 테니까 기다리세요."

"그분들이 또 반대할 텐데, 되겠어요?"

"이번에 윤순숙 씨 아니었으면 회사가 큰 타격을 입을 뻔했어요. 물건만 일주일 안에 다 만들어 날짜에 맞춰 수출하면, 사장님도 더 이상 저쪽 편을 들지 않을 겁니다."

그의 말을 들으니 힘이 생겼다. 이번에야말로 정말 독립이 가능할 것 같았기 때문이다. 나는 결국 일주일 안에 남은 물건을 다 납품했고, 회사는 무사히 물건을 수출했다.

과장에게 보고를 받은 전무는 사장을 찾아가 설득했다. 가시적인 성과에 더 이상 나를 모른 척할 수 없었던 사장은 나와의 직거래를 허락했고 독립한 나는 이후 몇 년 동안 더 많은 일들을 맡아서 했다. 결혼 후, 가벼운 부업으로 시작한 임가공업이 어느새 중요한 내 직업이 되었고, 총 10년이란 기간을 그 일에 몸담게 되었다.

하지만 이 땅에 영원한 일은 없는 법. 1992년, 회사는 인건비가 싼 중국 쪽으로 아예 거처를 옮겼다. 그리고 나는 오랜 세월 몸담았던 일을 그만두게 되었다. 내 삶의 한 시대에 안녕을 고하는 일이었다.

천냥백화점

임가공업을 10년 정도 하다보니 어느새 내가 버는 돈이 한 달에 천만 원이 넘었다. 덕분에 꽤 큰돈을 모을 수 있었고, 은행에서 대출받은 돈을 더해 건물을 구입할 수 있었다. 하지만 건물을 구입한 지 얼마 되지 않아 회사는 중국으로 옮겨갔고, 뜻하지 않게 손에서 일을 놓게 되었다.

나는 은행에서 대출 받은 돈을 갚기 위해 다시 일을 구해야만 했다. 하지만 한 달에 천만 원의 수입을 올리던 내 눈높이에 맞는 일을 찾기 란 쉽지 않았다. 회사를 찾기도 어려운 처지였다. 특별한 기술 있는 것 도 아닌 나를 천만원이나 되는 월급을 주며 고용할 회사는 없을 것이 기 때문이었다.

당연히 나는 장사에 관심을 갖게 되었고, 내가 할 만한 품목과 가게 를 얻을 만한 좋은 자리를 알아보기 위해 발품을 팔기 시작했다. 새벽 같이 일어나 아침 7시에 집을 나서면 하루 종일 돌아다녔다. 상가 골목 마다 돌아다니며 장사가 잘되는 가게들마다 기웃거렸다.

내가 장사할 것인지 결정하는 데는 시간이 많이 걸릴 수밖에 없었다. 너무 오랫동안 임가공업을 했기 때문이다. 그 일을 할 때 최대 장점은 내 돈이 전혀 들어가지 않는다는 것이다. 물건을 만드는 재료는 회사에서 모두 공급해주고, 나는 재료들을 이용해 물건만 만들어 납품하면 되는 일이었기에, 필요한 것은 내 지혜와 노동력뿐이었다. 그런데 이제 내 돈을 들여 물건을 사서 되파는 일을 한다고 생각하니, 물건 구입에 지나치게 신중해질 수밖에 없었다.

　가게 자리를 알아보러 다니던 중 한 대형 슈퍼에 들어가게 되었다. 넓은 매장 안에는 없는 물건이 없는 것 같았다. 싱싱한 채소와 과일들이 냉장 진열되어 있었고, 커다란 냉동고 안에는 각종 아이스크림이며 냉동식품들이 즐비했다. 온갖 간식거리, 양념거리뿐만 아니라 각종 생필품도 부족하지 않게 준비되어 있었다. 환한 불빛 아래, 코너마다 돌아다니며 필요한 물건을 챙기는 손님들로 매장 안은 북적거렸고, 계산대 앞에는 바구니를 든 손님들이 줄 서 있었다. 다른 사람 같으면 '바로 이거야!'라고 무릎을 칠 상황이었다. 하지만 나는 생각이 달랐다. 나는 보기 좋게 진열된 수많은 물건들을 바라보았다.

　'돈 들여서 사놓고, 저 물건들을 다 못 팔면 어떻게 되는 거지?'

　나는 아직도 많이 쌓여 있는 두부를 보며 걱정했다.

　'두부는 유통기간도 짧은데, 다 못 팔면 썩어서 버려야 되는 것 아니야?'

　이번엔 채소며 과일들이 진열된 냉장고에 눈길이 갔다.

　'저것들은 처음엔 싱싱해도 오랫동안 팔리지 않으면 다 말라비틀어지고 썩을 텐데…. 그러면 손해가 얼마야?'

　나는 슈퍼마켓을 그냥 나와버렸다. 그리고 생각했다. 절대로 썩지 않는 물건, 오랫동안 보관해도 상관없는 물건을 팔아야겠다고. 결국 나는 잡화, 즉 생필품을 팔기로 결심했다.

안 그래도 당시 나는 일본 뉴스를 관심 있게 지켜보고 있었다. 일본에서 유행하는 것들을 적용해 장사를 시작해보는 것이 좋을 것 같았기 때문이었다. 지리적 위치상, 일본에서 유행하는 것들은 우리나라에 넘어와 유행하기까지 그렇게 오래 걸리지 않았다. 그래서 일본에서 유행하는 것들을 재빨리 벤치마킹하면 성공할 확률을 높일 수 있었던 것이다.

미국의 경우, 그 흐름을 듣고 우리나라에 적용하면 시기가 빨라 망할 수밖에 없었다. 유행이 넘어오는 데 시간이 그만큼 많이 걸리기 때문이다. 당시도 일본에서 히트를 친 후 우리나라에 넘어온 것이 있었으니 바로 '천냥하우스'였다. 우리나라에서도 서서히 천 원짜리 물건에 대한 붐이 일기 시작한 시기였다. 그리고 그것이 내가 딱 원하는 품목이었다.

하지만 가게란 것이 마음만 먹는다고 뚝딱 차려지는 것은 아니다. 물건을 공급할 방법도 찾아야 했고, 목 좋은 가게 자리로 얻어야 했다.

나는 천냥백화점을 차리기 전, 정보를 수집하기 위해 또다시 아침 7시부터 밤 10시까지 상권마다 돌아다녔다. 하지만 별 소득 없는 날들의 연속이었다.

어느 날, 집을 나서려는데 문득 이런 생각이 들었다.

'벌써 며칠째 돌아다니기만 했잖아. 정말 이렇게 돌아만 다닌다고 가게를 차릴 방법이 생길까? 이러다 세월만 버리는 거 아냐?'

생각해보니 하루 종일 돌아다니기만 해서 될 일은 아니었다. 나는 일단 적은 돈을 받더라고 할 수 있는 일을 찾기로 했다. 다만 얼마라도 벌 수 있는 일을 하고, 돌아다니는 것은 일이 끝나고 남은 시간에 하기로 결심했다. 세월을 마냥 헛되이 보내고 싶지 않았기 때문이었다.

내가 찾아간 곳은 동물병원이었다. 그곳에 취직한 것은 지금 생각해도 엉뚱한 일이었다. 사실 나는 동물을 아주 싫어하는 사람이다. 사람들은 새끼 강아지나 고양이를 보면 귀여워서 어쩔 줄 모르지만 나는 그들이 느끼는 애정의 십분의 일도 느껴지지 않곤 했다. 동물병원 일을 시작했다고 해서 동물에 대한 애정이 갑자기 생길 리 없었다. 대신 사랑이라는 감정에 대한 깊은 깨달음을 얻는 귀한 경험을 했다.

어느 날, 강아지를 품에 안은 여자 손님이 뛰어 들어왔다. 여자 손님은 얼굴이 사색이 되어 눈물을 뚝뚝 흘리고 있었다. 그녀는 나를 쳐다보며 애원하듯 말했다.

"우리 또또가 이상해요. 계속 설사하고, 열도 심해요."

그녀의 품에 안긴 강아지는 숨 쉬기 힘든 듯 헐떡이고 있었다. 안에서 뛰어나온 원장은 주인에게서 강아지를 건네받아 안으로 들어갔다. 원장을 따라 치료실로 들어간 그녀는 두 손을 꼭 쥐고 기도하듯 치료 과정을 지켜보았다.

"또또는 우리 가족이나 마찬가지예요. 꼭 살려주세요."

고개를 갸웃거리며 강아지를 진찰하던 원장은 주인을 안심시키듯 말했다.

"장염 같습니다. 주사 맞고 약 먹으면 나을 테니 걱정 마세요."

원장의 대답을 듣고서야 안심한 주인은 숨을 내쉬기 시작했다.

"감사합니다. 감사합니다."

원장에게 진심으로 감사하며 인사하는 그녀를 바라보며 이상한 생각이 들었다.

'동물을 저렇게나 사랑할 수 있을까?'

그리고 내 모습을 바라보게 되었다. 물론 남편에 대한 애정은 절대적이다. 하지만 나는 내 가족 외의 다른 사람에게 애정을 갖는 사람이 아니었다. 단지 해야 할 도리를 다하면 그뿐이라고 생각했다.

병원을 찾아오는 사람들은 모두 애완동물에 대한 사랑이 깊었다. 그들은 애완동물을 가족처럼 생각했다. 하다못해 동물을 가족처럼 생각할 정도로 사랑이 많은 사람들이 있는데, 나는 사람에게조차 그만한, 아니 그 애정의 반 정도도 나누어주지 못하고 있었던 것이다.

그동안 넓은 사랑을 품고 살지 못했던 나 자신을 반성하고 나니 동물병원에 취직하길 정말 잘했다는 생각이 들었다. 돈보다 더 귀한 깨달음을 얻었기 때문이다.

동물병원을 다니며 생긴 좋은 일들은 여기서 그치지 않았다. 하루는 원장이 나를 불렀다.

"사실은 내가 윤순숙씨를 채용한 이유가 따로 있어요."

"네? 그게 뭐죠?"

"내가 타운하우스 안에 가게를 하나 차리려고 해요."

"어떤 가게요?"

"애완용품점이에요. 보니까 장사수완이 좋은 것 같은데 윤순숙씨가 그 가게를 맡아서 운영해줬으면 해요. 할 수 있겠어요?"

애초에 동물도 싫어하고, 병원에 필요한 특별한 기술도 없던 나를 원장이 채용했던 이유가 거기 있었다. 나로서는 감사한 일이었다. 나는 자신 있게 웃으며 대답했다.

"걱정 마세요. 잘할 수 있습니다."

그리고 얼마 후, 나는 애완용품점으로 자리를 옮겨 가게를 운영했다.

하지만 내 가게를 차리기 위한 노력은 멈추지 않았다. 사실 동물병원에 취직한 이후 하루도 거르지 않고, 퇴근하면 밤 10시까지 장사를 위한 정보수집을 위해 돌아다니고 있었다. 그날도 여전히 상가를 돌아다니던 나는 손님으로 북적이는 잡화점을 발견하고 안으로 들어갔다. 잔뜩 쌓여 있는 온갖 종류의 물건들, 그 사이를 돌아다니는 손님들, 계산대에 줄 서 있는 사람들, 포장을 기다리는 사람들, 그야말로 인산인해였다.

'여기가 충주에서 가장 손님이 많은 잡화점 같은데…?'

내 머릿속 전구에 불이 탁 들어왔다.

'바로 이거야!'

나는 주인으로 보이는 남자에게 갔다. 그는 내가 그냥 손님인 줄 알고 친절하게 응대했다.

"찾으시는 물건 있으세요?"

"그게 아니고, 너무 바빠 보여서요. 혹시 일손 안 필요하세요?"

그제야 내 의도를 알아차린 듯 그는 손을 내저었다.

"아, 저희는 알바생은 더 필요 없습니다."

나는 얼른 대꾸했다.

"돈은 필요 없어요. 그냥 바빠 보여서 포장하는 거라도 좀 도와주려고요."

"네?"

"도와줘요, 말아요?"

남자는 의아하다는 표정을 지으면서도 좋을 대로 하라는 듯 고개를 끄덕였다. 나는 얼른 돌아서 계산대 안으로 들어가, 손길을 기다리며 길게 줄지어 있는 물건들을 포장하기 시작했다. 신나게 가게 일을 도와주고 파김치가 되어 집으로 돌아갔다. 유난히 피곤해하는 나를 본 남편이 걱정 어린 말을 건넸다.

"당신, 오늘따라 피곤해 보이는데?"

"네. 엄청 피곤해요. 그래도 기분은 좋아요."

"그래? 무슨 좋은 일 있었어?"

"드디어 천냥백화점을 차릴 수 있을 것 같아요."

"그래? 잘됐군."

나는 남편에게 저녁에 있었던 일에 대해 얘기해주었다. 얘기를 듣던 남편은 진심으로 기뻐해주면서도 한편으로는 걱정 어린 시선으로 날 바라보고 있었다.

"그런데 당신 너무 힘들지 않겠어? 무리하는 것 같은데?"

"걱정 말아요. 어려서부터 십리 길을 걸어 다니던 나예요. 임가공업 할 때도 버스 타고 다니면서 물건 회수했잖아요. 덕분에 체력이 아주 강해져서 이쯤은 아무것도 아니랍니다."

나는 남편이 걱정할까 봐 더 건강하게 웃어주었다. 남편에게 한 말이 사실이기도 했다. 워낙 어려서부터 먼 길을 걸어서 다니던 것이 생활화되어 있던 터라 체력이라면 자신 있었다. 게다가 하고 싶은 장사를 시작할 수 있는 길이 생겼다는 생각에 신나서 날아갈 지경이었다.

다음날 역시 퇴근 후 잡화점으로 가서 일을 도와주었다. 하루가 지나고, 이틀이 지나고, 며칠이 지나도록 나는 아무 대가 없이 잡화점의 일을 도와주었고, 처음엔 이상하게 생각하던 주인 남자도 나에게 마음을 열기 시작했다.

그리고 어느 날, 나는 용기를 내 주인 남자를 찾아갔다.

"의논하고 싶은 게 있어요."

"뭔데요?"

"사실은 나도 이런 가게를 차리고 싶거든요. 혹시 물건을 공급해줄 수 있나요?"

남자는 난처한 표정을 지었다. 그가 선뜻 대답을 못 하자 갑자기 긴장이 되었다.

"왜요? 곤란한가요?"

남자는 천천히 대답했다.

"사실 물건을 공급해주는 사람은 우리 형입니다."

"그럼, 아무 문제가 없는 것 아닌가요?"

"이 가게가 제 것이 아니라서요."

나는 깜짝 놀랐다.

"여기 사장님 아니세요?"

남자는 가게가 운영되는 방식에 대해 설명해주었다. 사실 그 잡화점은 충주에 사는 사람들과 서울에 사는 사람들이 동업 형식으로 운영하던 가게였다. 충주에 사는 사람들은 480만원 정도 되는 월세를 내고 매장을 확보하고, 서울에 사는 사람들은 물건공급을 전담하기로 했던 것이다. 그리고 가게운영은 충주팀 한 명과 서울팀 한 명, 이렇게 두 명이 맡아 했다.

"제가 물건을 공급해주는 서울팀 중 한 명이에요."

"네, 그렇군요. 그런데 뭐가 문제죠?"

"동업할 때 조건이 있었어요. 충주의 어떤 가게에도 같은 물건을 공급해주지 않는 조건요."

나는 실망할 수밖에 없었다.

그렇다면 결국 물건공급은 물 건너간 얘기였다.

"그럼, 안 되겠군요."

실망하며 돌아서는 나를 남자가 붙잡았다.

"하지만…."

그는 뭔가 결심한 듯 말했다.

"물건을 공급해줄 수 있는지 형에게 물어볼게요. 아니, 공급해주도록 할게요."

나는 너무 좋아서 고맙다며 절하듯 인사하고 가게를 나왔다. 이제 물건공급은 걱정이 없었다. 좋은 자리에 가게터를 확보하는 일만 남아 있었다.

그 즈음 내가 일하던 애완용품점 옆 가게의 사장이 나를 찾아왔다. 평소 잘 놀러오던 사장님이라 평상시처럼 반갑게 맞았다. 하지만 그날의 방문에는 목적이 있었다.

"내가 제안할 게 있는데…."

사장은 조심스럽게 말을 꺼냈다.

"내가 이 일대에 점포가 6개가 있거든? 그 중에 5개 점포는 다 잘 되고 있단 말이죠. 그런데 딱 한 군데만 지금 놀고 있는 형편이에요. 듣자하니 가게 자리 알아보고 다닌다던데, 내가 월세는 안 받을 테니까 관리비만 내고 거기서 장사하세요."

내게는 너무나 후한 제안이었다.

"사장님, 그렇게 해주셔도 되요?"

"빈 가게로 놀리는 것보다 훨씬 낫잖아요. 들어가서 장사 꼭 성공하세요. 그래서 우리 점포 살려줘야 해요."

"그건 걱정 마세요."

"그 자신감 마음에 드네. 내가 물건 들여놓을 수 있게 진열장도 다 용접해서 마련해줄 테니까 걱정 말아요."

"그렇게까지 배려해주시다니, 정말 감사합니다."

그 자리에 천냥백화점을 열기로 한 나는 물건을 1,000만원어치 주문해두었다. 애완용품점에도 다른 직원을 구해주고 그만두었다. 정말 모든 일이 술술 잘 풀리고 있었다. 이제 돈을 벌 일만 남아 있었다.

그런데 정작 물건이 들어오는 날, 일이 터졌다. 건물주가 약속한 진열장 용접이 안 된 것이다. 진열장 없이 장사를 시작할 수는 없었다. 나는 일단 물건을 넣어놓을 창고라도 구하려고 충주 시내를 돌아다녔다. 그러다 가장 번화한 상가로 들어서게 되었는데 문이 닫혀 있는 점포 하나를 발견했다. 닫힌 문 앞에는 공고가 붙어 있었다.

'임대합니다'

나는 근처 부동산을 찾아갔다.

"저기 상가에 임대한다는 표지 붙어 있는 가게 말인데요. 주인이 누구죠?"

부동산 사장이 알려준 대로 주인을 찾아간 나는 상가임대를 문의했다.

"제가 그 가게를 임대하고 싶은데요."

그러자 가게 주인이 손사래를 쳤다.

"나는 이미 1억2천만원을 받고 다른 사람에게 가게를 임대해줬어요. 그래서 나한테는 가게 임대에 관한 권한이 없습니다. 아마 나와 계약한 사람이 그런 공고를 붙인 것 같은데 그분한테 가보세요."

나는 다시 가게를 임대했다는 사람을 찾아갔다. 메이커 구두가게를 운영하는 사람이었다. 그 시절 그런 가게를 운영하는 사람들은 꽤 잘나가는 사람이었다.

그는 나에게 말했다.

"나는 가게를 2차 임대인에게 세를 줄 예정입니다. 1억2천에."

"그렇게 세놓을 것을 왜 임대하셨나요?"

"원래 메이커 의류 매장을 열려고 임대했는데 본사에서 평수가 작다는 이유로 허락을 안 해주고 있거든요."

"그러면요, 누군가 와서 가게를 계약하는 날 바로 비워줄 테니 그때까지만 가게를 제가 쓰게 해주세요. 대신 열흘에 55만원씩 세를 드리겠어요."

당시는 은행에 1억을 넣으면 이자가 130만원 이상 나오던 시절이었다. 그는 제안을 받아들였다.

그날 새벽 1시. 물건을 실은 트럭이 가게 앞에 도착했다. 물건을 가져온 사람은 잡화점에서 내가 도움을 요청했던 서울 남자의 형이었다. 그는 1,000만원을 주면 처음 들여놓을 물건들을 공급해주고, 물건을 구입한 곳의 영수증을 모두 갖다주겠다고 했다. 그러면 다음부터는 영수증에 있는 판매점에서 직접 물건을 사오면 되는 것이었다. 나로서는 고마운 일이었다.

물건을 다 내린 그가 나를 따로 불렀다.

"저하고 얘기 좀 하시죠."

"무슨 얘기요?"

"제 동생에 대해서 어떻게 생각하세요?"

나는 그가 무슨 얘기를 하는 것인지 감도 잡을 수 없었다.

"네? 그게 무슨 말씀이세요?"

그는 사뭇 진지하게 얘기를 시작했다.

"원래는 충주 동업자와 계약한 것이 있어 제가 물건을 공급해주면 안 됩니다. 그런데 동생이 그쪽이 우리 같은 잡화점을 운영하고 싶어 한다면서 꼭 물건을 공급해줘야 한다고 고집을 부리더군요. 왜인 것 같으세요?"

나는 영문을 알 수 없다는 듯 고개를 저었다.

"내 동생은 이제까지 결혼에는 도무지 관심이 없던 녀석이었어요. 그런데 동생이 그러더군요. 결혼하고 싶은 여자가 생겼다고. 그 여자가 바로 당신입니다."

나는 깜짝 놀랐다. 그가 나를 좋아한다는 것은 상상도 못한 일이기 때문이었다. 저녁 7시부터 밤 10시까지 잡화점에서 도와주고 하다보니 잡화점 남자는 내가 당연히 미혼일 거라 생각한 모양이었다. 하긴 어떤 가정주부가 밤늦게까지 돈도 안 받고 그런 일을 하겠는가 말이다. 그의 착각이 어쩌면 더 당연한 것인지도 몰랐다. 나는 너무나 미안한 표정으로 말했다.

"어떡하죠? 저는 결혼도 했고, 아들도 있어요."

그의 형은 나보다 더 놀란 표정이었다.

"네? 유부녀란 말이에요?"

"죄송해요. 동생분이 그런 생각을 하고 있는 줄은 꿈에도 몰랐어요."

그는 한숨을 쉬며 말했다.

"아닙니다. 상대가 미혼인지 기혼인지 알아보지도 않고 마음부터 준 제 동생이 어리석었죠, 뭐. 동생한테는 제가 잘 얘기하겠습니다."

말은 그렇게 했지만 그 역시 깊은 실망감을 안고 돌아갔다. 하지만 내게는 감상에 빠질 시간조차 없었다. 진열해야 할 물건들이 산더미처럼 쌓여 있었기 때문이었다. 시간 안에 모두 진열할 수 없다고 판단한 나는 일단 양이 많은 물건부터 2층에 올려놓았다. 그리고 당장 팔 수 있는 물건들만 1층에 내놓고 진열을 시작했다. 나뿐만 아니라 직원들까지, 여러 명이 밤새 일했는데도 물건을 완전히 진열하지 못했다. 공간이 넓지 않은 탓에 새벽 6시까지도 물건들을 가게 안에 다 들여놓지 못하고 밖에 늘어놔야 했다.

때는 8월, 한창 여름 휴가철이었다. 휴가지로 떠나기 위해 일찍부터 집을 나서던 사람들이 가게 앞을 지나다 하나둘씩 들어오기 시작했다.

"아, 여기 튜브 있다."

"참, 조그만 양동이 하나 가져가야 하는데, 여기서 그냥 사가야겠다."

"슬리퍼를 깜박하고 놓고 왔는데, 여기서 싼 걸로 하나 사가야겠는걸?"

가게 안으로 들어온 손님들이 갑자기 필요한 물건이라도 생각난 듯 물건을 사기 시작했다. 손님이 손님을 부른다고, 가게로 들어오는 손님들은 점점 많아져 어느새 북새통을 이루었다. 그야말로 화장실 갈 틈도 없이 바쁘게 시간이 흘러갔다. 배고파서 자장면을 시켜놓고도 불어서 먹지도 못할 지경이었다. 그렇게, 첫날 장사에만 350만원의 매출을 올렸다. 당연히 물건이 남아 있을 리 없었다.

그때는 남편도 나와 함께 가게를 운영하기로 한 상태였다. 나는 영업을 담당하고, 남편은 물품구입을 담당했다. 장사가 잘돼 매일같이 물건을 사와야 할 정도였기 때문에 남편도 나만큼이나 바쁘게 움직여야 했다. 어찌나 바빴던지 은행갈 시간도 못 내자 근처에 있던 충북은행 지점장이 내가 번 돈을 직접 가져가서 예금을 해주기도 했다.

'천냥백화점'은 특장점이 있었다. 우선, 기본적인 천 원짜리 물건 외에 생활에 필요한 자잘한 물건들까지 모두 구비해두었다. 필요할 때 구하려면 정작 어디서 사야 할지 모르겠는 물건들, 가령 반짇고리 같은 것들 말이다.

그때는 비행기 날개를 만드는 재질로 만들어 잘 타지 않고 가벼운 냄비가 유행이었다. 그것이 유명한 '러브송'이다. 그 냄비도 가게에 진열해놓은 덕에 더 많은 손님이 찾아왔다. 천냥백화점이지만 단순히 싼 물건만 파는 가게에 그치고 싶지 않아 고급스러운 물건들도 모두 구비해놓았던 것이다. 그런데 그게 다양한 손님들을 유치하는 데 효과적으로 작용했다. 싼 물건을 찾는 손님에서 좀 더 고급스러운 물건을 찾는 손님까지 찾을 수 있는 가게를 만들어놓은 것이다.

무엇보다 나는 물건진열에 정성을 쏟았다. 쇼핑하는 사람이 더 흥미를 가질 수 있게 잘 진열하는 것이 중요하다고 생각했던 것이다. 똑같은 물건도 어떻게 놓느냐에 따라 그 자리가 풍성해 보일 테고 그런 이미지는 소비욕구와도 직결된다. 일반적으로는 물건이 빠지면 그 뒤쪽에 있는 물건을 그냥 앞으로 빼서 진열해놓는다. 이때 그 자리를 다시 잘 진열해 물건들이 마치 방금 들어온 새 물건인 것처럼 보이게 만들면 구경하는 사람들도 기분이 좋아진다. 손님의 좋은 기분은 당연히 구매로 이어진다.

매일같이 문전성시를 이루는 모습을 보고 있자니 어느 덧 내 마음에 자신감이 충만해졌다. 사실은 한때 그런 생각도 했었다.

'마음만 먹으면 개똥도 팔 수 있겠는걸.'

어떻게 들으면 참으로 교만하게 들릴 수 있겠지만, 팔고자 작정한 물건들이 생각보다 잘 팔리는 모습들을 보자니 세상에 못 팔 물건이 없을 것처럼 자신감이 차올랐던 것이다.

그러나 그것도 잠시, 1년쯤 지나자 가게를 정리해야 할 때가 되었음을 직감했다. 나는 남편에게 내 생각을 말했다.

"이제 가게를 정리해야겠어요."

남편은 이해가 안 된다는 듯 나를 바라보며 얘기했다.

"지금 장사가 이렇게 잘 되는데, 조금 더 하는 게 좋지 않을까?"

나는 고개를 저었다.

"천냥백화점 붐도 한때에요. 이제 그 바람이 잦아들 때가 됐어요."

"그래도 왠지 아쉬운걸."

"이것도 한때 유행사업이에요. 벌 만큼 벌었으니 가게를 다른 사람에게 넘기는 게 좋을 것 같아요."

남편은 많이 아쉬워하면서도 내 의사를 존중해줬다.

"그럼, 당신 뜻대로 해."

언제나 그랬듯 남편은 나를 지지해줬다. 남편은 그런 사람이다. 비록 자신과 의견이 다르다 할지라도 언제나 내 생각을 무조건 지지해주는.

얼마 후, 나는 가게를 다른 사람에게 팔고 천냥백화점 사업을 정리했다. 물론 한창 잘 되고 있는 가게를 정리한다는 것은 큰 결단이 필요한 일이었다. 그러나 사람은 버릴 줄 알아야 또 다른 것을 얻을 수 있다. 특히 언제 버릴 것인가에 대한 판단을 얼마나 빨리, 정확하게 하느냐에 따라 성공과 실패가 좌우된다. 망설임이 많은 사람은 성공의 확률이 낮을 수밖에 없다.

천냥백화점을 정리한 후, 나는 남은 돈을 은행에 예금하기 위해 배낭에 집어넣었다. 돈이 배낭에 하나 가득이었다. 나는 배낭을 짊어지고 힘찬 발걸음으로 은행으로 향했다. 저만치 은행이 눈앞에 들어왔다. 이마에 땀이 송글송글 맺혀왔다.

중장비회사 경리부장

천냥백화점을 정리하고 나니 그동안 쌓였던 피로감이 한꺼번에 몰려왔다. 생각해보니 너무나 오랫동안 바쁘게 일만 했다. 그러다보니 가족을 챙기지 못하는 경우가 많아졌다. 내 어머니는 물론이고, 시부모님을 섬기는 것도 소홀해질 수밖에 없었다. 하다못해 추석 때도 못 쉬고 일을 했을 정도였으니까.

문득 오래 전, 남편이 나에게 처음 고백했을 때가 떠올랐다. 좋아한다고 고백하는 그에게 부모님에게 효도하며 살고 싶다고 했던 내가 아닌가. 그런데 일에 빠져 살다 보니 내가 생각한 효도는 어느새 뒷전으로 밀려나 있었다.

돈도 벌 만큼 벌어 돈에 대한 욕심은 더 이상 없었다. 이제는 일에서 손을 놓고, 시부모님과 함께 살면서 그동안 못다 한 효도를 하고 싶었다. 남편은 대환영이었다.

"당신, 그동안 너무 고생 많이 했어. 정말 이제는 좀 쉬도록 해요."

그리고 나를 칭찬해주는 것도 잊지 않았다.

"혼자 푹 쉬어도 되는데, 우리 부모님까지 생각해주니 정말 고마운 걸. 역시 당신이 최고야."

사실 칭찬받자고 한 생각은 아니지만 그래도 남편이 그렇게 말해주니 더욱 기분이 좋았다. 내친 김에 당장 아버님께 전화를 드렸다. 내 목소리를 들은 아버님은 너무나 반가워하셨다.

"우리 예쁜 며느리, 목소리 들으니까 너무 좋네."

"아버님, 이제 목소리 말고 얼굴도 매일 보고 살아요."

"그게 무슨 소리냐?"

"저 이제 아버님, 어머님과 함께 살면서 효도하고 싶어요."

아버님은 반색하시면서도 한편으론 조심스러워하셨다.

"우리야 좋지만, 젊은 너희들이 우리랑 사는 게 불편하지 않겠냐?"

"아니요. 저는 정말 아버님, 어머님, 모시고 살고 싶어요. 그동안 바쁘다고 못 한 효도도 다하고 싶은데요?"

그러자 아버님이 대뜸 이러셨다.

"그래? 그럼, 지금 당장 들어오지 말고, 한 3, 4개월만 어디 셋방이라도 얻어 살다가 들어오렴."

"네? 왜요?"

"우리집이 옛날 집이잖니. 네가 들어와서 살기에는 너무 불편할 거야. 부엌도 입식으로 고치고, 욕실이며 화장실이며 다 신식으로 고치려면 그 정도 걸릴 거야. 그때 들어와 살아."

"안 그러셔도 돼요."

"안 돼지. 우리 예쁜 며느리가 들어온다는데. 공사 시작하면 집에 먼

지도 풀풀 날리고 부산스러워. 그러니까 넌 집 다 고치고 깨끗하게 정리되면 들어와."

시부모님이 거주하고 있던 주택은 그야말로 옛날식 가옥이었다. 아버님이 말씀하신 부엌이며 화장실뿐만 아니라 대문도 나무로 만들어졌고, 시커먼 목재마루가 넓게 펼쳐진, 그런 집이었다.

아버님은 나와 통화를 마친 다음날로 집 개조에 들어가셨다. 천장부터 시작해서 집의 모든 것을 뜯어내고 이것저것 바꾸기 시작하셨다.

그사이 나는 3개월 동안 머물 셋방을 구해 들어갔다. 그 집은 월세를 놓기 위해 만든 집으로 똑같은 모양의 방 10칸이 나란히 늘어서 있는 구조였다. 나는 그 중 가장 끝에 있는 방을 얻게 되었다.

내가 살고 있는 방 옆에는 새댁이 살고 있었다. 착하고 성실해 보이는 사람으로 마늘 까는 부업을 하곤 했다. 그날도 방문을 열고 나가보니 새댁이 자기 방문 앞에서 마늘을 까고 있었다.

나를 본 새댁은 반갑게 인사했다.

"언니, 나오셨어요?"

"네. 오늘도 마늘 까네?"

"놀면 뭐해요. 한푼이라도 벌어야죠."

나는 호기심에 물었다.

"그런데, 마늘 까면 얼마나 벌어?"

"이틀 꼬박 까면 5,000원 벌어요."

딱히 할 일도 없던 나는 수다나 떨며 놀자 싶어 새댁 맞은편에 앉았다. 그리고 마늘을 같이 까기 시작했다. 내가 먼저 새댁에게 물었다.

"시집오기 전에는 뭐 했어요?"

"중기사무실에 다녔어요. 경리로 일하면서요."

내가 겪어보지 않은 직업이었다. 나는 한 달에 얼마나 벌 수 있을까 궁금했다.

"사실 월급은 많지 않아요. 그런데 월급보다 생기는 돈이 훨씬 많아요."

"어떻게 그럴 수 있어?"

"사무실 이용하는 개인 사장님들 업무전화는 제가 다 받아주잖아요. 그거 잘 받아달라고 두둑이 챙겨주시는 게 꽤 돼요."

사실, 중기사무실은 단순한 회사의 개념이 아니었다. 포클레인을 가진 개인업자들이 하나의 사무실을 이용하는 일종의 집단 사무실이었다. 업체에서 포클레인을 사용하기 위해 사무실로 전화하면 그 전화를 받아주는 것이 바로 경리의 역할이었다. 그 역할을 어떻게 하느냐에 따라 일이 많이 들어오기도 하고, 적게 들어오기도 하니 당연히 개인업자들에게 경리는 중요한 위치의 사람이었던 것이다. 전화 잘 받아달라고 사장들마다 보너스를 챙겨주니 적은 돈은 아니었을 것이다. 꽤 수익이 좋은 직업이었지만 그녀는 결혼하며 직장을 그만두었다.

이틀 후, 새댁이 나를 찾아왔다. 그녀는 내게 2,500원을 내밀었다.

"아주머니도 마늘 같이 까셨으니 5,000원 받은 것에서 2,500원 드릴게요."

새댁의 행동이 귀엽다고 생각한 나는 웃으며 말했다.

"아니에요. 돈 받으려고 도와준 것 아니에요."

나는 오히려 그녀에게 용돈이라도 주고 싶었다. 그녀를 통해 좋은 정보를 얻었기 때문이었다. 장사를 정리하고 긴장감이 풀리며 갑자기 몰려온 피로감에 쉬고 싶은 생각이 절실했던 것도 잠시, 한동안 쉬고 나니 온몸이 근질근질해지던 참이었다. 딱히 돈 때문이라기보다 일을 하고 싶었다.

어차피 시댁에 들어가기까지 3개월 정도 시간이 비어 있었다. 그냥 놀기에는 시간이 아깝다고 생각했을 즈음에 새댁의 얘기를 듣고 나니 중기사무실에서 경리로 일해보는 것도 재미있겠다는 생각이 들었다.

나는 밖에서 신문을 구해 들고 와서 구인란을 살폈다. 아쉽게도 새댁이 말한 중기사무실에서 사람을 구하는 광고는 하나도 없었다.

"에이, 없네? 하긴 그렇게 좋은 직장을 쉽게 그만두려고 하겠어? 아무래도 중기사무실은 못 가겠네."

그리고 다른 일자리는 없는지 살펴보기 시작했다.

지금 생각해보면 참 이기적인 행동이었다. 3개월을 노느니 일하자고 했다면 단기 아르바이트 종류의 일을 찾아야 했다. 어느 회사나 그렇겠지만, 경리의 경우 회사에 들어가 3개월만 하고 그만두면 회사에 손해를 끼치는 일이 되는 것이다. 회사에서 직원을 뽑을 때는 최소 1년 이상을 보고 선발해서 교육하는 것일 텐데, 몇 달 후에 직원을 다시 뽑고 교육시키는 데 인력과 시간을 또 쓰게 만드는 꼴이다. 그러나 회사에 제대로 다녀본 적이 없던 나는 거기까지 생각이 미치진 못했다. 단지 경리 일에 흥미를 느껴 해보고 싶은 생각뿐이었다.

그런 식으로 회사에 들어갈 생각을 한 것은 그때가 처음이자 마지막이었다. 그리고 그때의 경험으로 나는 지금도 내가 좋다고 하는 행동이나 결정이 상대방에게 어떤 영향을 미칠 것인가를 먼저 생각해보는 좋은 습관을 들이게 되었다.

나는 시간을 들여 신문 구인란을 꼼꼼히 살펴보았다. 그러다 공업사에서 사람을 구하는 광고를 보게 되었다. 하지만 집에서 출근하기에는 좀 먼 거리였다.

"좀 먼데? 하긴 뭐 어때? 십 리 넘는 길도 걸어다니던 난데."

애초에 가고 싶었던 중기사무소 일자리를 못 찾은 나는 아쉬운 대로 공업사에 지원해보기로 했다. 원서를 넣고 며칠이 지나자 공업사에서 전화가 왔다.

"여기는 ○○공업사입니다. 입사 지원하셨죠?"

"네."

"서류 통과됐으니 내일 공업사로 면접보러 오세요."

"네."

"오실 때 주민등록등본 준비해오세요."

고백하건데, 나는 공업사에 취직하고 싶은 마음에 또 하나 잘못된 행동을 했다. 그 당시 나는 이미 서른이 넘은 유부녀였다.

아무리 생각해도 공업사에서 서른이 넘은 나 같은 유부녀를 써줄 리가 없었다. 평소 청바지에 티를 입고, 화장도 잘 안하고 다니는 바람에 대부분의 사람들은 내가 유부녀라는 생각을 하지 못했다. 그냥 결혼 안한 노처녀겠거니 생각하는 사람들이 많았다.

그러니 서류 없이 면접만 본다면 공업사에서도 내가 유부녀라는 것을 모르겠지만 주민등록등본을 보면 내가 유부녀라는 것이 금방 드러날 일이었다. 그래서 나는 애초에 막내 여동생 이름으로 회사에 지원했고, 면접을 보러 갈 때도 그녀의 등본을 들고 갔더랬다.

면접 날, 유난히 맑은 하늘을 바라보며 상쾌한 기분으로 집을 나섰다. 왠지 기분 좋은 예감이 들었다.

공업사에 도착해보니 넓은 1,000평의 대지가 눈앞에 펼쳐졌다. 나는 넓은 대지 한쪽에 자리한 사무실 건물로 들어갔다. 그런데 사무실로 들어간 순간, 좋은 예감은 실망감으로 바뀌고 말았다.

내가 공업사에 취직하기 위해 했던 모든 일들이 헛된 것이었구나 하는 생각이 들었다. 면접 장소에 와 있는 경리 지원자들은 하나 같이 젊고 예쁜 아가씨들이었다. 나는 그나마 어려 보이게 한다고 청바지에 티를 입고 운동화를 신고 갔지만 그들과 비교할 바가 못 되었다. 내가 뽑힐 리가 없었다.

하지만 면접은 보고 가자는 생각에 순서를 기다렸다. 한참을 기다려 내 차례가 되자 사장실로 들어갔다. 마음을 비우고 나니 그나마 조금 있던 긴장감도 사라졌다.

"이런 일 해본 적이 없는데 잘할 수 있어요?"

"저는 일을 금방 배우는 편이에요."

내게 이런저런 질문을 하던 사장님은 잠시 다른 질문을 생각하는 듯했다. 나는 대뜸 사장에게 이렇게 물었다.

"사장님은 무슨 띠예요?"

사장님은 재미있다는 듯 내 질문에 대답했고, 나는 계속 사장님과 공업사에 대한 질문들을 해댔다. 싫은 내색 없이 모두 대답해주던 사장님이 내게 물었다.

"면접을 보러 오셨어요? 아니면 사장 면접을 하러 오셨어요?"

"보니까 괜찮은 분들이 많아서 아무래도 저는 안 될 것 같더라구요. 그래서 그냥 즐겁게 얘기나 하다 가려구요."

나를 빤히 쳐다보던 사장님은 또 다시 이렇게 물었다.

"월급은 얼마 받고 싶어요?"

"석 달 동안은 사장님이 저에게 주고 싶은 만큼만 주셔도 돼요. 얼마를 주시던 상관없어요. 하지만 석 달 후에도 절 계속 쓰고 싶다면 그때는 제가 원하는 만큼 주세요."

사장님은 흥미롭다는 듯 나를 쳐다봤다. 그리고 대답했다.

"생각해보죠."

면접은 서로의 정보를 말로 주고받는 자리다. 서류에 적힌 내용과 상대의 인상, 언변 등으로 모든 것이 평가된다. 내 능력이 이러한 정보에서 다 드러나지 않기 때문에 나는 뽑히지 않을 가능성이 높다고 생각했다. 하지만 그가 만약 나를 선택한다면 결국 나의 능력에 만족하게 될 것이라고 확신했기에 당당하게 그렇게 말했던 것이다.

애초에 공업사에 취직하려던 이유가 시댁에 들어가기 전 석 달만 일하려던 것이었는데, 사장님과 면접이 시작되는 순간 그 모든 배경은 잊고, 원래의 나, 흥미를 끄는 일이 생기면 투지에 불타는 내가 되어버렸다.

면접을 끝내고 사무실을 나왔다. 다시 공업사의 넓은 대지를 바라본 순간 가슴이 뛰었다. 마치 내가 선택될 것 같은 기분이 들었다.

아니나 다를까 다음날 전화가 왔다. 내가 전화를 받자 사장님이 다짜고짜 말했다.

"나, 사장입니다. 내가 인천으로 출장가는 중이거든요. 그러니까 지금 사무실에 나가서 바로 일을 시작해주세요."

나는 약간 당황하긴 했지만 그러겠다고 하고 사무실로 향했다. 사무실에 들어가니 아무도 없었다. 내게 일을 지시해줄 사람도, 가르쳐줄 사람도, 하다못해 전화도 한 통 걸려오지 않았다.

70평짜리 넓은 사무실에 혼자 우두커니 있던 나는 뭔가 할 일을 찾아야겠다고 생각하며 사무실을 둘러봤다. 새삼 더러운 상태의 사무실이 눈에 거슬렸다. 너무 더러워서 분위기도 우중충해 보였다. 공업사는 하는 일의 특성상 일하는 사람들이 지저분해질 수밖에 없다. 주로 포클레인 고치는 일을 하기 때문이다.

나는 청소도구를 들고 사무실 구석구석을 쓸고 닦기 시작했다. 아침부터 저녁까지, 사무실에서 화장실에 이르기까지 대청소를 했다. 한창 청소를 하고 있는데 공장장이 사무실로 들어왔다.

"아니, 윤실장, 뭐해요?"

"사무실이 너무 지저분해서요. 청소하는 중입니다."

"이 큰 사무실을 혼자요?"

나는 씩씩하게 웃어 보이며 말했다.

"걱정 마세요. 이쯤은 아무것도 아니에요."

공장장은 감탄하는 눈길로 나를 바라보더니 사무실을 나갔다. 다음 날 출근하니 사장님이 나를 찾아왔다.

"어제 이 사무실을 전부 혼자 청소했다고?"

"네. 첫날이라 할 일도 없고 해서요."

"공장장이 아주 입에 침이 마르게 칭찬하던걸? 윤실장이 아주 청소도 잘하고, 부지런하다고 말이야."

나는 그냥 웃고 말았다. 청소 한 번에 윗사람으로부터 단번에 신임을 얻다니, 감사한 일이었다.

공업사에서 근무를 시작한 지 15일째 되던 날, 충청은행에서 전화가 걸려왔다.

"오늘 어음만기일입니다. 어음 1,500만원 막으셔야 합니다."

그때 1,500만원이면 큰돈이었다. 나는 알았다고 대답하고 사장님이 있는 곳으로 나갔다. 사장님은 포클레인을 수리하느라 정신이 없었다.

"사장님!"

부품을 갈아끼우던 사장님은 내가 부르는 소리에 하던 일을 멈추고 돌아봤다. 나는 사장님에게 다가가 은행에서 한 말을 전했다.

"은행에서 전화왔는데, 오늘까지 어음 1,500만원 막으셔야 한다는데요?"

사장은 깜박 잊고 있었다는 듯 낭패한 표정을 지었다.

"맞다. 잊고 있었네."

그리고는 수리를 기다리며 서 있는 포클레인들을 바라보았다.

"그거 처리하자면 오늘은 일을 못할 텐데, 이걸 어쩌지?"

공업사에서 포클레인을 수리하는 기술이 가장 좋은 사람이 바로 사장님이었다. 그만큼 사장님이 일을 많이 할 수밖에 없는 상황으로, 하루 일을 못 하면 수리할 포클레인이 7~8대는 금방 밀리는 상황이었다. 그렇게 되면 대금 지불 역시 뒤로 밀리게 된다. 사정을 뻔히 아는 나는 사장님에게 말했다.

"사장님, 제가 은행에 가서 일단 내 돈으로 어음 막고 올 테니 사장님은 일하고 계세요."

"윤실장이 무슨 돈이 있다고."

"믿으세요. 제가 해결하고 올게요."

그렇게 말하고 은행으로 가서 내 돈으로 어음을 막았다. 일을 마치고 공업사로 돌아오니 사장님이 날 기다리고 있었다. 그는 날 보더니 빙그레 웃었다.

"윤실장, 오늘 저녁식사 같이 합시다."

"왜요?"

"큰일을 도와줬는데 저녁 정도는 대접해야지."

그 날 저녁, 저녁식사 자리에서 사장님은 이렇게 말했다.

"처음에 윤실장이 어음을 막아준다고 할 때 긴가민가했는데, 정말 고마워요."

"사장님이 당장 일을 놓을 수가 없는 걸 뻔히 아니까요."

"그래서 더 고마워요. 내가 정말 사람 하나는 잘 뽑았다니까."

"제가 일하는 게 마음에 드세요?"

"당연하지. 윤실장은 내가 생각한 것보다 훨씬 능력 있는 사람이더군."

그 말을 마치자마자 내가 말했다.

"그럼, 이제 제가 원하는 만큼 월급을 주실 수 있나요?"

아직 공업사에 다닌 지 채 한 달도 되지 않은 시점이었다. 하지만 이런 당돌한 질문에 사장은 당연하다는 듯 대답했다.

"그럼요. 줄 수 있습니다. 얼마를 받고 싶어요?"

미리 금액을 생각하고 있었던 것은 아니기에 나는 잠시 고민했다. 그리고 그냥 떠오르는 숫자를 불렀다.

"저는 165만원이 받고 싶습니다."

"좋습니다."

지금 생각해봐도 왜 165만원을 요구했는지 모르겠다. 당시는 일반 경리직이 30만원을 받던 시절이었는데 나는 그보다 더 가치가 있는 사람이라는 것을 말하고 싶어 액수를 좀 더 높여 불렀을 뿐이다.

그렇게 임금 인상까지 하고 집으로 돌아가니 내가 유부녀인 사실을 숨긴 것이 마음에 걸렸다. 그렇게 착하고 성실한 사장님이 절대적인 신뢰를 보여주고 있는데 말이다. 비단 사장님뿐만이 아니었다. 공업사 직원들은 대부분 좋은 사람들이었다. 사실 내가 결혼을 했건 안 했건 그들에게 중요한 일은 아닐 것이다. 단지 그들에게 정직했는가가 중요한 것이다. 나는 용기를 내기로 했다. 사실대로 얘기했다가 괘씸죄로 해고될 수도 있었지만 뒤늦게라도 잘못을 바로 잡고 싶었다.

다음날, 나는 출근하자마자 사장실로 찾아갔다.

"사장님, 드릴 말씀이 있습니다."

내 표정을 본 사장님은 걱정스러운 눈으로 나를 쳐다봤다.

"말해보세요."

"사실 제가 회사에 들어오려고 거짓말한 것이 있습니다."

사장님은 놀란 눈으로 나를 쳐다볼 뿐 아무 말도 없었다.

"사실 저 오래전에 결혼했거든요. 제가 제출한 주민등록등본은 사실 제 동생 것입니다."

"유부녀라구요?"

"왜 처음부터 결혼한 사실을 밝히지 않았죠?"

"결혼한 여자라고 하면 절대 안 뽑으실 것 같아서요. 제 능력과 상관없이 결혼했다는 이유 하나만으로 자격에서 제외되기가 싫었습니다."

"그렇군요."

나는 해고되는 것은 물론이고, 욕을 들을 수도 있다고 생각했다. 그런데 이상하게도 사장님은 화가 난 것 같지 않았다. 단지 당혹스러워할 뿐이었다.

"아무래도 내일 전 직원에게 제가 유부녀라는 사실을 알려야 할 것 같습니다."

혹시라도 회사 사람들이 나중에 알게 됐을 때 배신감을 느낄 수도 있겠다 싶어 나는 빨리 사실대로 말해야겠다고 생각했다. 그러나 사장님이 나를 말렸다.

"그 사실은 나만 알고 있는 걸로 하고, 다른 사람들에게는 말하지 말도록 합시다. 유부녀라는 것을 알게 되면 공장장 같은 사람들이 일을 시키기가 껄끄러울 수도 있어요."

"그 말씀은 제가 그만두지 않아도 된다는 말씀인가요?"

"듣고 보니 윤실장도 나름 사정이 있던 거니까요."

"감사합니다. 그럼, 한 가지 더 부탁드려도 될까요?"

"뭔데요?"

나는 뻔뻔하게 이렇게 얘기했다.

"저, 7시에 퇴근시켜주세요."

사장님은 기가 막힌 듯 껄껄 웃더니 그러라고 했다. 지금 생각해보면 참 배짱도 좋았다. 그렇게 상황을 정리하고 다시 일에 집중했다.

얼마 후, 다시 어음만기일이 돌아왔다. 나는 다시 은행에 가서 어음을 막으며 아예 어음수탁장을 만들었다. 그리고 첫 어음 1,500만원과 두 번째 어음 1,000만원을 수탁시켰다.

포클레인이 사용되는 현장에서는 주로 어음이 오고 간다. 당연히 포클레인 주인 역시 어음으로 다른 거래를 하게 되는데, 특히 포클레인을 고치는 공업사는 대부분의 거래가 어음으로 이루어진다. 원래 어음을 현금화하는 데는 시간이 많이 걸린다. 하지만 포클레인 고칠 부품을 사오고, 직원들 월급을 주자면 어음을 빨리 현금화시켜야 했다. 어쩔 수 없이 사장님은 어음받은 것을 10%나 할인해서 현금을 만들곤 했다. 내가 일하던 곳의 사장님뿐만 아니었다. 그 계통의 업체를 운영하는 사장님들은 그렇게 어음을 할인해 현금을 융통했다.

내 고용주였던 공업사 사장님은 성격도 으뜸, 포클레인 고치는 기술도 으뜸인 사람이었지만 어음을 할인받는 기술은 초등학생 수준이나 다름없었다. 그래서 이래저래 손해를 많이 보곤 했다.

어느 날, 사장님이 또 출장을 가고 사무실에 없었다. 현장에서 사용 중인 포클레인이 고장난 경우 공업사로 연락이 오면 사장님이 직접 현장으로 출장을 가서 수리를 하기도 했다. 당연히 그런 일들이 비일비재했고, 사장님의 출장도 잦았다.

사장님이 사무실을 비운 사이, 나는 은행으로 가서 지점장을 만났다. 회사에서 나가는 쓸데없는 지출을 정리하기 위해서였다. 나를 마주한 지점장은 도도한 시선으로 나를 바라봤다. 그에게 나는 일개 공업사 경리에 불과했던 것이다. 어차피 그가 나를 어떻게 생각하는지는 상관없었다. 내가 할 일이 그를 놀라게 할 것이므로.

나는 지점장에게 말했다.

"공업사의 대출 건수를 보여주세요."

그는 직원을 시켜 자료를 가져오게 했다. 나는 건네받은 자료를 훑어봤다. 대출 건수를 보니 은행에서 직접 대출을 준 것이 아니라, 보증기금에서 지급보증을 선 후, 은행에서 대출을 준 것이었다. 이런 거래는 사실 사장님에게 이중으로 채무를 지우는 것이기 때문에 손해가 이만저만이 아니다.

나는 물었다.

"왜 은행에서 직접 대출해주지 않고, 보증기금까지 지급보증을 서게 했죠?"

지점장은 어쩔 수 없다는 듯 어깨를 으쓱하고 말했다.

"저희도 공업사 사장님을 믿고 대출해주고 싶었습니다. 하지만 딱히 담보잡을 만한 것도 없고 해서요. 좀 더 안전한 대출을 위해서는 어쩔 수 없었습니다."

나는 단호하게 말했다.

"제가 지금 가서 보증기금 쪽을 취소하고 올 테니까 이 은행에서 직접 대출해주는 것으로 해주세요."

지점장이 황당하다는 듯 쳐다보는 사이 나는 다시 자료를 들여다봤다. 회사 이름으로 들어 있는 적금들이 눈에 거슬렸다. 나는 그 부분을 가리키며 물었다.

"이건 꺾기용 적금인가요?"

"네. 잘 아시네요."

그 시절에는 은행에서 대출을 한 건 해주면 적금 같은 것을 꼭 들어야 했다. 일명 꺾기라고 불리는 관행이었다.

"이거 다 해지해서 모두 대출금 갚는 데 써주세요."

그렇게 회사 통장을 모두 정리하려고 하자 지점장의 표정이 점점 변했다. 그는 조그만 키의 볼품없어 보이는 경리가 당돌하다는 듯 물었다.

"고객님이 원하는 대로 해준다 칩시다. 그럼 고객님은 나에게 뭘 해줄 수 있죠?"

이 은행의 지점장으로 발령받은 지 얼마 안 된 그였다. 가장 의욕적이고, 가장 권위적일 때였다. 나는 당당히 말했다.

"사장님 돈을 다 해결해주면, 다른 은행에 있는 내 개인 돈을 30분 안에 모두 이 은행으로 옮기도록 하죠."

지점장은 코웃음을 치며 물었다.

"그 돈이 얼마나 됩니까?"

"5억요."

지점장의 눈이 동그래졌다. 이제껏 도도한 자세를 취하던 그는 어느새 자세를 고치고 앉았다.

"잠깐만 기다리세요."

그는 즉시 부장을 불러들였다. 부장이 급한 발걸음으로 사무실로 들어왔다.

"부르셨습니까?"

"이 고객님이 원하는 대로 다 해주세요."

그렇게 회사 일을 다 정리한 후 내가 원래 거래하던 은행으로 향했다.

"죄송한데, 제 계좌에 있는 돈을 모두 충청은행 계좌로 보내주세요."

"아니, 갑자기 무슨…. 거래하는 데 불편한 점이라도 있으신가요?"

"그건 아니에요. 개인적인 일이 있습니다."

은행 지점장은 나에게 더욱 좋은 제안을 했다.

"본사의 승인을 받아 지점장 권한으로 이윤을 최대한 높여드리겠습니다. 돈을 찾아가지 마십시오."

그러나 나는 충청은행과의 약속을 지켜야 했다.

"말씀은 감사합니다. 다음에 기회가 되면 다시 거래하도록 하죠."

나는 돈을 모두 충청은행으로 옮겼다. 그렇게 은행 일을 모두 정리하고 나니 어느새 해가 뉘엿뉘엿 지고 있었다.

한결 홀가분해진 마음으로 회사로 돌아가니 어느새 출장에서 돌아온 사장님이 나를 기다리고 있었다. 그는 나를 보며 싱글벙글 웃었다.

"윤실장, 충청은행 지점장에게서 전화가 왔었습니다."

"왜요?"

"윤실장 같은 경리를 어디서 주워왔냐면서 지금 주는 월급의 3배는 더 주라고 하더군."

"그분이 아마 제 월급이 얼만지 모르고 그러셨을 거예요."

사장님과 나는 재미있다는 듯 웃었다. 어느새 공업사의 어음할인은 내 일이 되어 있었다. 회사에 어음이 들어오면 나는 내 돈으로 어음을 3% 할인해서 현금화시켜 주었다. 어음할인에 대한 소문이 나면서 주변 업체 사장들이 나에게 어음할인을 하기 위해 찾아오는 일이 점점 늘어났다.

공업사를 내 회사처럼 생각하니 회사에 보탬이 될 만한 아이디어들이 샘솟았다. 매일같이 수리를 기다리며 즐비하게 서 있는 포클레인을 보던 나는 고장난 기계를 활용해 회사 수익으로 연결시킬 방법을 생각해냈다.

어느 날, 역시 고장난 포클레인을 끌고 온 손님이 있었다. 그는 사장님을 기다리며 포클레인을 발로 마구 차고 있었다.

"이놈의 포클레인은 오늘 돈벌이도 못하고, 수리비만 들게 만들고 말이야. 아주 돈 까먹는 기계야."

몇십만원이나 하는 하루 일당을 못 벌어서 화가 난 것이다. 그 사람 입장에서는 그럴 만도 했다. 포클레인으로 하는 일이 일당은 높지만 일이 꾸준히 들어오는 것은 아니기 때문이다. 어쩌다 일이 들어왔는데 기계라도 고장이 나면 그야말로 화가 머리끝까지 나는 것이다.

나는 그 모습을 보며 사장님에게 말했다.

"사장님, 저 사람이 저렇게 발로 차는 포클레인을 그냥 사장님이 싸게 사버리세요."

그랬더니 사장님이 난처한 듯 말했다.

"나는 저걸 살 돈이 없어요. 알다시피 공장도 천 평으로 넓히느라 돈도 다 쓰고, 대출까지 받았잖아요. 게다가 어음까지 쓰는 상황이니 아무래도 어려워요."

"그러면요, 돈은 내가 대줄 테니까요, 사장님은 저 포클레인을 사와서 그 안에 든 부품들을 다 빼고 새 부품으로 다 갈아주세요."

"알았어요. 그럼, 그렇게 합시다."

사장님은 손님에게로 가서 당장 흥정을 시작했다.

"사장님, 원하시면 제가 중고가격에 이 포클레인을 사도록 하죠."

포클레인을 향해 원망스러운 발길질을 해대던 손님은 귀가 확 열리는 듯 사장님을 쳐다봤다.

"이 고물을 사간다면 나야 좋지. 얼마 줄 거요?"

"350만원 드리겠습니다."

"좋아요. 가져가슈."

손님은 냉큼 포클레인을 넘겼다. 고장난 포클레인을 사온 사장님은 낡은 부속품들을 모두 빼냈다. 그리고 새 부속품들을 다시 끼워넣은 다음 외관을 새 것처럼 도색했다. 포클레인을 구매하는 데 350만원, 새 부품을 넣는 데 200만원, 도색하는 데 드는 비용이 50만원이었다. 총

600만원을 들여 고장난 포클레인을 새 것으로 바꾸었다. 그리고 낡은 부품 중에서 아직 쓸 만한 것들은 원하는 사람에게 중고로 팔아 이윤을 남겼다.

사장님은 그렇게 새로 탄생한 포클레인을 공장 마당에 진열해놓았다. 그랬더니 손님 한 명이 포클레인을 발견하고 사장님을 불렀다.

"사장님, 저 포클레인 새로 들어왔나 봐요. 못 보던 거네?"

"예."

"올라가서 작동해봐도 되죠?"

"그럼요."

손님은 당장 기계에 올라가서 이것저것 작동해보기 시작했다. 그는 마음에 드는 듯 흥정을 시작했다.

"이거 힘 좋네. 얼마예요?"

사장님은 그런 일은 나에게 맡겼다.

"우리 윤실장에게 말하세요."

"이 공업사는 이제 윤실장 없으면 안 되겠어요."

손님 말에 사장님은 수긍하듯 웃을 뿐이었다. 손님은 사무실로 나를 찾아와 포클레인의 가격을 물었다.

"윤실장, 저거 얼마야?"

"1,500만원요."

"좀 비싼데?"

"사장님이 산다고 하면 우리 사장님께 잘 말씀드려서 1,200에 맞춰 드릴게요."

그는 신이 나서 말했다.

"그러면 얼른 사장님한테 가서 말해봐."

나는 사장님을 찾아 밖으로 나갔다. 그리고 통보하듯 말했다.

"사장님, 저 포클레인 1,200에 팔겠습니다."

그러자 사장님이 웃으며 대답했다.

"네."

이렇게 몸체가 쓸 만한 것은 600만원을 투자해 새 포클레인으로 만들어 팔았고, 몸체가 부실한 것은 부속만 빼고 몸체는 고물로 팔아서 이윤을 남겼다.

이런 일이 가능했던 것은 사장님의 놀라운 기술과 나의 지혜가 함께했기 때문이다. 비록 살 때는 중고 포클레인이었지만 모든 부품을 새로 갈아넣고 외관을 새로 바꾸는 작업을 통해, 모양이나 기능면에서 공장에서 막 뽑아낸 기계와 똑같은 수준의 제품을 만들어낸 것은 사장님의 기술이 있었기에 가능했다. 또 나는 그런 사장님의 기술을 잘 활용할 지혜를 발휘했다. 둘 중의 하나만 있었다면 아까운 포클레인들이 그냥 중고시장을 전전하다 그냥 폐기되고 말았을지도 모른다.

이제 내 능력을 잘 파악한 사장님은 자신의 약한 부분을 보충하는 데 나를 잘 사용했다. 앞서 말했듯 그저 사람이 좋기만 해 셈에 약한 사장님이었다.

가끔은 조합에서도 포클레인을 고치러 왔는데 사장님은 늘 견적서를 너무 싸게 써줬다. 어음거래로 추가비용이 드는 것은 전혀 생각하지 못하고, 현금거래하듯이 고치는 데 드는 가격만 그대로 써주었던 것이다. 하지만 나는 좀 더 합리적으로 계산해서 견적을 냈다. 어음을 처리하는 데 드는 비용과 어음이 부도날 경우를 대비한 비용까지 모두 청구해서 견적서를 썼다. 그러다보니 비용은 당연히 더 높았지만 조합 관계자는 상관하지 않고 견적서를 쓰러 나를 더 많이 찾아왔다. 나중에 안 일이었지만 노총각이던 그는 내가 노처녀인 줄 알고 나와 만나길 좋아했던 것이다. 어찌 됐든 덕분에 회사는 또 다른 손실을 막을 수 있었다.

이런저런 면에서 나를 신뢰한 사장님은 자판기 관리까지 나에게 맡겼다. 한창 자판기가 유행하던 때였다. 공업사에 자판기를 들여놓은 사장님은 나를 불렀다.

"윤실장이 커피랑 물 좀 관리해주고, 자판기에서 나오는 돈은 모두 갖도록 하세요."

사장님은 자판기에서 돈이 얼마 안 나올 것이라고 생각했다. 나는 열심히 율무차, 커피 등을 갖다 넣고, 물도 잘 갈아주었다. 자판기에서는 하루에 5만원씩 쏟아졌다. 그래서 저녁이면 나는 왼쪽 팔에 무거운 잔돈 가방을 들고 집으로 돌아갔다. 자판기, 어음, 포클레인, 월급, 한 회사에 근무하면서 4가지 통로로 돈을 벌 수 있었다.

하지만 신나던 직장생활도 1년이 채 못 갔다. 어느 겨울, 살을 에는 찬바람이 매섭게 불던 날이었다. 퇴근하고 집에 돌아오니 남편이 대문 앞에서 기다리고 있었다. 나는 문 앞에서 나를 기다린 남편이 너무 반갑고 좋아서 종종거리며 달려가 남편 앞에 섰다.

"여보, 추운데 왜 밖에서 기다리고 있어요?"

하지만 나를 바라보는 남편의 표정이 좋지 않았다.

"왜 그래요? 무슨 일 있어요?"

남편은 나의 손목을 꼭 잡고 말했다.

"나랑 어디 좀 가지."

남편은 나를 끌고 무작정 걷기 시작했다.

"여보, 어디 가는데요?"

남편을 따라가며 계속 물었지만 그는 묵묵부답이었다. 걷는 내내 내 얼굴에 부딪쳐오는 찬바람 때문에 온몸이 얼어버릴 것 같았다. 하지만 그보다 더 날 얼어붙게 한 것은 남편의 차가운 눈이었다. 살면서 단 한 번도 나를 그런 눈으로 쳐다본 적이 없는 남편이었다. 내가 투정을 부릴 때도, 실수할 때도 늘 다정하게 받아주던 그였기에 더 이상했다. 남편을 따라가며 내 머릿속에는 수만 가지 생각이 떠올랐다.

'집에 이상한 사람이라도 찾아왔나?'

'시부모님께 무슨 일이라도 생긴 걸까?'

'설마, 큰 병에 걸렸다고 말하려는 건 아니겠지?'

'아니면…, 내가 무슨 잘못을 한 걸까?'

동네를 빠져나와 차가 쌩쌩 달리는 차도에 이르자 남편이 멈춰섰다. 남편은 내 손목을 놓더니 내 눈을 뚫어지게 응시했다. 왠지 주눅이 들어 말도 잘 나오지 않았다.

"여보, 나 추운데…. 여기는 왜요?"

"내가 지금 당신에게 하는 말을 남들이 안 들었으면 해서."

내가 세를 살고 있던 집은 열 개의 방이 일렬로 늘어서서 칸만 나뉜 구조다. 때문에 작정만 하면 우리 방에서 하는 얘기들을 옆방에서도 다 들을 수 있었다.

"내가 당신에게 안 좋은 소리하는 걸 다른 사람들은 안 들었으면 해.

나중에라도 그들이 당신을 얕잡아보면 안 되니까. 혹시라도 내가 당신을 귀하게 여기지 않는다고 생각하면 안 되니까."

"네…. 말씀하세요."

남편은 나의 귀에 대고 물었다.

"여보, 우리가 원래 거래하던 은행의 통장에 있던 돈 다 어디 갔어?"

그 돈은 충청은행으로 다 옮긴 후 어음할인을 해주고 있었다.

'아, 그거였구나.'

나는 얼른 지갑에서 어음수탁장을 꺼내 남편에게 보여주었다.

"여보, 사실은 내가 공업사 어음할인을 해주고 이렇게 다 수탁해놨어요."

어음수탁장을 보는 남편의 미간이 좁아졌다. 그는 더욱 낮은 음성으로 나를 불렀다.

"여보…."

그리고 신중하게 할 말을 생각하는 듯 가만히 나를 바라보다가 입을 열었다.

"당신같이 곱고 예쁜 사람이, 이 세상에 고작 어음할인이나 해주려고 태어난 걸까?"

"그건 아니지만…."

"나는 당신이 공업사를 당장 그만두었으면 좋겠어."

나는 남편을 설득할 생각조차 하지 않았다. 그의 말이 모두 옳았기 때문이다. 돈 버는 재미에 판단력이 흐려진 나를 남편이 한마디 말로 일깨워준 것이다. 나 역시 당장 어음할인을 그만두기로 결심했다.

"알았어요. 그런데 여보, 이미 내가 할인해준 어음들은 지금 어쩔 수

없잖아요. 그 돈들이 나에게 다 들어오려면 석 달이 걸리거든요. 공업
사는 딱 석 달만 더 다닐게요. 절대 어음할인 안 하고, 회사 일만 석 달
동안 하고 그만둘게요. 그렇게 해도 되죠?"

"할 수 없지. 그럼 그렇게 해요."

남편이 이런 말을 하게 만든 것이 미안했다.

"여보, 정말 미안해요."

"내 말대로 따라줘서 고마워. 춥지? 얼른 집으로 돌아가자."

남편은 나를 품에 꼭 안고 집으로 향했다. 다음날, 공업사에 출근한
나는 사장님에게 자초지종을 설명하고 어음할인을 하지 않겠다고 했
다. 사장님은 모든 것을 이해해주었다. 그리고 3개월 후, 공업사를 그
만두며 남편과의 약속을 지켰다.

슈퍼마켓 계산원부터 사장까지

결혼 후 나와 남편은 아들 한 명을 낳아 키우고 있었다. 초등학교 다닐 때부터 영민함을 보이던 아들이 중학생이 되어서도 좋은 성적을 받아오자 욕심이 생겼다.

'충주 같은 작은 도시 말고 분당 같은 데로 이사를 하면 애한테 더 좋겠지?'

결국 나는 아들을 분당에 있는 중학교로 전학시키기 위해 이사를 왔다. 하지만 내 기대와 달리 아들은 중학교에 적응하지 못했고, 다시 충주로 돌아가 외할머니 댁에서 학교를 다니게 됐다.

아들은 다시 충주로 돌아갔지만 나는 계속 분당에 머물렀다. 언젠가 고등학교를 졸업하고 대학에 들어가면 아들 역시 다시 서울 쪽으로 오게 될 것이었다. 게다가 우리의 새로운 삶의 터전으로 삼기에 분당이 아주 마음에 들었다.

당시 나는 슈퍼마켓에서 계산원으로 일하고 있었다. 이 글을 읽는 사람들은 많이 의아할 것이다. 돈을 그렇게 많이 번 사람이 왜 하찮은 계산원 일을 했을까? 나는 삶의 터전을 충주에서 분당으로 옮겼다. 때문에 내가 살고 있는 지역에 대한 아무 정보가 없었다. 내가 천냥백화점을 차리기 전 동물병원에서 일하고, 다른 잡화점에서 일을 도와주며 정보를 얻은 것처럼, 나는 일을 시작할 때 늘 작은 것부터 시작한다. 우리가 맨 밑바닥에 있다고 생각하는 자리, 혹은 아주 작은 것에서부터 정성을 다하면 자기도 모르는 사이에 좋은 기회가 찾아오게 되는 것이다.

슈퍼마켓에서 계산원으로 취직했을 때도 나는 아주 열심히 일했다. 지각이나 결근은 물론이고 일하는 속도조차 늘어진 적이 없었다. 내가 일하는 걸 지켜보던 사장님이 어느 날 나에게 물었다.

"혹시 이화여대 나오셨어요?"

너무나 뜬금없는 질문이었다.

"저는 대학교 문턱도 못 갔어요. 여상 출신이에요."

"그런데 어쩜 그렇게 성실하고 똑 부러지게 일을 잘 해요?"

나는 말없이 웃기만 했다.

"내가 원래는 아가씨들만 뽑아서 썼거든요."

사장은 나를 처음 봤을 때의 일을 회상하며 얘기해주었다.

"사실 처음 봤을 때는 아줌마라서 좀 걸렸어요. 살림만 하던 아줌마들은 이런 일 잘 못 할 테니까. 적어도 한 달은 꼬박 가르쳐야 일을 제대로 하겠구나 했지."

"그런데 왜 마음을 바꾸셨어요?"

"이놈의 아가씨들이 남자친구랑 만나서 술이라도 마시면 다음날 출근을 안해요. 그런데 아줌마는 성실해 보이긴 했거든. 그래서 속 썩이는 아가씨들 쓰느니 가르치는 데 애 좀 먹더라도 언젠가는 능숙해질 테고, 그러면 꾸준히 잘 나올 사람을 구하는 게 낫겠다 싶었지."

워낙 큰 슈퍼마켓이었던 터라 점장, 배달사원, 계산원 2명, 채소부 직원 2~3명 정도가 일하던 곳이었다. 그만큼 취급하는 물건이 많다는 얘기였다. 게다가 지금처럼 바코드만 읽히면 가격이 알아서 계산되던 때도 아니었다. 계산원들이 일일이 가격을 다 입력해야 하는 시절이었기에 그 많은 물건의 가격표를 일일이 외워둬야 했다. 사장님의 염려는 당연했다. 하지만 나는 일한 지 일주일 만에 그 많은 물건의 가격표를 다 외워버렸고, 사장은 놀랄 수밖에 없었다.

그곳에서 일하면서 하루에 450만원을 계산대에 찍을 정도로 바쁘게 일했다. 보기엔 둔해 보이는 나였지만 같이 일하는 아가씨가 내 속도를 못 따라올 정도로 일을 빠르게 잘 해냈다.

게다가 슈퍼마켓이 내 가게인 것처럼 모든 일에 적극적으로 대처했다. 채소장수들이 아파트 앞에 차를 가지고 와서 직접 판매하는 것이 유행이던 때가 있었다. 주민들은 채소 트럭이 오면 집 앞에 나가 편하게 채소를 사갔다. 당연히 채소를 취급하던 슈퍼마켓 매출에 영향을 미쳤다. 고심하던 나는 직원들을 불렀다.

"슈퍼 안에 있는 채소들을 상가 위쪽으로 꺼내주세요."

채소부 직원이 의아하다는 듯 물었다.

"왜요?"

"채소장수들이 아파트 바로 앞에서 장사를 하니까 사람들이 이리 안 오잖아요. 우리가 채소를 들고 아파트 앞으로 가자구요. 그럼 어차피 물건은 똑같으니 우리 것도 사겠지."

얘기를 듣는 직원들은 다들 귀찮은 표정을 지었다.

"그건 좀 그렇지 않나?"

"굳이 여기 놔두고 거기까지 가서 팔기 좀 그런데?"

"좀 창피하기도 하고…."

그들에게 강요할 생각은 없었다.

"그럼 나 혼자 할 테니까, 물건만 좀 옮겨다주세요."

직원들은 물건을 상가 위쪽으로 옮겨다주었고, 나는 난전에서 채소를 팔았다. 그랬더니 정말 주민들이 채소를 사러왔다. 그리고 내게 물었다.

"혹시 슈퍼마켓 사장님 부인이세요?"

어이가 없어 웃음이 나왔다.

"아니요. 왜요?"

"이렇게까지 열심히 하니까, 부인인 줄 알았죠."

나는 농담처럼 대답했다.

"제가 원래 뭐든지 열심히 한답니다."

재미있는 해프닝이었다.

일을 할 때는 열심히 했지만 사실은 중간에 그만두려 한 적이 있었다. 사실 슈퍼마켓은 집에서 걸어가기엔 멀었고, 대중교통이 지나는 경로에도 벗어나 있어 출근하기가 여간 번거로운 것이 아니었다. 나는 사장님에게 이런 사정을 얘기했다. 그러자 사장이 파격적인 제안을 했다.

"그럼 내가 티코 한 대 사줄 테니 그냥 나와요."

하지만 나는 그 자리에서 선뜻 확답을 줄 수 없었다. 다시 충주로 내려가기로 한 사춘기 아들 때문에 한창 신경 쓸 일이 많았기 때문이었다. 하지만 얼마 후, 주변정리를 한 나는 다시 슈퍼마켓에 계속 다니기로 결심을 했다.

슈퍼마켓 사장이 내게 이 정도 선심을 쓸 수 있었던 것은 그가 엄청난 부자였기 때문이었다. 슈퍼마켓이 있는 건물 역시 사장의 것으로 다른 상가는 다 분양이 되었는데 유일하게 한 공간만 분양되지 않아 그자리에 슈퍼마켓을 차린 것이었다.

어느 날, 사장이 뜻밖의 말을 했다.

"사실은 내가 이 슈퍼마켓을 더 운영할 수가 없게 됐어요."

"무슨 일 있으세요?"

"내가 천안에 내려가야 하거든. 거기에 이런 건물을 지을 계획이에요."

"아, 좋은 일이네요. 그럼 슈퍼마켓은 팔려구요?"

"그래서 말인데, 아줌마 돈 좀 있어요?"

"그건 왜요?"

"내가 싼 값에 넘겨줄 테니까, 이거 아줌마가 인수해서 해봐요. 내가 할 때보다 더 잘할 것 같아서 그래요."

갑자기 천냥백화점을 차리던 때가 생각났다. 그때 나는 손님들로 가득 찬 슈퍼마켓을 보면서도 전혀 마음이 가지 않았었다. 거기서 파는 두부나 채소가 남으면 못 팔고 버려야 한다는 생각이 앞서 차릴 엄두도 못 낸 것이다. 하지만 이제는 상황이 달라졌다. 이곳에서 계산원으로 일하면서 슈퍼마켓의 운영원리에 대해 모두 배워두었다. 당연히 슈퍼마켓을 잘 운영할 자신이 생겼다.

나는 집으로 가 남편과 의논했다.

"여보, 내가 일하는 슈퍼마켓 사장님이 싼 가격에 가게를 넘겨준다는데 어떡할까요?"

"당신 생각은 어때? 하고 싶어?"

"네. 당신이 도와주면 잘할 수 있을 것 같아요."

"그럼, 해봅시다. 당신은 뭐든 꼭 성공해내는 사람이니까, 그것도 잘 될 거야."

"우리 '천냥백화점' 때처럼 같이 또 대박 내봐요."

얼마 후, 나는 슈퍼마켓을 인수했고 사장이 되었다. 예상대로 슈퍼마켓은 이전보다 더욱 장사가 잘 됐다. 손님은 끊이지 않았고, 사장인 나는 앉아서 쉴 틈조차 없었다.

그나마 건물 1층에 은행이 있던 덕에 은행 직원들의 도움을 많이 받을 수 있어 다행이었다. 슈퍼마켓에서 번 돈을 은행으로 가져가면 직원들은 잔돈을 바꿔다주기도 하고, 아침 일찍 물건이 들어오면 진열하는 걸 도와주기도 했다. 점심시간이면 와서 가게에서 파는 빵과 우유를 먹으며 수다를 떨다 가기도 했다.

그렇게 은행 직원들과 친해지니 중요할 때 좋은 정보를 얻을 수 있었다. 그날도 은행 직원이 가게에서 점심을 해결하던 중이었다. 빵을 먹으며 나와 이런저런 얘기를 나누던 그녀는 누가 들을 새라 주위를 살피더니 조용히 말을 건넸다.

"조만간 근처에 기업이 운영하는 대형마트가 들어올 거예요."

"아니, 그걸 어떻게 알아요?"

"은행은 정보가 빠르잖아요. 조만간 우리 은행도 합병돼서 없어질 거예요. 얼른 팔고 정리하세요."

그날 밤, 집으로 돌아간 나는 남편에게 은행 직원이 해준 얘기를 전해주었다.

"그런 정보를 주다니, 정말 고맙지 뭐예요. 우리 얼른 가게 정리해요."

하지만 남편은 미련을 버리지 못했다.

"장사가 너무 잘 되는데 조금만 더 하면 안 될까?"

"지난번에 천냥백화점 정리할 때와 같아요. 팔 때는 아쉬웠지만 그 때 정리하길 잘했다 하셨잖아요. 그러니 이번에도 지금 정리하는 게 맞을 거예요."

"당신 말을 듣고 보니, 그 말이 맞네."

"우리 욕심부리지 말자구요."

"알았어요. 당신 뜻대로 해요."

나는 다음날로 부동산에 가게를 내놨다. 워낙 장사가 잘 되는 곳이라 이틀 만에 연락이 왔다. 나는 계약을 하고 가게를 넘겨주었다.

얼마 후, 은행 직원의 정보대로 기업형 대형마트가 들어왔다. 역시 은행 직원과 친하게 지낸 덕분에 큰 도움을 받을 수 있었다.

생각해보면 나는 늘 은행 관계자들과 인연이 생긴다. 그리고 그들의 도움으로 여러 위기를 잘 넘길 수 있었다. 그 옛날, 부득이하게 10년 동안 몸담던 임가공업을 그만두었을 때도 그랬다. 회사가 없어질 줄도 모르고 그동안 번 돈을 모두 쏟아 건물을 샀고, 잔금 치를 일만 남아 있었다. 그런데 갑자기 회사가 중국으로 이전해 일이 끊기는 바람에 수입도 없어지게 되었다. 앞으로 벌어들일 수입을 생각해 건물을 샀던 나는 잔금 치를 돈이 없었다. 그런데 그 위기의 순간, 은행 지점장 덕분에 문제를 해결할 수 있었다.

그와의 인연 역시 참 희한하게 시작되었다. 한창 임가공업으로 주가를 올리고 있을 때 나는 일꾼들을 모아 사무실에서 작업을 할 정도로 눈코 뜰 새 없이 바빴다. 그는 은행에 새로운 지점장으로 발령받아 왔다. 지점장 업무 역시 처음인 그였다. 원래 지점장이 바뀌면 VIP 고객들에게 인사전화를 하곤 하는데, 그 역시 내게 인사나 하자는 생각에 전화를 걸어왔다. 바쁜 외중에 전화를 받으니 지점장이 점잔을 빼며 인사를 건넸다.

"안녕하십니까? 제가 이번에 새로 발령받은 지점장입니다. 바쁘시지 않을 때 한번 들러주세요."

그것이 VIP 손님들에게 하는 그들의 인사다. 하지만 바빠서 정신이 없었던 나는 재빨리 이렇게 대답했다.

"저는 바빠서 못 가요."

그리고 전화를 뚝 끊어버렸다. 물론 일부러 그런 것은 아니었다. 정말 바빠서 그런 것뿐이었다. 연륜이 오래된 지점장이라면 이런 상황에 그러려니 하고 그냥 넘어갈 법한데, 은행에 첫 발령받은 지점장은 나를 괘씸하게 여겼다. 그는 다시 나에게 전화를 했다.

"제가 전화를 했으면 성의 있게 받아주셔야 할 것 아닙니까? 도대체 바쁘면 얼마나 바쁘기에 그러세요?"

"남자들은 바쁘면 오줌 누고 털 시간도 없다면서요. 내가 그렇게 바쁘거든요."

"알겠습니다. 그 정도로 바쁘시면 제가 직접 찾아가 뵙죠."

지점장은 화난 목소리로 전화를 끊었다. 그리고 내가 일하는 사무실로 쫓아왔다. 사무실 문을 벌컥 열고 들어온 그의 눈이 휘둥그레졌다. 사무실 안에는 수출할 물건이 담긴 박스가 곳곳에 쌓여 있었고, 나와 일꾼들은 정신없이 물건을 만들고 있었다. 나는 그를 보자마자 누구인지 바로 알아차렸다.

"새로 오신 지점장님이세요?"

그는 민망한 듯 서서 인사했다.

"네. 안녕하세요. 바쁘신데 실례했습니다. 다음에 다시 오겠습니다."

그는 황급히 인사하고 돌아갔다. 그 후, 비가 오는 날이면 사무실로 오기 시작했다.

"왜 비만 오면 여길 오시는 거예요?"

나는 커피를 건네주며 물었다. 그는 씁쓸한 미소를 지으며 대답했다.

"비가 오면 저는 갈 데가 없어요."

"왜요? 지점장실이 넓고 좋은데 갈 데가 왜 없어요?"

"내가 지점장실에 버티고 있으면 직원들이 싫어해요."

원래 지점장은 회사 규모 정도 되는 큰 고객을 유치하는 것이 역할 중의 하나다. 그런데 그 일을 하지 않고 사무실에 앉아 있으면 직원들이 싫어한다고 한다.

"그러니 비 오는 날 찾아오더라도 이해 좀 해주세요."

문득 측은한 마음이 들었다.

"네. 얼마든지, 편하게 찾아오세요."

그렇게 인연이 된 지점장은 나에 대한 신뢰가 깊어졌고 덕분에 급한 상황에서 그의 도움으로 신용대출을 받을 수 있었다. 그는 본사에 대출 신청을 하며 이렇게 말했다고 한다.

"만약 윤순숙씨 대출건이 잘못되면 제 퇴직금을 가져가서도 좋습니다."

그렇게 대출은 무사히 진행되었고, 나는 건물 잔금을 치를 수 있었다.

은행원들과의 이런 묘한 인연들은 그 이후에도 계속되었다. 공업사에 근무 할 때도, 슈퍼마켓을 할 때도, 그 이후로도 계속된 이런 관계들 덕분에 사업에 큰 도움을 받을 수 있었다. 은행 지점장들과 쌓은 돈독한 신뢰관계 덕분에 좋은 성과를 낼 수 있었던 셈이다.

작은 관심에서 시작된
의류도매업

    오래전 임가공업을 할 때 버스로 물건을 모으러 다니며 빗길을 걷던 시절도 있었지만, 그 이후로 지금까지 바쁜 일정 때문에 걸어서 다닐 일은 거의 없다. 이제는 집 앞에 잠깐 나갈 때를 제외하고는 늘 차를 이용한다.

    하지만 지금까지도 유일하게 걸어서 다니는 곳이 있으니, 바로 은행이다. 특별한 이유는 없다. 내가 번 돈을 보관해둔 곳, 내 미래와 함께하는 곳, 나를 도와주는 사람들이 있는 곳이라는 친밀감이 있어서 그런지도 모르겠다. 은행에 가야겠다 생각하고 집을 나서면 걸음을 내딛는 순간부터 가슴이 설렌다. 은행으로 향하는 길은 마치 어느 경치 좋은 동산의 꽃길을 걷는 것처럼 마냥 신나기만 하다.

    분당으로 거처를 옮기고 슈퍼마켓을 성공적으로 운영한 이후, 새로운 버릇이 생겼다. 나는 은행에 가도 창구로 바로 직행하지 않는다. 들어서자마자 내가 제일 먼저 하는 일은 창구를 등지고 서서 맞은편 커다란 창으로 보이는 전망을 감상하는 것이다. 제일 먼저 눈에 띄는 것은 창밖에 펼쳐진 분당의 상가들이다. 내가 열심히 일해 모은 돈으로 사들인 상가들. 젊음을 바쳐 열심히 일한 노력의 산물들이 우뚝 서 있는 모습을 보자면 지난날의 내 눈물과 마음고생이 전혀 억울할 것이 없었다.

세상에 그 정도 고생하지 않는 사람이 어디 있으랴. 하지만 더한 고생을 해도 아무것도 얻지 못하는 사람이 많으니 나는 얼마나 감사한 인생을 살고 있는가 말이다. 그런 감사함을 새삼 깨닫게 해주는 은행 창밖의 풍경은 내게 있어서만큼은 세계 어떤 명화보다 값진 그림이다.

슈퍼마켓을 정리하고 휴식을 취하고 있던 어느 날, 그날도 은행을 향해 천천히 걸어가고 있었다. 그런데 그날따라 은행 앞에 많은 사람들이 모여 있는 게 보였다. 사람이 많은 곳이면 늘 그냥 지나치지 못하고 들여다보던 나였기에, 무슨 일이 있나 싶어 무리 안을 들여다봤다. 모여 있는 사람들 앞에서 웬 총각이 옷을 팔고 있었다. 사람들은 바닥에 한 무더기 쌓아놓은 색색의 옷들을 들었다 났다 하며 고르기 바빴다.

나는 그 광경을 유심히 지켜봤다. 생각보다 옷을 사가는 사람들이 많았다. 관심 있게 옷이 팔려나가는 장면을 보던 내 눈에 옆에서 옷을 고르는 아줌마가 들어왔다. 무슨 옷을 살지 결정을 못 하고 빨간색 옷을 집었다가 흰색 옷을 집었다가를 계속 반복하고 있었다.

"지금 들고 계신 노란색이 정말 잘 어울리세요."

아줌마가 나를 쳐다봤다.

"얼굴빛이 고우셔서 그 색으로 입으면 더 건강해 보이실 거예요."

"정말요? 그럼 이걸로 사야겠네."

아줌마는 노란색 옷을 들고 총각에게 돈을 건넸다. 한 번 그러고 나니 옷을 못 고르고 있는 아줌마들이 계속 눈에 띄었다. 무슨 재미가 들렸는지 나는 그런 아줌마들 옆으로 가서 계속 옷 고르는 걸 거들어주었다.

"새댁은 하얀색을 입으면 얼굴이 더 환해 보이겠어요."

"아주머니는 이걸 입으면 훨씬 날씬해 보이겠는데요."

신기하게도 아줌마들은 처음 본 내 안목을 믿고 추천해주는 대로 옷을 집어들었다. 잠깐 구경하겠다고 들어선 자리였는데 그렇게 한참의 시간이 흘러 손님이 잠깐 뜸해진 시간이 되었다. 나도 이제 그만 은행으로 들어가야겠다 생각하고 발길을 돌리려는데 총각이 나를 불러 세웠다.

"아주머니."

"네?"

"어디서 옷장사하세요?"

"아니요. 옷장사는 해본 적 없어요."

"그런데 수완이 좋으시네요."

총각은 돈주머니에서 얼마를 꺼내 내게 내밀었다.

"아주머니 덕분에 오늘 많이 팔았습니다. 얼마 안 되지만 받아주세요."

나는 손사래를 치며 말했다.

"나는 돈 받으려고 팔아준 게 아니에요. 하도 사람들이 옷만 들었다 놨다 하고 못 사고 있기에 좀 도와준 것뿐이에요."

"그래도 저 혼자 팔 때보다 훨씬 많이 팔게 해주셨는데 감사인사는 하고 싶습니다."

"그냥 저 재미있자고 한 일이에요."

"그럼, 옷이라도 한 벌 가져가실래요?"

사실 내가 총각에게 받고 싶은 것은 옷이나 돈이 아니었다.

"아니에요. 그보다 물어보고 싶은 게 있어요."

"뭔데요?"

"이런 옷들은 어디서 구해오는 거예요?"

그는 말해주기 곤란한 듯 잠시 머뭇거렸다.

"아, 영업비밀이에요?"

내가 농담처럼 웃으며 묻자 그는 사정을 얘기해줬다.

"사실은 제가 구해오는 게 아니거든요."

"아, 그럼 사장님은 따로 있는 거예요?"

"말하자면 이 일대를 관리하는 조직 보스가 사장님이라 할 수 있죠."

나는 깜짝 놀랐다. 조직이라면 유흥업이나 불법적인 일에만 손을 대는 줄 알았으니 말이다.

그의 설명은 계속 이어졌다.

"보스가 중국에서 옷을 만들어 들여온 후에 저 같은 애들한테 나눠주고 팔게 해요. 그리고 우리가 팔면 수익의 30%를 나눠주는 거죠."

보통은 그런 설명을 듣고 나면 바로 인사하고 발길을 돌리기 마련이다. 그런데 나는 총각에게 새로운 제안을 했다.

"혹시 내가 옷을 만들어주면 내 옷도 팔아줄 수 있어요?"

총각은 의외로 명쾌하게 대답했다.

"당연하죠."

그가 1초도 고민하지 않고 대답하는 바람에 놀란 사람은 오히려 나였다.

"그쪽은 조직 두목의 옷을 파는 사람인데, 괜찮겠어요?"

그는 배짱 있게 말했다.

"괜찮아요. 제가 알아서 할 수 있어요. 옷만 만들어서 갖다주세요. 제가 팔아드릴게요."

"좋아요. 그럼 나는 이윤의 40%를 드릴게요."

"그래 주시면 저는 더 좋죠."

"총각 말고, 옷을 판매할 수 있는 사람이 더 있으면 좋겠는데."

"그럼 제가 사람도 몇 명 모아드리겠습니다."

"고마워요. 우리 잘 해봐요."

평소와 같이 은행 가던 길. 그 길 위에서 나의 또 다른 사업이 시작되었다.

일단 사업 아이템이 잡히자 나는 빠르게 움직이기 시작했다. 우선 대전에 위치한 옷공장을 섭외해 만 원짜리 질 좋은 티셔츠를 제작해달라고 주문했다. 주문한 티셔츠가 완성되자 총각을 비롯한 판매원들에게 나눠주었다. 이윤의 40%를 가져간다는 생각에 판매원들 역시 열심이었다.

티셔츠는 불타나게 팔려나갔다. 이제는 소문을 들은 사람들이 자기도 옷을 팔아주겠다며 나를 찾아오기 시작했다. 나를 찾아온 어떤 아주머니는 한가하게 골프나 치러 다니게 생긴 사모님 같은 분이었다.

"나도 그 옷 좀 팔고 싶은데요."

"보아하니 부잣집 사모님 같은데, 하실 수 있겠어요?"

"한때는 그랬죠. 지금은 쫄딱 망해서 내가 돈을 벌어야 해요."

"그래도 길에서 옷 파는 일인데, 아는 분이라도 만나면 어쩌시려구요."

"먹고사는 문제가 달렸는데 자존심 내세워서 뭐하게요. 나도 좀 시켜줘요."

딱한 사정을 모른 척할 수 없어 자리를 주고 옷 파는 방법도 알려줬다. 어떤 아주머니는 심심하다고 찾아오기도 했다.

"아주머니는 왜 이걸 하시려구요?"

"하나 있는 외아들이 지금 사법고시 준비하고 있어요."

"그런데요?"

"걔는 하루 종일 공부만 하고, 내가 할 일이 없어요. 그냥 집에만 앉아 있기도 심심하니 자리에 옷만 펼쳐 놔줘요. 내가 팔아줄 테니."

그렇게 내 옷을 판매해주는 사람들이 점점 늘어났다. 손님들 역시 넘쳐났다. 총각은 이제 단골도 생겼다며 신나했다.

"손님도 많은데 품목을 좀 늘려볼까?"

그러자 총각이 물었다.

"뭐, 다른 것도 만드시게요?"

"응, 티셔츠에 맞게 바지도 만들어볼까 해요."

"그럼, 좋죠. 손님 더 많아지겠네."

나는 대전의 옷공장에 질 좋은 바지를 제작해달라고 주문했다. 상의에 하의를 더하니 옷은 더 날개 돋친 듯 팔려나갔고, 매출은 점점 어마어마해졌다. 나는 좀 더 욕심을 부려보기로 하고 총각을 찾아갔다.

"부탁이 있어요."

"뭐든 말씀만 하세요."

"이 부근에서 장사가 가장 잘되는 목 좋은 자리를 알고 있죠?"

총각은 내가 뭘 부탁하려는지 감지한 듯 우물쭈물 대답했다.

"알기는 하죠."

"그 구역을 좀 알려줘요."

"그건 왜요?"

"왜긴, 거기서 옷 팔려고 그러지."

총각은 정색하며 말했다.

"죄송한데, 거긴 알려줄 수 없어요."

"왜 알려줄 수 없어요?"

"거긴 조직 보스의 자리예요. 거기서 장사하면 맞아 죽을지도 몰라요."

하지만 나는 맞아 죽지 않을 자신이 있었다. 나는 총각을 설득했다.

"그건 내가 알아서 할게요."

"정말 안 된다니까요."

"얼마 겪진 않았어도 알 거 아니에요. 나 만만한 사람 아니라는 거."

"아무리 그래도 사모님은 여자고, 그쪽은 조직 보스예요. 주먹 쓰는 부하가 한둘이 아니라구요."

"괜찮아요. 상황 봐서 정말 위험하다 싶으면 얼른 접을게요. 그리고 총각한테 절대 피해가게 안 할 테니까."

나의 계속된 설득에 그는 결국 손을 들고 자리를 알려주었다. 그가 알려준 장소에 가서 자리를 확인하는데, 바로 앞에 위치한 빈 상점이 눈에 띄었다. 조명가게를 하다 문을 닫은 상점이었다. 나는 얼른 부동산을 찾아가 상점을 임대하고 싶다고 했다. 그러나 부동산 사장은 고개를 저었다.

"그 자리는 이미 나갔어요."

"그래요? 언제요?"

"좀 됐어요. 약국을 한다는 것 같았는데."

"그런데 계속 비어 있던데요?"

"글쎄요. 나야 그 속사정은 모르니까."

"임대한 사람 좀 알려주시겠어요? 제가 한 번 만나볼게요."

부동산 사장의 도움을 받아 나는 빈 상점을 임대했다는 사람을 만날 수 있었다.

"저 앞에 조명가게 하던 빈 상점 임대하셨죠?"

"네. 그런데요."

"약국 한다고 임대하셨다던데."

"맞습니다."

"가게 계약한 지 좀 됐다던데 영업 안 하세요?"

"아, 내가 약국을 할 게 아니에요."

"그럼요?"

"자리가 좋잖아요. 그래서 일단 가게 확보해놨다가 약국을 한다는 사람이 나타나면 내가 세를 주려고 한 거예요."

말하자면 그는 임대 브로커였다.

"아직 약국 한다는 사람은 없는 거죠?"

"그렇습니다만."

"그럼 그 가게 저한테 임대해주세요."

"약국 하실 겁니까?"

"아니요. 옷가게 할 거예요."

그는 고개를 저었다.

"그럼 곤란한데요."

"어차피 약국 한다는 사람이 나타날 때까지 빈 가게인 채로 놀려야 되잖아요. 임자가 나타나면 바로 비워줄 테니까 그때까지만 저한테 세를 놓으세요."

그래도 그가 선뜻 내켜하지 않자 나는 후한 월세를 제시했다.

"한 달에 480만원 드리겠어요."

그는 결국 내게 상점을 임대해주기로 했고 나는 가게 안에 옷을 진열해 팔기 시작했다. 당연히 손님들의 발길은 끊이지 않았고, 옷들은 불티나게 팔려나갔다.

상점 안에서 안정적으로 옷장사를 시작했지만 총각에게 들은 목 좋은 자리를 포기한 것은 아니었다. 상점은 그대로 운영하면서 조직 보스의 것이라는 목 좋은 자리에 난전을 벌이고 옷을 팔기 시작했다.

얼마 지나지 않아, 예상대로 조직원들이 찾아와 행패를 부렸다. 그들은 옷을 헤집어놓고, 박스를 발로 차고, 벽에 주먹을 내다꽂으며 나를 협박했다.

"여기가 누구 자린 줄 알아?"

그 자리에는 나뿐 아니라 직원들까지 같이 있었다. 나는 싸움이 커지는 것부터 막아야겠다고 생각했다. 자칫하면 직원들이 다칠 수 있었기 때문이다.

"너희들은 전부 가게에 들어가 있어."

"하지만, 사장님….."

"괜찮아. 내가 잘 해결할 수 있어."

직원들이 안으로 들어가자 더욱 용기가 생겼다. 나는 등을 곧게 펴고, 고개를 똑바로 들어 나를 죽일 듯이 노려보는 조직원을 쳐다봤다.

"여기가 너희 땅이냐?"

그는 기가 막힌다는 듯 코웃음을 쳤다.

"여긴, 우리가 오래전부터 장사하던 자리야. 그러니까 우리 땅이나 마찬가지라고."

"그런 게 어딨어? 너희가 돈 주고 산 땅이 아니면 너희한테 아무 권리도 없어."

"그건 우리가 결정하는 거야, 아줌마. 내가 얼마나 무서운 사람인지 모르나본데, 정말 죽고 싶지 않으면 당장 꺼져."

"시끄러워. 너 여기서 장사하면서 세금이나 내본 적 있냐?"

"뭐?"

"나는 세금 내고 장사하거든."

"이 아줌마가 지금 뭐라는 거야. 죽고 싶어?"

내가 마구 대들자 그는 내 앞에서 주먹을 흔들어 보였다. 나는 지지 않으려고 아예 머리를 들이밀었다.

"자, 때리려면 때려봐."

그는 오히려 당황했다.

"아니, 이 아줌마가…."

"어차피 나도 목숨 걸고 하는 거야. 죽이고 싶으면 여기서 죽여."

죽을 각오를 하고 덤볐더니 그가 결국 보스를 불러냈다. 하지만 조직 보스는 자신들의 주먹을 두려워하지 않고 당당하게 맞선 나를 마음에 들어 했다. 그는 오히려 나를 누님이라 부르며 자리를 양보했다. 나는 그 자리에서 계속 옷을 팔 수 있었다.

어느 날, 명당자리를 두고 나와 싸움이 붙었던 그 조직원이 나를 찾아왔다. 그는 뭔가 할 말이 있는 듯 내 눈치를 살폈다.

"혹시 나한테 뭔가 할 말이 있는 거야?"

"앗, 어떻게 아셨어요?"

"아까부터 계속 내 눈치만 보잖아. 뭔데?"

그는 결심한 듯 속내를 털어놨다.

"누님, 저 돈 좀 빌려주세요."

"돈?"

"제가 이번에 조그맣게 사업을 좀 시작하려고 하는데 돈이 좀 부족하네요."

나도 부족한 자금 때문에 발을 동동 굴렀던 경험이 있던 만큼 그의 마음을 누구보다 잘 알고 있었다. 비록 조직에 몸담았던 사람이긴 하지만 그가 진실한 사람이라 믿었기에 필요한 돈을 빌려주기로 했다.

"좋아. 빌려줄게."

"고맙습니다, 누님. 꼭 날짜 맞춰서 돌려드리겠습니다."

나는 흔쾌히 빌려줬다. 시간이 흘러 그가 돈을 갚기로 한 날짜가 되었다. 그런데 그는 나타나지도 않고 연락도 되지 않았다. 나는 속이 타들어갔다.

"당신이 돈을 빌려줄 정도면 확실한 사람일 텐데, 그 사람에게 피치 못할 사정이 생긴 것은 아닐까?"

남편은 나를 진정시키려는 듯 달랬다.

"차라리 그런 거라면 좋겠는데, 연락도 안 되니 불안해요."

"조만간 돈 갚겠다고 나타날 거야."

"정말 그랬으면 좋겠네요. 악한 사람으로는 안 보였는데."

한참이 지난 후에도 그는 나타나지 않았다. 나는 직접 그를 찾아보기로 하고 돈을 이체해준 계좌를 역추적했다. 그리고 그가 돈을 받은 계좌정보를 통해 집주소를 알아내 찾아갔다. 벨을 누르자 안에서 남자 목소리가 들렸다.

"누구세요?"

나는 최대한 침착하게 대답했다.

"나야."

잠시 후, 문이 열리고 얼굴을 드러낸 사람은 내가 모르는 남자였다. 남자는 멀뚱하니 나를 바라보며 물었다.

"누구세요?"

나는 다시 한 번 주소를 확인하고 남자를 쳐다봤다.

"내가 누구한테 돈을 좀 보냈는데, 그 계좌 주인 주소가 여기로 되어 있거든요. 그쪽이 이 집 주인 맞아요?"

"네, 제가 맞습니다."

"같이 사는 사람은 없나요?"

남자는 그제야 상황을 파악한 것 같았다.

"사실은 제가 아는 형이 있는데 얼마전에 제 계좌를 빌려준 겁니다."

나는 기가 막혀 쓰러질 것 같았다.

"뭐라구요?"

"형이 어디서 돈을 받을 게 있는데 잠깐 통장 좀 빌려달라고 해서요."

"그 말을 어떻게 믿어요? 둘이 한패 아니에요?"

그는 억울하다는 듯 말했다.

"한패 같으면 저도 얼른 다른 곳으로 이사갔죠. 전 정말 통장 빌려준 것밖에 없습니다. 믿어주세요."

사기를 당했다는 생각에 화가 치밀어올랐다. 하지만 내가 할 수 있는 일은 없기에 포기하고 집으로 돌아올 수밖에 없었다. 화병이라도 난 듯 끙끙 앓고 있는 나를 보며 남편은 안타까워했다.

"여보, 돈은 있다가도 없고, 없다가도 있는 거니까 빨리 털어버려. 이러다 당신 몸 상할까봐 그게 더 걱정이야."

남편의 다정한 말에 더욱 억장이 무너졌다. 어리석은 내 자신이 원망스러웠던 것이다.

"그 남자는 이미 멀리 도망갔겠죠?"

"아마 그렇겠지."

나는 한숨 섞인 소리를 냈다.

"어쩌면 그렇게 어리석은 짓을 했을까요?"

"세상에 실수 안 하고 사는 사람이 어디 있겠어."

"내가 너무 교만했나 봐요. 하는 일마다 잘된다고 너무 자신만만했어요."

"너무 자책하지 마요. 이런 실수를 통해서 앞으로 큰 실수할 걸 피해 갈 수도 있는 거니까. 교육비 냈다고 생각하자고."

따뜻한 손길로 나를 어루만지며 위로해주는 남편의 말에 그나마 마음이 안정되어 갔다. 그런데 어느 날, 지인에게서 전화가 와서 뜻밖의 소식을 전해주었다.

"사장님 돈 빌려서 잠적했다는 사람 있잖아요. 나, 그 사람 본 것 같아요."

귀가 번쩍 뜨였다.

"뭐? 어디서?"

"우리 지역 상가 주변에서요."

그는 멀리 도망간 게 아니었다. 나는 남편이 운전하는 차를 타고 성남 지역을 돌아다니기 시작했다. 그렇게 찾아다니기 시작해 며칠이 지나 드디어 그를 발견했다. 그는 한 여성과 함께 있었다. 우리는 그가 사는 집을 알아내기 위해 계속 뒤를 밟았다. 젊은 여성과 함께 상가를 돌아다니던 그가 집으로 간 것은 밤 10시가 다 되어서였다.

두 사람이 집에 들어가는 것을 확인한 나는 남편에게 말했다.

"여보, 내가 들어가서 돈 받아올게요."

내가 차 문을 열고 나가려는데 남편이 나를 잡았다.

"아무리 우리가 받을 돈이 있어도 너무 늦은 시간에 남의 집에 가는 것은 안 될 일이야. 내일 아침에 날 밝으면 옵시다."

생각해보니 남편의 말이 맞는 듯했다.

"알았어요. 그렇게 해요."

남편 말대로 집으로 돌아갔다가 다음날 아침에 다시 그의 집 앞으로 찾아가 기다렸다. 시간이 얼마나 지났을까, 집을 나서는 그가 보였다. 나를 보지 못하고 걸어 나오던 그는 내가 나타나자 깜짝 놀라며 뒷걸음질을 쳤다. 놀라는 그의 얼굴을 보니 더욱 화가 치밀어올랐다. 꼭 쥔 두 주먹이 부르르 떨려왔다.

"왜? 내가 못 찾아낼 줄 알았어?"

그는 당장 내 앞에 무릎을 꿇었다.

"누님, 정말 잘못했습니다."

"어떻게 나한테 이럴 수 있어? 자기를 믿어준 사람한테?"

"제가 사정이 급해서…, 정말 누님께는 너무 면목이 없습니다."

"그런 변명은 필요 없어."

변명하는 그를 보자니 가슴이 아파왔다. 믿음을 배신한 그를 쏘아보는 내 눈가가 촉촉이 젖어오는 걸 느꼈다.

"누님 돈만큼은 제가 꼭 갚으려고 했습니다."

"그런 말은 이제 소용없다니까."

"정말입니다."

갑자기 벌떡 일어선 그는 가방에 들어 있던 수표를 꺼내 내밀었다.

"누님 덕분에 저 돈 좀 벌어서 안 그래도 조만간 찾아뵙고 사죄하려고 했습니다."

그의 말이 사실인지 거짓인지는 지금도 모른다. 하지만 나는 그때 그의 말을 믿기로 했다. 차라리 그것이 마음 편했기 때문이다.

'그래, 이 사람은 나를 배신하고, 내 돈을 떼어먹으려고 했던 게 아니다. 상황이 여의치 않았을 뿐이다. 그는 어쨌든 갚으려고 했을 것이다.'

나는 그렇게 믿기로 결정하고 그를 용서했다. 남편 역시 잘했다며 나를 칭찬해주었다.

그 일이 해결되고 나니 이번엔 임대한 상가에 문제가 생겼다. 나에게 가게를 임대해주었던 임대 브로커가 나를 찾아왔다.

"가게를 이만 비워주셔야겠어요."

"네?"

"약국을 하겠다는 사람이 나타나서 계약했어요."

"그렇군요. 약속은 약속이니까 비워드릴게요."

"저도 참 아쉽네요. 찾아보면 좋은 가게 또 구할 수 있을 겁니다."

때는 한겨울이었다. 주변에 빈 가게를 찾기가 힘들어 좀 더 멀리 떨어져 있는 곳까지 알아봐야 했다. 그리고 결국 의왕에 가게 자리를 얻었다. 나는 트럭을 빌려 가게에 있는 물건들을 의왕으로 실어 날랐다.

물건을 다 정리하고 이제는 빈 가게의 열쇠를 임대 브로커에게 돌려줄 일만 남은 때였다. 나는 임대 브로커를 만나기 위해 가게 앞으로 왔다. 그런데 거기서 나를 기다리고 있는 사람은 내 지인 중의 한 사람이었다. 그를 본 순간 누군가 내 뒤통수를 후려치는 느낌이 들었다. 나는 설마 하는 심정으로 물었다.

"여긴 웬일이야?"

"사실은 내가 여기 인수했습니다."

"네가 약국하려고?"

그는 웃었다.

"에이, 설마요. 다른 거 할 거예요."

"뭐 하려고?"

그렇게 물었지만 이미 나는 그의 대답을 알고 있었다.

"여기 옷가게가 아주 잘 되는 것 같아서, 나도 여기서 옷 팔아보려구요."

임대 브로커가 나를 속인 것에 화가 났다. 한때 지인이었던 남자는 손을 내밀었다.

"열쇠, 저한테 주시면 돼요."

오기가 생긴 나는 열쇠를 가방에서 꺼내지 않았다.

"열쇠 못 주겠는데? 이건 약속위반이야."

"무슨 소리예요?"

"원래 이 자리는 약국 자리야. 처음부터 약국을 여는 사람이 들어오면 내가 자리를 빼주기로 계약했던 건데, 똑같은 옷가게가 들어오면 내가 가게를 비워줄 이유가 없잖아?"

그는 당혹스러워했다.

"이거 서로 곤란하게 왜 이래요?"

"그 사람한테 전해. 나는 계약해지 못 해주겠다고. 내 물건 다시 들여놓을 거라고."

나는 그렇게 말하고 그대로 돌아서 왔다. 당황한 임대 브로커와 새 임대인은 계속 나에게 열쇠를 요구했지만 나는 꿈쩍하지 않고 버텼다. 결국 그들은 나를 고소하기 위해 경찰서로 향했다.

담당 경찰과 마주한 그들은 열변을 토했다.

"분명히 가게를 임대할 사람이 나타날 때까지만 잠깐 쓰기로 했거든요. 그래놓고 이제 와서 가게를 못 빼겠다는 겁니다."

"장사 시작하기도 전에 재를 뿌려도 유분수지. 열쇠를 안 주는 바람에 물건을 못 들여놔서 장사도 못하고, 제가 얼마나 손해를 보고 있는지 모릅니다."

그들의 말을 조용히 듣고 있던 형사는 두 사람의 말이 끝나자 몸을 앞으로 내밀었다. 당연히 편을 들어주겠거니 기대하는 눈빛으로 자신을 바라보는 두 남자를 향해 형사는 말했다.

"그 아줌마가 그런 나쁜 사람이 아닌데요."

그 말에 두 사람은 어리둥절했다.

"내가 그 아줌마를 잘 알거든. 그분처럼 사리분별 분명한 분이 그럴 리가 없지."

공교롭게도 그들이 고소장을 제출한 경찰은 나와 인연이 있는 사람이었다.

임대 브로커에게 빌린 가게에서 옷가게를 운영할 때의 일이었다. 하루는 가게 앞을 지나가던 경찰이 안으로 들어왔다.

"어서 오세요."

이미 다른 손님을 상대하고 있던 나는 인사만 건네고 그가 구경하는 동안 놔두었다. 그가 보는 것은 여자 옷이었다. 그런데 이 옷, 저 옷 만져보던 그는 사지 않고 그냥 나갔다. 나는 그가 옷이 마음에 들지 않아 나가나보다 생각했다. 그런데 다음날, 그가 다시 가게로 들어왔다. 나는 그를 기억하고 있었다.

"어서 오세요. 어느 분 옷 보시게요?"

"그냥 지나다 한번 들어와본 겁니다."

그가 불편해 하는 것을 눈치채고 나는 뒤로 한 발 물러났다.

"그럼 보시고, 필요한 것 있으면 불러주세요."

그는 역시 옷을 만져보기만 하고 다시 나갔다. 이후로도 그는 가게 앞을 지나가며 안에 있는 여성복들을 멍하니 구경만 하다 가기도 하고, 들어와서 가격표만 보다 가곤 했다.

어느 날, 가게를 찾아온 그에게 내가 대놓고 물었다.

"왜 늘 옷을 만져보기만 하고 안 사가세요?"

그는 부끄러운 듯 대답했다.

"집에 있는 마누라 생각이 나서요. 참 예쁜 여잔데 변변한 옷 한 벌이 없네요."

"그런데요?"

"제가 사정이 있어서 월급을 차압당했거든요. 그래서 월급이라고는 기본급밖에 못 챙기니 생활비 말고는 쓸 수 있는 돈이 없어요."

"저런…."

측은한 생각이 들었다.

그는 담담한 어조로 말을 이어갔다.

"명색이 남편인데, 아내 옷도 못 사줄 지경이니, 참, 속상하네요."

얘기를 다 들은 나는 웃으며 말했다.

"그럼, 제가 몇 벌 선물하죠 뭐."

그는 깜짝 놀랐다.

"네? 그러지 마세요. 그런 뜻으로 얘기한 게 아닙니다."

"알아요. 그냥 제가 선물 드리고 싶어서 그런 거예요."

"정말, 마음만 받겠습니다."

하지만 나는 이미 옷을 골라 꺼내고 있었다. 나는 그에게 옷을 내밀며 말했다.

"순수한 마음으로 드리는 거니까 사모님 갖다주세요. 나중에 갚으라고 안 할게요. 저 그렇게 사는 사람 아니거든요."

그는 고맙다며 옷을 들고 나갔다. 나중에 형편이 좋아진 그는 간혹 가게에 들러 부인 옷을 사가기도 했다.

그런 인연이 있는 사람에게 빈 가게 열쇠를 안 준다며 내 욕을 하니 그 말을 곧이곧대로 믿을 리가 없었다. 하지만 그는 공사구분은 확실히 하는 사람이었다.

"제 생각엔 그럴 리 없지만 사실확인은 정확히 하도록 하겠습니다. 말씀하신 부분들이 계약서에 다 명시되어 있는 것 맞죠?"

"네. 다 들어 있어요."

"계약서 좀 보여주세요."

임대 브로커는 경찰에게 계약서를 내밀었다. 계약서를 신중하게 살펴보던 경찰은 임대 브로커를 쳐다봤다.

"여기 보면 약국이 들어올 경우에 가게를 비워주기로 되어 있네요?"

임대 브로커는 뭔가 자기에게 불리하게 돌아가는 분위기를 느꼈다.

"그렇긴 한데, 그렇다고 열쇠도 안 주고 버티는 건…."

경찰은 다시 물었다.

"그럼, 사전에 똑같은 옷가게가 들어온다는 사실은 알려주셨나요?"

임대 브로커의 목소리가 점점 작아졌다.

"그건 아니지만…."

"혹시 약국 들어올 거라고 거짓말하신 것은 아니죠?"

고소하러 찾아갔던 두 남자는 침묵했다. 경찰은 달래듯 두 남자를 설득했다.

"이런 식으로 고소해서 좋을 게 뭐가 있겠습니까? 그쪽이 거짓말한 잘못도 있으니 잘 얘기해서 해결하세요. 어차피 저쪽 사장님도 물건 다 뺀 마당에 다시 오려는 건 아닐 겁니다. 어차피 두 분 목적은 열쇠 돌려받는 것 아닙니까?"

경찰의 말에 설득당한 임대 브로커는 나를 찾아왔다.

"죄송합니다. 제가 이사 비용이라도 물어드릴 테니 화 푸세요."

애초에 거짓말 때문에 화가 나 있던 나는 사과를 받아들이기로 했다. 그들은 내게 이사 비용을 물어주었고, 나는 열쇠를 돌려주고 일을 마무리지었다.

그리고 얼마 지나지 않아 옷장사를 모두 정리하게 되었다. 늦둥이를 임신한 것이다.

"여보, 어떡해. 나 임신이래요."

아이 소식을 들은 남편은 떨 듯이 기뻐했다.

"고마워, 여보. 당신 덕분에 늦둥이를 다 보네?"

껄껄 웃던 남편은 신중한 목소리로 당부하듯 말했다.

"그럼, 이제 일하던 거 전부 정리하고 태교에만 전념해요. 당신 나이도 있고, 무엇보다 건강한 아이를 낳는 게 중요하니까."

"안 그래도 그러려고 했어요."

"당신, 이제부터 나 없이 혼자 다니는 것도 금지야."

"네? 그건 너무하잖아요."

"귀한 자식이 태어날 텐데, 조금이라도 잘못되면 안 되잖아. 이제부턴 무조건 조심해야 해."

"그럼 운전도 안 돼요?"

"당연하지."

남편은 내가 태교에 전념할 수 있게 도와주었고, 덕분에 나는 늦은 나이에 건강하게 딸을 출산할 수 있었다. 그리고 딸을 위해 주식을 공부하다 현재의 투자회사를 운영하기에 이른 것이다.

첫 직업이라 할 수 있는 임가공업을 마무리한 후에 깨달은 것이 있다. 이 땅에 영원한 것은 절대 없다는 것이다.

그래서 그 이후로는 사업이 아무리 잘 나가도 1년 정도만 일을 하고 정리를 했다. 여러 직업을 거치면 잘 될 때도 있고, 안 될 때도 있기 마련인데 나는 늘 성공을 거두었다. 그럴 수 있었던 가장 큰 이유는 다른 사람의 말에 귀를 기울였기 때문이다.

한창 부동산에 투자하던 시절, 나는 미국을 여행하게 되었다. 미국의 명소를 관광하던 중 마침 백악관을 지나가게 되었다. 세계 최고 권력의 위용이 느껴지는 건물을 바라보며 지금 미국 대통령이 가장 집중하고 있는 일은 무엇일까 궁금했다.

나는 미국인 가이드에게 물었다.

"요즘 미국 대통령은 주로 뭘 하죠?"

가이드는 비아냥거리듯 말했다.

"돈만 찍어내요."

돈의 가치가 형편없어질 것이라는 뜻이었다. 나는 이번엔 부동산에 대해 물었다.

"지금 미국의 부동산시장은 어때요?"

"제가 예전에 대출을 받아서 집을 샀어요. 그 집을 다른 사람에게 월세로 임대해주고 그 돈으로 은행빚을 다 갚고도 남을 정도였죠. 하지만 지금은 형편없어요. 지금 집값이 얼마나 떨어졌는지 여간 손해를 본 게 아닙니다."

그 말을 들은 나는 한국에 들어가면 부동산을 처분해야겠다고 생각했다. 미국의 뉴스는 머지않아 한국에서 일어날 일을 예견하는 역할을 하는 것을 알고 있기 때문이었다.

일반적으로 미국이 힘든 시기에 한국은 분위기가 좋다. 그러나 언제나 그렇듯 미국과 같은 힘든 시기가 한국에도 닥쳐오게 되는 것이다. 이런 법칙은 변함이 없이 늘 같은 사이클로 지속된다.

하다못해 관광가이드가 던진 말도 흘려듣지 않았던 나는 손해를 보지 않을 수 있었고, 오히려 새로운 일에 도전해 성공할 수 있는 계기를 마련했다.

칭기즈칸이 한 말이 있다.

"집안이 어렵다고 탓하지 마라. 배운 게 없다고 탓하지 마라. 힘이 약하다고 탓하지 마라. 나는 내 이름 석 자도 쓸 줄 몰랐다. 그러나 나는 늘 남의 말에 귀를 기울였다."

이것은 남의 말을 들은 귀가 자신을 현명하게 만들어줬다는 뜻이다. 나 역시 다른 사람들의 말에 귀를 기울였기에 좋은 정보를 얻을 수 있었고, 성공확률을 높일 수 있었다.

🌿 사랑하는 나의 아들

결혼한 이후 난 잠시도 쉬지 않고 계속 일을 했다. 덕분에 아들은 친정어머니 집에 머무르며 외할머니 손에서 자라다시피 했다.

아들이 6학년 여름방학 때였다. 내가 공업사 경리로 한창 바쁘게 일하던 시기였다. 방학을 틈타 아들이 내가 세를 살고 있는 집으로 놀러왔다. 하지만 나와 남편은 직장에 나가야 했고, 낮 동안은 아들 혼자 집을 지키곤 했다. 혼자 집을 보자면 무서웠을 법도 한데 아들은 투정 한번 부린 적 없이 퇴근해 돌아오는 나를 웃으며 맞아주곤 했다.

"아들, 오늘 혼자서 심심하지 않았어?"

"네. 안 심심했어요."

"하루 종일 뭐 했어?"

"방학숙제도 하고, 운동도 하고, 엄마가 회사 자판기에서 모아온 동전을 세기도 했어요."

"동전을 셌다고?"

"네."

"왜?"

"재미있어서요."

하루는 퇴근해 돌아오니 아들이 가방을 짊어진 채로 넓은 원을 그리며 방 안을 돌고 있는 것이었다.

"아들, 뭐하는 거야?"

"운동하는 거예요."

"운동하는데 책가방은 왜 뗐어?"

"엄마가 공업사에서 가져온 동전을 다 세서 가방에 넣었거든요. 엄청 무거운데, 이거 메고 방 안을 돌다 보면 운동이 되요."

나는 아들의 엉뚱함에 웃고 말았다. 내 아들이지만 참 재미있는 아이구나 싶었다.

어느 일요일이었다. 쉬는 날이라 집에 있게 된 나는 이럴 때라도 아들의 공부를 봐줘야겠다고 생각했다. 나는 혼자 놀고 있는 아들을 불렀다.

"아들아, 가서 산수책 좀 가져와봐."

"네."

아들은 종종거리며 책가방 앞으로 가더니 안에서 산수책을 꺼내왔다. 나는 아들이 가져온 산수책을 앞에 놓고 이렇게 말했다.

"우리 재미있는 게임할까?"

"무슨 게임요?"

"산수 문제 풀기 게임."

아들은 속았다는 듯이 웃으며 말했다.

"에이, 그게 무슨 게임이에요?"

"엄마도 문제를 같이 풀 거니까 게임이지."

"엄마도 문제를 푼다고요?"

"맞아. 책에 있는 문제를 엄마도 풀고 너도 푸는 거야. 누가 더 빨리, 정확하게 푸는지 보자."

아들은 의외로 자신 있게 대답했다.

"좋아요."

우리는 몇 문제를 선택해 각자 풀어나가기 시작했다. 초등학생 산수 문제였다. 내가 이기는 것은 당연했다. 그런데 내가 미처 몇 문제 못 풀었을 때 아들이 나를 불렀다.

"엄마, 나 다했어요."

"뭐?"

나는 아직 제대로 시작도 못했는데 아들은 벌써 다 풀어버린 것이다. 아무래도 아들 녀석이 문제를 대충 풀었겠거니 생각했다.

"어디 이리 줘봐."

"아마 다 맞을걸요?"

답을 맞춰보니 모두 맞는 답이었다. 깜짝 놀란 나는 아들의 상태를 정확하게 파악하지 못했던 것을 반성했다.

'우리 아들이 머리가 이렇게 좋은데, 내가 돈 생각이나 하고 있을 때가 아니야.'

나는 아이 교육을 위해 친정어머니가 사시는 집 바로 앞에 아파트를 샀다. 그리고 남편과 함께 이사를 가서 아이 교육에 집중하기 시작했다. 아들의 상태라면 전교 1등 성적으로 중학교에 진학할 수 있었다. 문제집이며 각종 참고서를 독파하게 할 정도로 열심히 공부를 시켰다.

아들이 진학할 중학교는 사립학교였다. 그 학교는 입학 시즌이 되면 초등학교마다 전화를 걸어 1등에서 10등까지의 학생들을 보내달라고 요청하며 아이들에게 돌아갈 혜택을 설명해주었다. 결과적으로 충주 시내에 있는 초등학교에서 1등에서 10등까지의 아이들은 모두 이 중학교로 모이게 되는 것이다. 지역 수재들만 모이다 보니 그 학교에서는 전교 1등에서 30등까지가 한 문제로 가려지곤 했다.

그렇게 열심히 공부한 후 첫 시험을 치른 아들이 성적표를 가져왔다. 아들이 내민 성적표를 확인한 나는 깜짝 놀랐다.

'전교 30등.'

나는 놀란 티를 내지 않고 아들에게 물었다.

"전교 30등이네?"

"제가 실수하는 바람에 한 문제를 틀렸어요."

"실수라니?"

내가 시키는 대로 문제집을 열심히 풀며 공부한 아들은 어려운 문제를 모두 풀어냈다. 그러나 아주 쉬운 문제를 틀리는, 말도 안 되는 실수를 했던 것이다.

사실 아들의 실수는 내 잘못이었다. 문제집만 잔뜩 풀게 하고 교과서 공부를 소홀히 한 탓에 기초적인 것을 틀린 것이다.

"하나 틀렸는데 30등 했지 뭐예요."

나는 아들의 어깨를 두드리며 이렇게 말해주었다.

"전교 50등도 아니고, 30등을 했으니 훨씬 잘했네. 기가 막히게 잘했다."

아들은 의외라는 듯 나를 쳐다봤다.

"엄마를 왜 그렇게 쳐다 봐?"

"사실은요, 엄마한테 혼날 줄 알았거든요. 오히려 칭찬해주셔서 놀랐어요."

"이렇게 잘했는데 엄마가 왜 혼내?"

"저 공부 가르쳐주실 때 많이 혼내셨잖아요. 이것도 모르냐면서."

나는 아들에게 살짝 미안해졌다.

"그거야, 네가 집중하게 하려고 그런 거지. 칭찬만 하면 게을러질 수도 있으니까."

"아, 그랬구나."

"어쨌든 수고했어, 우리 아들."

아들은 다 자라 군대에 가서 나에게 편지를 보낼 때도 이렇게 썼다.

'어머니, 어머니를 생각하면 공부하면서 혼난 기억밖에 생각이 안 나요. 그런데 우리 어머니만큼 설명을 잘 하는 사람을 전 아직 본 적이 없어요.'

그 당시 나는 아들을 가르치기 위해 도서관에 가서 온종일 공부를 한 후 저녁이 되면 아들에게 설명을 해주곤 했었다.

엄마와 공부하는 게 좋았던 아들은 꽤 잘 따라와 주었다. 그러니 아들의 성적이 안 좋아질 수가 없었다. 성적이 고공행진을 하는 아들을 보며 나는 점점 욕심이 생겼다.

'좀 더 실력이 좋은 학생들이 있는 학교로 가면 우리 아들이 더 성장하게 될 거야.'

나는 아들을 전학시키기로 마음먹었다.

하지만 그 이유가 비단 성적 때문만은 아니었다. 아직 늦둥이 딸을 보기 전이라 하나 있는 아들이 나중에 여자들과 잘 지내지 못할까 봐 미리 이성에 눈을 뜨게 하고 싶었던 것이다. 그래야 나중에라도 좀 더 건전하게 이성교재를 할 것이라 생각했다.

남편과 의논 끝에 분당으로 이사를 왔고, 아들은 남녀공학인 중학교로 전학시켰다.

중학교에 다니게 된 아들은 저녁 늦게야 집으로 돌아왔고, 낮에 시간이 비게 된 나는 일거리를 찾다 슈퍼마켓에 계산원으로 취직해 일하게 된 것이다.

분당의 잘 나가는 학교에 전학시킨 후, 나는 아들의 미래가 장밋빛으로 빛날 것이라 생각했다. 그러나 모두 나의 착각이었다.

어느 날, 아들이 다니는 학교에서 전화가 왔다. 담임을 맡고 있는 여선생님이었다.

"어머님, 아버님 좀 만나뵙고 의논드릴 게 있습니다."

그녀와 통화를 끝낸 나는 불길한 예감이 들었다. 아니나 다를까 학교로 찾아간 나와 남편은 아들에 대한 걱정스러운 소식을 들었다. 아들은 공부도 잘하고, 노래도 잘하고, 운동도 잘하고, 옷도 멋지게 잘 입는 아이였다. 그러다보니 여학생들에게 인기가 많아 아들이 집에 오기도 전에 집에 찾아오는 여학생들이 수두룩했다. 당연히 사춘기 아들의 성적도 거의 꼴찌 수준까지 바닥을 치고 만 것이다.

가정 과목 담당인 담임선생님은 걱정하듯 말을 이어갔다.

"얼마 전에는 장난친다고 여학생들 치마를 들치고 다녀서 제가 혼냈습니다. 어떻게 여학생 치마를 들칠 수가 있죠?"

그때 분당의 분위기는, 학교에서 숙제를 내면 부모들이 다해주다시

피 하는 분위기였다. 그러나 나는 절대 그렇게 하지 않았다. 담임선생님은 그것에 대해서도 지적을 했다.

"뿐만 아닙니다. 아이가 숙제도 제대로 해오지 못하고 있습니다."

"숙제는 꼬박꼬박 해올 텐데요. 제가 확인하거든요."

"그게 아니라, 잘, 해오지 못한다구요. 부모님께서 전혀 도와주지 않으시나 봐요."

"숙제는 학생이 하는 거죠."

"요즘에 애들 숙제 안 도와주는 부모님은 없어요. 특히 이 지역에서는요."

나는 어처구니가 없어 대꾸했다.

"숙제는 스스로 해야 한다고 생각합니다."

담임선생님은 정색했다.

"아닙니다. 부모님이 도와줘서라도 숙제를 잘 해와야죠."

만약 나 혼자 담임선생님을 만났다면 나는 부모로서 교육을 잘못시킨 것 같다며 사과했을 것이다. 그러나 남편 앞에서 아들을 죄인 취급하는 담임선생님의 태도를 참을 수가 없었다.

그래서 나는 아주 단호하게 말했다.

"선생님 같은 분에게는 우리 아들 교육을 맡길 수가 없겠네요."

"네? 지금 뭐라고 하셨나요?"

기절할 것처럼 황당해하는 담임선생님에게 나는 다시 말했다.

"지금 당장 우리 아들 전학시키겠습니다."

나의 단호한 태도에 남편은 당황한 기색이었지만 이미 엎질러진 물이었다. 남편은 별말 없이 나와 함께 학교를 나왔다.

집으로 돌아온 나는 아들의 전학 수속을 밟았다. 그리고 아들이 원래 다니던 충주에 있는 중학교로 전학을 보냈다.

하지만 아들의 사춘기는 심하게 진행되고 있었다. 공부도 잘하던 아이가 오락실을 다니며 밤새 오락만 하기도 했다. 나는 집에 들어오지 않는 아들을 찾으러 밤새 오락실을 찾아다니다 끝내 찾지 못하고 집으로 돌아오기도 했다. 아침 7시가 되어서야 집으로 돌아온 아들은 피곤해서 학교에 가지도 못했다. 결국 나의 욕심 때문에 아들을 분당으로 보낸 것이 화근이 되어 돌아온 것이었다.

게다가 아들은 오토바이에 빠져 있었다. 늘 오토바이에 관한 책만 봤다. 나는 아들이 오토바이를 타고 있음을 눈치챘다. 나는 차라리 오토바이로 사주기로 결심했지만 고지식한 남편이 허락할 리 없어 몰래 사줄 수밖에 없었다. 그런데 헬멧을 안 쓰고 타다 경찰에게 걸리는 바람에 남편이 오토바이의 존재를 알게 되었다.

"어쩌다 애가 오토바이를 타게 된 거야?"

나는 할 수 없이 거짓말을 했다.

"은행 다니는 남동생이 실적이 좋아서 오토바이가 선물로 나왔어요. 그걸 아들 타라고 준 거예요."

나는 더 이상 아들이 오락실에서 밤을 새도 찾으러 다니지 않았다. 아들이 오토바이 책을 열심히 읽는 것을 보고 희망을 보았기 때문이다.

'저러면 나중에 성공할 수 있겠다. 지금 방황하는 것도 언젠간 끝나게 될 거야.'

아들은 자동차에도 관심을 가졌는데 그냥 한 대 갖고 싶다 정도가 아니라 어느 나라 왕처럼 명품 차들을 수집하고 싶어 하는 욕심을 냈다. 나는 그 모습을 보며 생각했다.

'우리 아들은 생각도 왕처럼 하는구나.'

그리고 그가 제자리를 찾아올 때까지 믿고 내버려두기로 했다.

나는 사실 아들을 강하게 키우고 싶었다. 나와 남편이 죽고 없으면 이 세상엔 아들 혼자만 남게 된다는 생각에, 내가 있을 때 무엇이든지 경험해보길 원했다. 하다못해 초등학교에 다닐 때도 옷을 사주지 않았다. 스스로 옷 사는 법을 터득하게 만들고 싶었기 때문이다.

"아들아, 엄마가 주는 돈으로 직접 옷 사와볼래?"

"정말요?"

"그래. 네가 입고 싶은 옷들을 사와봐."

아들에게 20만원을 줬다. 아들은 나름의 계획을 세워 친구들과 동대문시장에 가서 옷을 잔뜩 사왔다. 그리고 옷을 잘 사왔다며 신나게 자랑했다. 하지만 얼마 가지 않아 아들은 자신이 산 옷에 대해 후회하기 시작했다.

"엄마, 제가 옷을 잘못 사온 것 같아요."

"아니 왜? 처음엔 멋진 옷 싸게 잘 사왔다고 좋아했잖아."

"전부 몇 번 못 입고 버려야겠더라고요. 어떤 것은 바느질이 튼튼하지 않아서 오래 못 입겠고, 어떤 옷은 정전기가 너무 심하고, 빨래했다고 비틀어진 것도 있어요."

"그래?"

"싸다고 많이 사왔더니 쓸 만한 옷이 하나도 없어요. 엄마가 왜 비싸도 좋은 옷을 사라고 했는지 이해가 가요."

그 다음부터는 아들 역시 오래 입을 수 있는 좋은 옷을 사게 되었다.

그렇게 스스로 생각하고 체험하며 삶을 터득하기를 바랐던 내 소망이 컸던 걸까? 아들이 하루빨리 사춘기를 끝내길 기다린 나에게 청천벽력 같은 소식이 날아들었다. 고등학교에 들어간 아들이 싸움에 연루된 바람에 강제전학을 당하게 된 것이다. 나는 눈물을 머금고 아들을 다른 지방에 있는 학교로 전학을 시켰다. 하지만 나는 아들을 향한 믿음을 버리고 싶지 않았기에 그에게 이렇게 말했다.

"넌 고등학교 2학년만 되면 전교 1등도 할 수 있고, 좋은 대학을 갈수도 있게 될 거야. 걱정 마."

아들은 오히려 신경질을 냈다.

"내가 지금 꼴등인데, 어떻게 전교 1등을 해요. 다 소용없어요. 학교도 안 다닐래요."

아들은 학교에 가지 않겠다며 교복까지 다 찢어버렸다. 나는 아들을 말리지 않았다. 교복을 다 찢도록 지켜만 보고 있다가 밖으로 나갔다. 그리고 새 교복을 사다 아무렇지도 않게 책상에 올려두었다.

훗날 아들은 교복을 찢던 순간에 대해 이렇게 고백했다.

"신경질 나서 교복을 찢기 했지만, 엄마가 그렇게 말씀하신 걸 보면 정말 그렇게 될 수도 있겠다는 생각이 들었어요."

아들을 향한 믿음은 헛되지 않았다. 아들은 점차 회복되었고, 얼마후 다시 충주에 있는 고등학교로 전학시킬 수 있었다. 다행히 아들을 아껴주는 담임선생님도 만난 덕분에 상태가 훨씬 안정이 되었고, 나중엔 반장까지 맡게 되었다.

"어머니, 아드님이 반장을 하니까 환경평가도 무조건 1등이고, 얼마나 일을 잘 하는지 제가 너무 편해요."

아들은 고3 때 전국경시대회에서 입상해 대학도 수시로 들어갔다. 이후로 아들은 자신의 삶을 잘 개척해나갔다.

그럼에도 불구하고 나는 아들의 능력을 한 곳에만 묶어두는 것이 아까웠다. 나는 대학에 잘 다니던 아들을 불러 엉뚱한 제안을 했다.

"아들, 휴학계 좀 내고 올래?"

"엄마, 왜요?"

"엄마가 주식 가르쳐줄 테니 휴학계 내고 엄마 있는 데로 와."

"세상에 엄마, 공부하는 학생한테 주식 가르쳐준다고 휴학계 내라는 엄마가 어디 있어요?"

나는 웃으며 농담처럼 대꾸했다.

"여기 있지."

"엄마는 아무래도 새엄마 같아요."

하지만 나는 아랑곳없이 말했다.

"토 달지 말고, 엄마가 오라면 와. 나중에 엄마한테 고맙다고 하게 될 테니까."

나는 내가 가지고 있는 주식에 대한 모든 지식을 아들에게 쏟아부었다. 덕분에 지금은 나보다 주식을 더 잘한다.

내가 아들에게 가장 고마운 것이 있다. 좋은 아내를 만나 결혼한 것이다. 아들이 군대에 다녀와서 대학에 복학한 후 4학년 때였다.

"어머니, 저 장가가는 것에 대해서 한번 생각해보시면 안 될까요?"

그때 아들은 서른을 바라보고 있었다.

"엄마는 중매로 너 결혼시키는 것은 싫고, 연애를 해야 할 텐데 혹시 사귀는 여자가 있니?"

"네. 3년 사귄 여자가 있어요."

"넌 어떻게 3년이나 여자를 만나면서 엄마한테 한마디도 안했니?"

"그냥 3년 동안 그 여자를 지켜봤어요."

"그러면 한번 데리고 와봐."

아들이 며느리를 처음 데려왔을 때 첫눈에 너무나 마음에 들었다. 날씬하고, 피부도 곱고, 앉은 모습도 반듯한 것이 더 이상 잘 골라올 수 없는 며느릿감이었다. 그녀는 효를 으뜸으로 여기는 싹싹한 아이였다.

학교를 졸업한 후 좋은 곳에 취직한 아들은 결혼을 하고, 아이도 낳아 잘살고 있다. 나는 아들이 성장하는 것을 보며 깨달았다. 부모가 자녀를 너무 힘들게 하면 안 된다는 것을, 때로는 믿고 기다려줄 필요가 있다는 것을 말이다.

시아버지의 선물과
스토리통장의 탄생

내가 남편을 세상 최고의 남편으로 꼽는 것은 그 자체의 훌륭함도 있지만 좋은 시부모님 때문이기도 하다. 부족한 나를 늘 아껴주시고 사랑해주신 시부모님의 애정 덕에 내 삶이 더 풍성하게 채워질 수 있었다.

철없는 아들의 고집으로 이른 나이에 막내아들을 장가보내게 된 시부모님이었다. 그럼에도 불구하고 시부모님은 나를 예뻐해주셨다. 특히 시아버님은 내가 고등학교 졸업할 때 시어머님이 끼던 금반지를 새로 세팅해서 선물로 주실 정도였는데 그것이 아버님이 내게 주신 첫 선물이다.

이후에도 아버님은 우리집에 오실 때면 선물을 자주 갖고 오셨다. 그런데 거의가 금목걸이, 금송아지, 행운의 열쇠, 금잉꼬새, 금거북이, 금비녀 등 순금으로 만든 선물들이었다. 당시는 지금처럼 금값이 비싸지 않고 3.75g에 4~5만원 하던 시절이었다.

처음 금송아지를 선물로 주시던 날, 아버님은 이렇게 말씀하셨다.

"아가야, 황소처럼 부지런히 살라고, 아버지가 금황소를 만들어왔단다."

금거북이를 가져오신 날은 이렇게 말씀하셨다.

"며늘아가, 이 거북이처럼 오래오래 살라고 해온 거다."

줄 20돈, 메달 30돈짜리 목걸이를 해오신 때도 있다. 무거워서 걸지도 못할 정도였다.

"금빛처럼 빛나게 살아라."

금잉꼬를 선물로 주실 때는 이런 말씀을 하셨다.

"잉꼬처럼 화목하게 살아라."

금으로 만든 행운의 열쇠를 주기도 하셨다.

"너희에게 행운이 많이 오라고 해왔단다."

30년 넘게 그분의 며느리로 있는 동안 정말 많은 금을 선물로 받았다. 만약 현금이나 옷 선물을 받았다면 지금 금값이 이렇게 오를 줄 몰랐을 것이다. 아버님은 지혜로우셨다. 금값이 가장 비싼 해에 아들 약혼을 치르면서 아버님이 주신 금을 사용할 수 있게 되었다.

아버님은 형님에게도 금을 선물하셨다. 형님은 선물을 받을 때마다 인사를 드렸다.

"아버님, 고마워요."

그게 다였다. 하지만 나는 아버님에게 금 선물을 받고 다음해에 아버님이 오시면 주신 선물을 다 내놓았다.

"이것은 잉꼬처럼 다정하게 살라고 아버님이 주신 거죠. 이것은 황소처럼 성실히 살라고 주신 것이고, 이것은 금빛처럼 빛나게 살라고 주신 거잖아요."

이렇게 선물의 의미를 다시 아버님께 설명해드렸다.

형님은 금모으기 운동할 때 선물받은 금을 모두 내놓았다. 물론 나라 경제가 위기라고 해서 팔았는데, 나는 금을 팔 수 없었다. 아무리 나라에서 하는 운동이라 해도 이것들은 아버님이 하나하나 의미를 두고 해주신 선물이었다. 다른 사람들은 어떨지 몰라도 나는 부모님이 우리에게 주신 것은 그 무엇보다 소중하고 귀한 것이라고 생각한다. 그래서 잘 간직하는 것이 중요하다고 생각했다.

나는 아버님이 주신 선물을 차곡차곡 잘 모아두었다가, 아버님이 찾아오시면 주셨던 선물들을 하나씩 다 꺼내놓았다. 그리고 선물을 하나씩 들어보이며 아버님께 말씀드리곤 했다.

"아버님, 이건 소처럼 부지런히 살라고 주신 금송아지구요, 이건 오래오래 살라고 해주신 금거북이구요, 이건 화목하게 살라는 의미로 해주신 금잉꼬예요. 맞죠?"

이렇게 선물해주신 의미를 다시 상기시켜드릴 때면 아버님은 늘 감동하셨다. 그리고 이렇게 말씀하셨다.

"우리 작은 며느리는 내가 해준 것을 전부 소중히 간직하고 있구나."

나는 당연하다는 듯 대답했다.

"그럼요. 아버님 사랑이 듬뿍 들어간 선물인데요. 저한테 얼마나 소중한 선물이라고요."

내 말에 아버님은 껄껄 웃으셨다.

우리 시아버님은 아주 지혜로우셨다. 내 경제 개념도 아버님을 통해서 배운 것이 많다. 내가 딸을 위해서 만들고 실천해 성공한 스토리통장의 아이디어도 시아버님의 금 선물에서 비롯된 것이다.

'웃음을 찾는 사람들'이라는 TV 코미디에서 본 한 장면이 생각난다.

"저는 꿈이 있어요. 무슨 꿈이냐 하면요, 재벌 2세가 되는 꿈이에요. 그런데 우리 아버지가 노력을 안 해요."

참 웃기면서도 슬픈 장면이 아닐 수 없다. 사람들은 누구나 부자가 되고 싶어 한다. 부자가 되고 싶은 욕구는 어쩌면 당연한 것이라 생각한다.

'어떤 방법으로 부자가 될 것인가?'

내게는 이것이 중요하다. 돈 버는 능력은 한 개인에게서만 나오지 않는다. 때론 공부도 해야 하고, 정보도 얻어야 하고, 삶의 경험치도 늘려야겠지만 가장 큰 힘은 가족, 특히 부모님과의 관계에서 시작된다. 부모님의 삶의 지혜에 귀를 기울이다 보면, 또 내 자식이 잘 살 수 있는 미래에 대해 고민하다 보면 부자가 될 수 있는 아이디어들이 무궁무진하게 떠오를 것이다.

굳이 가족 다 내팽개치고 돈을 쫓아 살 필요는 없다. 우리는 혼자가 아니다. 함께하는 삶 속에 나를 부자로 만들어줄 실마리가 숨어 있다.

늦둥이 딸을 위한 생각의 전환

내가 늦둥이 딸을 갖게 되었을 때 소식을 들은 아들은 진심으로 기뻐하며 축하해줬다. 그리고는 얼마 지나 이렇게 물었다.

"엄마, 아들이에요? 딸이에요?"

"아들이면 어떻고, 딸이면 어때?"

아들은 농담처럼 웃으며 말했다.

"남동생이면 나중에 나랑 재산을 반씩 나눠야 되니까 곤란하잖아요. 여동생이면 제가 잘 보살펴주다가 결혼할 때 제가 집도 사주고 하면 되니까. 헤헤."

농담으로 주고받은 말이었지만 나는 이 대화를 통해 새로운 결심을 하게 되었다.

'딸에게 직접 돈을 버는 방법을 가르쳐야겠다.'

나는 주식을 공부하기 시작했다. 공부를 시작하고, 여러 사례를 연구하며 나름의 이론을 세우기 시작했다. 물론 처음부터 내 이론은 잘 맞아떨어졌다. 이론에 따라 주식을 사고 이윤을 보던 나는, 곧 보릿고개가 온다는 사실을 예감하고 주식을 다 팔아버리기도 했다.

그렇게 이윤을 챙긴 후에는 좀 더 전문적인 투자자가 되기 위해 주식투자를 멈추고 여러 사람의 방법을 찾아 배우기 시작했다. 수많은 사람들에게 배워보니 헛수고하는 것들이 보였다. 처음에는 나도 그들처럼 부자가 되려고 주식을 배웠다. 하지만 그렇게 하면 실패하게 된다는 것을 깨달았다.

늦둥이 딸을 낳고, 아이의 삶을 걱정하며, 자식이 성장했을 때 가르쳐주기 위해 공부를 하다보니 원칙이 생겼다. 만약 나 혼자 잘 먹고 잘 살자고 했다면 절대 생기지 않았을 원칙들이다.

1. 주식은 10년 앞을 내다보고 하라.
2. 한 번 주식을 사면 3년을 보유하라.
3. 주도주만 매매하라. 주도주는 종합지수보다 위에 있는 주식을 주도주라 한다. 보통사람은 싸다는 이유로 종합지수보다 아래 있는 주식을 산다. 싼 게 비지떡이다.
4. 철저하게 분할매수하라.
5. 투자금액이 균등해야 한다. 한 종목에 조금씩.

최태원이 주식투자해서 수천억을 잃은 원인은 너무 많은 돈을 걸었기 때문이다. 외국인이 보다가 '저 사람이 천억이나 걸었네? 내가 저거 먹고 올려야지'라는 생각으로 지수를 거꾸로 내리게 된다. 그 사람의 돈을 딴 다음 올리면 그만인 것이다. 남이 알게 주식을 하면 안 된다.

이미 덩어리가 커진 주식에서는 남는 것이 없기 때문에 외국인이 올릴 생각을 안 한다.

주식을 사려면 행운의 숫자에 맞춰서 조금씩 사라. 전쟁이 나도 괜찮을 정도의 금액만 투자해야 한다. 한국의 주식은 상장폐지가 될 수도 있다. 내가 아무리 SK텔레콤이 좋고, 뭐가 좋다고 해도 언제든 상장폐지 될 수 있다. 천재지변이 있을 수도 있다. 그러니까 여기에 4억, 40억을 넣지 말고 한 종목에 400만원만 넣어라. 400만원을 주식투자했다 날렸다고 해도 인생이 무너지지는 않는다. 게다가 한 종목이 죽는다 해도 다른 종목에서 열매를 맺을 수도 있다. 그것이 안정적이면서 효과도 가장 크다. 그렇게 400만원씩 넣은 주식 중 하나가 수익이 나서 팔면 좋아서 엔도르핀이 솟고, 다른 날 또 다른 주식에서 수익이 나면 더 좋다.

이것이 교과서식 주식투자로 내가 돈을 벌고자 할 때는 배우기 어려운 내용이다. 하지만 내 아들을 가르치기 위해서는 할 수 있다. 아들에게 본보기가 되어야 하니까.

대부분의 사람은 주식투자를 할 때 외국인을 따라가다 손절하고, 따라가다 손절하기를 반복한다. 개인투자자가 늘 실패하는 이유는 항상 외국인의 마음을 읽으려고 하기 때문이다. 읽을 줄도 모르면서 남의 눈치를 볼 필요가 없다.

결국 따라가기를 그만둔 어떤 이는 다음엔 친구가 사서 돈 벌었다는 종목으로 바꾸었다. 그리고 조금 수익이 나면 아들과 아내에게 자랑을 한다. 그런데 그 이후 주가가 계속 떨어진다. 그걸 본 아들은 생각한다.

'아빠가 산 주식이 자꾸 내려가네.'

아버지는 그렇게 계속 반등할 때 사서 내려가고, 또 반등할 때 사서 내려가는 패턴을 반복한다. 이런 주식은 한 번 올라가면, 인간이 사망하듯 죽게 된다. 60만원 갔던 OCI가 3만원까지 가게 되는 것이다.

KOREA
TALMUI

03

코리아 탈무드
윤순숙의
내 아이를 위한
투자법칙

어린이 경제교육

유태인들이 어린아이에게 중점적으로 하는 교육이 경제교육이라고한다. 세계적인 갑부이자 주식투자의 귀재인 워런 버핏에게 열 살짜리어린이가 "투자는 언제부터 하는 게 좋으냐?"고 물었다. 버핏의 대답은 "투자는 빠르면 빠를수록 좋다"는 것이었다.

내게는 늦둥이 딸이 있는데, 그 애가 서너 살이 되었을 때 이미 경제교육을 시작했다. 돈을 직접 주고받는 식의 경제교육이 아니라 시장놀이를 통해 경제가 무엇인가를 알려주는 가상 경제교육이었다.

나는 딸이 태어났을 때 정말 기뻤다. 그래서 서너 살이 되었을 때 예금통장을 만들어주었고 예닐곱 살이 돼 한글을 깨치게 되자 함께 은행에 가서 주식계좌를 열어주었다. 딸애는 SK텔레콤과 한국전력 주식을갖고 있다. 2013년에 SK텔레콤은 66%, 2014년에 한국전력은 70% 이상의 수익을 기록했다. 배당도 4.7%를 받았다.

모든 부모는 힘들게 일해 돈을 벌어서 자식에게 물려주려고 하지만 나는 다르다. 유태인 방식을 따라 어려서부터 경제에 대한 개념을 심어주려고 했다. 어린이 경제교육에 대해 구체적으로 이야기하겠다.

딸애가 서너 살이 되었을 때 우리 모녀는 가상 시장놀이를 시작했다. 돈을 함부로 쓰지 않게 하기 위한 경제교육이었다. 돈을 갖고 물건을 사오는 것이 아니라 물물교환 방식이었다. 아이의 화폐는 그가 갖고 노는 장난감이었다. 우리는 가상으로 시장에 다녀왔다.

"시장에 다녀왔더니 엄마는 배가 고프구나. 밥을 지으려면 쌀이 있어야지. 엄마는 쌀을 사왔는데 딸은 사왔나?"

"아뇨. 안 사왔는데요."

"그럼 얼른 장난감 하나 갖고 가서 쌀로 바꾸어오렴."

딸애는 장난감 한 개를 주고 쌀로 바꾸어왔다.

"밥을 지었으면 반찬이 있어야 먹지. 엄마는 된장찌개를 만들려고 두부를 사왔는데 딸은 사왔나?"

"아뇨. 몰랐는데요."

"그럼 빨리 가서 사오렴. 장난감 하나가 필요하겠지."

밥을 먹고 나니 컴컴해져 전깃불을 켜야 했다. 아이가 좀 더 크면 유치원에 들어가야 한다. 추운 겨울이 되면 두꺼운 옷이 있어야 하고, 초등학교에 입학하면 책을 사야 공부할 수 있다. 나이가 더 들면 노후에 대비한 저축도 필요하다. 이때마다 딸은 장난감을 하나씩 내다 팔아야 했다. 이제 남은 장난감은 단 한 개. 딸애는 시장놀이를 통해서 무엇을 남기고 분리해야 하는가를 배워가고 있었다.

서너 살 때부터 이렇게 경제교육을 시키면 아이는 장난감을 사달라고 조르는 것 같은 무리한 요구나 울면서 떼쓰는 행동을 하지 않는다.

그리고 이러한 교육을 통해 절약한 돈을 아이와 함께 손잡고 은행에 가서 아이 이름으로 통장을 만들어 저축하게 한다.

내 경우, 아이가 칭찬할 만한 일을 하면 통장에 4,000원씩 상금으로 넣어주고 아이를 향한 칭찬의 말을 같이 적어주었다. 생일에도 그렇게 상금이 쌓이고, 칭찬과 축복의 말들이 적혀 있는 통장을 한 장의 편지와 함께 전해주었다.

"엄마는 너를 늘 사랑한단다."

그렇게 해마다 생일 선물을 주면 아이는 엄마의 감정을 느낄 수 있게 된다. 아이는 엄마에게 감사하고, 엄마는 아이에 대한 애정을 표현할 수 있는 좋은 방법이다.

그렇게 아이 통장의 돈이 불어나면 이번엔 아이 이름으로 주식계좌를 만들어준다. 딸애가 주식에 투자한 돈은 많지 않다. 무리가 가지 않는 범위 내에서 장기투자를 하는 것이다. 사람들에게는 모두 자신에게 맞는 그릇이 있는데, 딸애의 그릇은 4다. 그래서 우선 400만원을 주식에 투자하기로 했다. 400만원을 3년간 주식에 묻어두었더니 2,000만원이 되었다. 물론 우량주, 주도주를 사야 한다. 이 돈을 다시 3년간 주식에 투자하면 1억원으로 불어난다. 그리고 1억원을 다시 3년간 주식에 투자하면 5억원이라는 큰돈이 된다. 대학생이 되었을 때 자기 또래에 비해 엄청난 부자가 돼 있을 것이다. 서너 살 때부터 경제교육을 받고 스스로 부자가 되었으니까 자신이 얼마나 대견하겠는가. 경제개념이 생기고 투자가 얼마나 좋은가를 깨달았을 것이다. 말하자면 성공으로 인한 자신감을 갖게 되는 것이다. 부모가 애써 돈을 벌어 물려주지 않아도 아이는 이미 한 사람의 사회인으로서 있는 셈이다.

반면 그런 경험이 없이, 성인이 될 때까지 부모의 도움만 받고 자란 사람은 성인으로서 자신의 생활을 책임져야 하는 사회생활에 직면하게 되었을 때 그 부담감으로 마음에 조급함이 생길 수밖에 없게 된다. 따라서 이미 성인이 되어 주식을 시작하게 되면 조급함 때문에 결과가 빨리 나오는 주식에 투자를 해서 결국 안 좋은 결과를 초래하게 된다.

나의 딸은 현재 열두 살인데 SK텔레콤과 한국전력이 어떤 기업인지, 왜 그 회사의 주식을 사야 하는지 잘 알고 있다. 그리고 왜 기업에 투자를 해야 하는지도 안다. 우리 국민이 기업에 투자하면 기업은 그 돈으로 연구개발을 더욱 열심히 해서 좋은 상품을 만들어내고 이를 수출한다. 수출증대로 기업이 발전하면 내 남편(사원)의 급여가 올라가고, 이에 따라 주부의 소비가 늘어난다. 소비가 늘면 내수시장이 활성화하고 우리 경제가 좋아지게 된다. 국민은 수입이 많으니까 세금을 많이 내고 나라는 부강해진다. 이러한 경제원리를 아이는 어렸을 때부터 배워서 알고 있다.

유태인들은 어린이를 대상으로 한 경제교육을 가장 중요시한다는 말은 앞에서 했다. 400만원이라는 돈은 오늘의 엄마들에게 꼭 있어야 할 돈은 아니라고 본다. 물론 없는 사람도 있겠지만, 있어도 좋고 없어도 그만인 사람이 더 많을 것이다. 눈 딱 감고 아이를 위해 주식에 투자하면 아이는 우리나라 기업에 400만원을 투자한 주주가 되고, 그 기업이 잘되길 기원할 것이다.

아이가 학교에서 공부하며 자라는 동안 투자한 돈도 쑥쑥 자라 2,000만원이 1억원이 되고, 다시 5억원으로 불어나게 된다. 부모는 아이가 큰 후 결혼을 시키고 집을 장만해주는 등의 걱정을 하지 않아도 된다. 이것이 어린이 경제교육이다.

어린이는 세 살만 되면 자기가 먹고살 궁리를 한다고 한다. 모든 부모는 자신이 가장 똑똑한 줄 알고 아이들을 가르치려 든다. 하지만 아이들은 자기의 능력을 이미 알고 있으므로 이를 존중해주어야 한다. 이는 내 딸애에게서 터득한 진리다.

나는 딸의 능력이 어느 정도인가를 알아보았다. 앞에서 말했듯 딸애는 두 종목으로 이미 많은 수익을 냈고, 충분한 배당도 받았다. 아이는 이제 SK텔레콤이나 한국전력에 대해 많이 알고 있다. 다음의 예를 통해 이를 증명해 보이겠다.

예전엔 전철이나 버스를 타면 승객들이 떠드는 소리로 인해 시끄러웠다. 하지만 요즘 전철을 타보면 아주 조용하다. 모두들 고개를 숙이고 스마트폰에 빠져 있기 때문이다. 요즘에는 핸드폰 없는 사람이 없다. 초등학생도 예외는 아니다. 이들은 죽을 때까지 핸드폰 요금을 낼 것이다. 딸애도 마찬가지다. 안타깝지만 이것이 SK텔레콤 주식이 좋아지는 이유다. 딸애가 대학생이 되었을 때는 수익이 500%, 아니 1,000%가 될지도 모른다.

한국전력의 주식을 산 이유를 말하겠다. 지금 세계는 미래의 물부족 현상 때문에 고민하고 있다. 물이 부족하면 바닷물을 끌어다 써야 할 것이고, 그러기 위해서는 전기가 필요하다. 이것이 한국전력이 주목받는 이유다.

시대 흐름에 맞는 투자, 그리고 장기투자를 해야 수익이 난다. 진정한 주도주를 택해야 한다. 주식투자는 투기가 아니다. 전 국민이 투자를 해야 우리나라가 부강한 나라가 된다. 이게 어린이 경제교육이다.

경제교육은 빠를수록 좋고, 국민 모두에게 필요한 교육이다.

올바른 저축 습관

모은 돈을 저축한다고 해서 모두가 부유해지는 건 아니다. 저축에도 요령이 있고, 올바른 길이 있다. 남이 100만원짜리 적금을 드니까 나도 따라한다고 해서 모두가 돈을 모으고 성공하는 것은 아니다. 성공하는 케이스도 있겠지만 실패가 더 많다. 투자도 올바른 습관을 길러야 성공할 수 있다. 올바른 투자습관에 대해 알아보자.

저축이나 투자는 수입에 따라 적당한 비율로 나눠야 한다. 수입의 10%는 부동산에 투자하고 10%는 저축을 한다. 보험에 10%, 주식(금이나 채권, 달러, 곡물 등)에 10%를 투자한다.

가령 한 달에 300만원의 수입이 있다고 하자. 그러면 이를 3등분해서 지출하는 지혜가 있어야 한다. 100만원은 가족을 위한 저축을 하고, 100만원은 가족의 생활비로 쓴다. 나머지 100만원은 본인의 노후를 위해 재투자한다.

저축은 모두 다섯 단계를 거쳐 올라가야 효율적이다. 그리고 자신의 그릇에 맞게 해야 한다. 이 그릇은 자신이 태어난 음력 달에 따라 달라진다. 자신의 그릇을 생각하지 않고 다른 사람이 100만원 투자하는 것을 보고 그대로 따라했다가는 실패하기 십상이다. 친구 따라 강남 가는 게 아니다.

생일이 음력 5월인 사람이 있다고 하자. 그 사람의 그릇은 5니까 행운의 숫자는 5다. 먼저 5만원을 매월 은행에 저축을 한다. 이렇게 10회가 지나 50만원이 적립되면 그릇이 다 차게 된다. 이때 '나 참 잘했어'란 칭찬을 기록해 자신을 격려한다.

5만원 그릇은 다 찼으니까 이젠 더 큰 그릇(통장)에 50만원씩 넣기 시작한다. 50만원씩 10회, 모두 500만원이 적립되면 그릇이 다 찬 것이다. 따라서 더 큰 다른 그릇에 담아야 한다. 이때도 역시 칭찬을 하는데 이번에는 칭찬의 강도를 높여 '나 너무 잘했어!'로 바꾼다.

50만원의 그릇을 채운 뒤 이번엔 1회에 500만원을 저축한다. 500만원씩 총 10회를 넣으면 5,000만원이 되는데 이때는 '나, 해냈어!'라고 칭찬의 강도를 더 높인다. 5,000만원이 되면 이제는 더 큰 그릇이 필요하다. 한 번에 5,000만원씩 총 10회 불입이 끝나면 '나 영웅 아니야?'라고 칭찬을 해준다. 그래서 5억원의 그릇을 완성했을 때는 '나는 못 하는 게 없어!'라고 칭찬하게 된다. 이처럼 재산증식에 대한 꿈을 구체적으로 꾸고 칭찬과 더불어 나의 목표를 향해 나아간다면 저축은 성공의 길로 접어드는 것이다.

그렇다면 그릇(저축 목표)에 대한 숫자는 어떻게 정하는 걸까. 앞에서 말했듯 반드시 음력 생일 달을 기준으로 해야 한다. 그릇(행운이라고도 할 수 있다)의 숫자는 1월생은 4, 2월생은 7, 3월생은 9, 4월생은 6,

5월생은 5, 6월생은 2, 7월생은 1, 8월생은 5, 9월생은 6, 10월생은 0, 11월생은 3, 12월생은 8이다.

　남이 100만원을 저축한다고 해서 그대로 따라가면 안 된다는 것은 앞에서 강조한 바 있다. 하지만 위에서 밝힌 그릇의 크기에 따라 저축을 하면 신기하게도 목표를 달성할 수 있다. 목표액이 그릇의 크기보다 높아도 안 되고, 낮아도 실패한다. 자기 목표를 달성하고 저축왕이 되려면 그릇의 크기에 맞추는 게 중요하다.

　그릇에 물을 많이 부으면 넘쳐버리고, 모자라면 그릇이 비어 부족한 것과 같은 이치다. 그릇이란 무언가를 담기 위한 기구지만 반드시 유형의 물질만 담는 것이 아니다. 우리가 정치인이나 기업인, 혹은 상대를 평가할 때 '그릇이 크다' '그릇이 작다'란 말을 흔히 한다. 여기서 그릇이란 그 사람의 능력을 말하기도 하고, 사람 됨됨을 일컫기도 한다. 그릇이 크다는 평가를 받는 사람은 스케일이 크고 하는 일도 범상치 않다. 저축과 투자에 있어서도 자신의 그릇에 맞춰야 실패하지 않는다.

가족회의

아파트 관리비가 80만원이 나왔다. 너무 많이 나왔다는 생각이 들었다. 어떻게 줄일 수 있는 방법이 없을까, 절약방법을 가족회의에서 찾아보자는 남편의 제안에 따라 가족회의가 열렸다. 딸이 말했다.

"가전제품을 안 쓸 때는 플러그를 뽑으면 전기료가 절약이 된대요."

"좋은 의견이구나."

우리 부부는 딸을 칭찬하고 바로 실천에 들어갔다. 부모가 할 역할은 아이의 좋은 의견이나 아이디어는 곧 행동으로 옮기게 하는 일이다. 한 달이 지나 관리비가 나왔는데 이번에는 70만원이었다. 딸아이의 아이디어로 10만원이 절약된 것이다.

한 달이 지나 또 가족회의를 열었다. 딸의 아이디어로 10만원을 절약했으니 그 돈을 딸에게 상금으로 주기로 했다. 딸은 기분이 좋아서 계속 기발하고 신선한 아이디어를 내놓았다. 딸아이는 좋은 아이디어를 내놓으면서 성장하고, 깊이 생각하는 인간이 돼가고 있었다. 더 좋은 아이디어를 찾기 위해 공부도 했다.

다음 달의 가족회의 주제는 앞으로 없어질 직업에 대한 것이었다.

"앞으로 정육점은 발전할까?"

나의 말에 딸애는 부정적인 의견을 내놓았다.

"엄마, 지금은 웰빙시대잖아요. 야채와 과일이 건강에 좋다고 모두들 고기를 안 먹으니까 정육점은 앞으로 전망이 없을 거예요."

"그렇구나. 엄마 어렸을 때는 주판을 열심히 배웠는데 지금은 계산기를 쓰기 때문에 주판 보기가 힘들다지? 그러면 책가방은 어떻게 될까?"

"앞으론 학교에 갈 때 책가방을 안 가져간대요. 그러니까 책가방은 곧 없어질 거예요."

"그래? 그렇구나. 그럼, 책에 대해서는 어떻게 생각하니?"

"전자책으로 독서를 하는 시대가 됐는데 왜 무겁게 책을 갖고 다니겠어요?"

딸은 나의 질문에 열심히 대답했다. 나는 질문을 이어갔다.

"그럼 세탁기공장은 앞으로 어떻게 될까?"

"엄마, 앞으로 빨지 않는 옷이 나온대요. 그러니까 언젠가는 세탁기공장도 없어질 거예요."

이렇듯 딸아이는 가족회의에서 멋진 답을 내놓고, 좋은 아이디어를 내기 위해 한 달 동안 열심히 공부하는 것 같았다. 공부하라고 말하지 않아도 열심히 책을 읽고, 신문 등 언론자료를 수집했다. 학교에서는 선생님의 가르침에 귀 기울여 시대의 흐름을 읽을 수 있는 힘을 얻었다.

부모가 일방적으로 공부하라고 싫은 소리를 하지 않아도 열심히 공부해 지식을 얻고 가족회의에서 좋은 의견을 내놓았다. 이럴 때는 딸의 아이디어를 받아들이고 칭찬을 한다. 그러면 아이는 더욱 노력하고 발전하는 것이다.

어느 비 오는 날, 내가 딸에게 물었다.

"비 오는 날은 누가 제일 좋아할까?"

"어머니, 그것도 모르세요? 달팽이가 가장 좋아하죠."

"그럴까? 정말 그런지 나가보자."

우리 모녀는 달팽이를 보러 나가 빗물이 고인 웅덩이에서 함께 물장난을 하며 즐거운 시간을 보냈다. 다른 집 모녀에게서는 볼 수 없는 광경이었다. 딸애는 신이 나서 내게 말했다.

"엄마, 물장난하니까 너무 좋다. 다른 집 엄마들은 옷 버린다고 못하게 하는데 우리 엄마는 함께 놀아주네. 우리 엄마 최고!"

나는 물장난을 통해 동심으로 돌아가고, 아이는 엄마의 사랑을 더 뜨겁게 받아들이는 것 같았다. 모녀간의 정이 더욱 돈독해지는 것을 느낄 수 있었다. 비가 오자 지렁이가 땅속에서 나와 기어다니는 것이 보였다. 내가 물었다.

"지렁이는 왜 비가 오면 땅속에서 밖으로 기어나오는 걸까? 징그럽다!"

"어머, 그걸 모르셨어요? 지렁이는 피부로 숨을 쉬는데 비가 오면 땅속에서는 숨을 쉴 수가 없잖아요. 그러니까 밖으로 기어나오는 거예요."

"그래? 지렁이가 피부로 숨을 쉰다는 걸 몰랐는데 네가 알려줬구나. 이제 똑똑히 알았다."

가족회의는 토론하고 대화하는 과정에서 몰랐던 것을 알게 해준다. 엄마가 먼저 태어났고, 경험이 많고, 먼저 결혼을 했으니까 아이보다 똑똑하다고 생각해서는 안 된다. 엄마가 조금은 바보 같아야 아이가 더 성장한다.

자식들에게 강요만 하지 말고 그들의 의견을 듣고, 그들이 갖고 있는 좋은 생각을 끄집어내는 게 진정한 가족회의이고 토론문화임을 명심하자. 그리고 그것을 어렸을 때부터 체험과 대인관계를 통해 익히고 자기 것으로 만들게 해야 창의적인 인간이 되는 것이다.

내 복이 없으면
남의 복으로

아주 오랜 옛날 마당쇠라는 하인이 있었다. 그는 자신이 복을 받지 못하고 태어난 것을 늘 한탄하고 고민했다.

'난 왜 양반 집 하인으로 태어나 남의 허드렛일이나 하며 고생을 하는 걸까. 내가 결혼하면 내 아내도 자식도 하인이 될 것 아닌가.'

이렇게 슬퍼하며 고민에 빠져 있을 때 지나가던 스님 한 분이 마당쇠에게 물었다.

"마당쇠야, 무슨 고민을 그리 하고 있느냐?"

"스님, 저에게도 복이란 게 있을까요? 있다면 무슨 복을 타고났을까요?"

스님은 껄껄껄 웃었다.

"무슨 복이 있는지 궁금하면 먼 나라 동쪽으로 가보거라. 거기엔 용한 점쟁이가 있으니 가서 네 복을 알아보려무나. 하지만 거긴 아주 멀고 험한 나라란다. 그래도 가겠느냐?"

"예, 가겠습니다."

마당쇠는 희망과 용기를 가지고 길을 나섰다. 일종의 도전을 한 것이다. 평균연령이 늘어나 120세, 130세, 140세까지 산다고 하면, 죽을 때 가장 후회하는 것은 도전하지 않는 것이리라.

밤이 되자 마당쇠는 잠잘 곳을 찾던 중 대궐같이 큰 집을 발견하고 문을 두드렸다.

"지나가던 사람인데 하룻밤만 재워주세요."

집주인은 문을 열어주었고, 마당쇠는 그 집에서 하룻밤을 묵어가기로 했다. 그런데 젊은 여자 혼자서 그 넓은 집을 지키고 있는 것이 아닌가. 의아하게 생각한 마당쇠가 물었다.

"이 대궐 같은 집에 왜 혼자 사시나요?"

여인의 대답은 충격적이었다.

"이 집은 해마다 사람이 죽어나가는데 올해는 내가 죽어나갈 차례랍니다. 그런데 당신은 어딜 가나요?"

"나는 어디에 복이 들었는가를 알아보기 위해 용한 점쟁이를 찾아가는 길이라오."

"그럼, 가는 길에 곧 죽을 팔자를 타고 태어난 내 점도 함께 봐주세요."

여인의 부탁에 마당쇠는 그러겠다고 약속을 했다. 그리고 하룻밤을 잘 자고 일어나 다시 길을 떠났다.

한참을 걸어 산 속 암자에 혼자 살고 있는 스님 한 분을 만났는데 그도 고민이 있었다. 스님의 고민은 좀 고상했다.

"암자 마당에 아무리 꽃씨를 뿌려도 꽃이 피기는커녕 싹조차 나지 않아 속이 상하는구려. 이왕 점을 보러 가는 것이면 내 점도 좀 봐다주오."

스님 역시 마당쇠에게 자신의 점도 봐달라고 부탁했다. 산 속에 사는 스님은 고민이 없을 거라고 생각했던 마당쇠는 스님의 부탁을 가슴에 새기며 다시 길을 재촉했다.

한참을 가자 이번엔 넓은 바다가 발길을 막았다. 배도 뗏목도 없어바다를 건널 수가 없어서 고민하고 있을 때 커다란 이무기 한 마리가나타나 바다를 건너게 해달라고 부탁했다.

"마당쇠 양반, 내 친구들은 모두 용이 돼 승천했는데 난 100년, 500년, 1,000년이 돼도 이무기 꼴로 살고 있다오. 내 바다를 건너게 해줄테니 용하다는 점쟁이한테 내 점도 봐다주구려. 왜 용이 못 되는지 말이오."

마당쇠는 이무기의 도움을 받아 바다를 건넜다. 그곳에 도착하니 점쟁이는 없고 인자한 부처님이 앞을 가로막았다. 마당쇠가 이때다 하고자신의 복에 대해 물으려고 입을 열려는 순간, 부처님이 이미 알고 있었다는 듯 먼저 입을 열었다.

"자네는 복이 하나도 없네. 그냥 돌아가게."

이럴 때 이 글을 읽는 당신이라면 어떻게 할 것인가. 그냥 돌아설 것인가, 아니면 부처님 바짓가랑이라도 잡고 늘어질 것인가. 그도 아니면그냥 주저앉아 통곡을 할 것인가. 어찌됐건 그토록 멀고 험한 길을 찾아갔는데 그냥 돌아설 수는 없지 않은가. 마당쇠는 정신을 차리고 부처님께 사정을 했다.

"제 복은 그렇다 치고, 오면서 신세를 진 친구가 셋 있는데 그들의점이라도 봐주세요."

부처님은 마당쇠가 안돼 보였던지 귓속말로 친구들의 점괘를 주고는 홀연히 사라졌다. 발길을 돌린 마당쇠는 첫 번째로 이무기를 만나 바다를 건너온 뒤 큰 소리로 말했다.

"이무기야, 넌 여의주가 너무 많아서 승천을 못 하는 거야."

마당쇠의 말에 이무기는 입에서 세 개의 여의주를 토해냈다. 그리고는 한 개만 물고는 하늘 높이 올라가버렸다. 마당쇠는 이무기가 토해낸 두 개의 여의주를 갖고 산 속 암자에서 자신을 기다리는 스님에게로 갔다.

"스님, 삽과 곡괭이를 가지고 와서 마당을 파보세요."

마당쇠 말대로 마당을 파헤치자 금은보화가 잔뜩 쏟아져 나왔다. 그 것들 때문에 꽃나무들이 뿌리를 내리지 못하고 꽃을 피우지 못했던 것이다.

"난 금은보화 같은 건 관심이 없소. 당신이나 가지시오. 난 꽃만 있으면 되오."

스님의 말에 마당쇠는 금은보화를 한아름 안고 마지막으로 죽음의 공포에 떨고 있는 여인에게로 갔다. 그리고는 부처님이 가르쳐준 대로 여의주를 가진 남자와 결혼하면 죽음을 면할 수 있을 거라고 알려주었다.

"그래요? 당신이 바로 그 남자가 아니오?"

이렇게 해서 마당쇠는 여의주와 금은보화를 얻고 어여쁜 여자와 결혼까지 하는 행운을 누리게 되었다.

이 이야기는 단순한 우화가 아니라 교훈이 담겨 있다. 마당쇠는 부모를 잘못 만나 태어난 죄로 하인이 되었지만 자신의 좋지 않은 환경에서 벗어나려고 노력했다. 그는 용기가 있었고, 그 용기를 가지고 도전했으며 결국은 미천한 신분에서 벗어나 부를 움켜쥐고 아내까지 얻는 좋은 결과를 얻어냈다. 성공은 도전하고 실천하는 용기가 있는 자에게 돌아간다는 것을 이 우화는 말해주고 있는 것이다.

남편의 사주가 100점이고 아내가 80점이라면 합해서 180점이 된다. 반대로 남편은 20점, 아내는 100점이라면 120점이 된다. 이것이 플러스알파라는 것이다. 남편은 잘 때 아내의 손을 꼭 잡고 자는 게 중요하다. 아내의 손, 자식의 손을 꼭 잡아주어야 정이 생기고 사랑이 피어난다.

또한 직장 상사의 손을 잡는 것도 중요하다. 상사라기보다 부모라는 생각을 하면 직장이 두려운 곳으로만 느껴지지는 않게 될 것이다. 직장 상사는 부하직원의 손을 잡아주고, 동료끼리 손을 잡아준다면 직장 안에서 가족을 만들 수 있다. 그렇게 되면 직장생활이 즐거워질 것이다.

이렇게 내 부모, 내 형제, 직장 상사와 부하, 어느 것 하나 내 인생에 플러스가 되지 않는 것이 없다. 우리는 대한민국 국민이니까 모두 사랑하면서 플러스로 살아가는 것이다.

잘되는 집과
안 되는 집

김서방과 이서방은 아주 절친한 친구였다. 그런데 형편은 전혀 달라서 김서방은 날이 갈수록 부유해진 반면 이서방은 날이 갈수록 가난해졌다. 어느 이른 아침, 김서방을 찾아간 이서방이 물었다.

"여보게 친구, 우리는 부모님한테 물려받은 재산이 비슷한데 자네는 재산이 날로 늘어나고 나는 점점 가난해지니 왜 그럴까? 자네와 난 아주 친한 친구가 아닌가. 그러니 그 이유가 뭔지 가르쳐주게나."

이서방의 말에 김서방은 어려울 것 없다는 듯이 이렇게 대답했다.

"내가 시키는 일 한 가지만 하고 오면 가르쳐 주겠네."

"무슨 일을 하고 오면 되는데?"

"자네 집 외양간에 황소가 한 마리 있지? 그 황소를 지붕 위에 올려놓고 오면 재산이 늘어나는 이유를 알려주겠네."

김서방의 말에 이서방은 신나게 집으로 달려가 부인과 아들, 며느리를 불러놓고 황소를 지붕 위로 올리자고 말했다. 그러자 가족들의 반응은 한결같이 반대였다.

"이 양반이 이제 망령이 났네."

부인이 이렇게 말하며 돌아서자 아들이 이어받았다.

"아버님 노망나셨어요?"

아들이 이렇게 말하고 자기 방으로 들어가 버리자 며느리는 한술 더 떠서 말했다.

"아버님이 심신이 허약하셔서 헛소리를 하시는 것 같으니 보약을 드셔야겠어요."

이서방 자신이 생각해도 황소를 지붕 위로 올리는 일은 무리였다. 이서방은 다시 김서방을 찾아갔다.

"어쩌나, 가족들이 반대해서 황소를 지붕 위로 올리지 못하고 왔네."

이서방의 말에 김서방은 대꾸를 하지 않고 가족들을 불러 모으더니 이렇게 말하는 것이었다.

"내가 저 황소를 지붕 위로 밀어 올리려고 하는데 좀 도와줘야겠다."

김서방이 팔을 걷어붙이자 그의 아내와 아들, 며느리, 딸 등 온가족이 황소 밀어 올리는 일을 돕기 시작했다.

"영차, 영차…."

황소를 지붕 위로 올리는 일은 새벽부터 해가 질 때까지 계속됐다. 날이 어둑어둑해졌을 때 드디어 수백 킬로그램이 나가는 황소가 지붕 위로 올라갔다.

이 광경을 보고 있던 이서방은 무릎을 탁! 쳤다. 그때서야 인간생활에서 협동심이 얼마나 중요한가를 깨달은 것이다. 또 가장의 말을 가족들이 믿고 존중하고 따른다면 못할 일이 없다는 것을 알았다. 긍정의 힘이 얼마나 강한 것인지도 깨달았다.

김서방네 식구들도 처음엔 황소를 지붕 위로 올리는 일이 가능하다고 생각하지 않았다. 하지만 가족들은 평소 가장을 믿었고 존중하고 존경했다. 가족들은 가장이 도와달라고 했을 때 부정하기보다는 반드시 해낼 수 있을 거라고 믿었고, 가장을 믿는 긍정의 힘이 무거운 황소를 지붕 위로 올리는 성공을 가져온 것이다.

가장이 해를 달이라 우겨도 가족들이 믿어주는 집이 잘되는 집안이다. 가족이 가장을 불신하거나 가장의 말을 우습게 여기는 집은 사상누각과 같다. 일가를 이루고 살아가는 가족이 한마음 한뜻으로 어떤 일을 도모할 때 그 일은 100% 성공을 가져온다는 믿음이 중요하다.

가족과 가정은 작지만 가장 강한 공동체다. 가족과 가정이라고 하는 작은 공동체가 건실하고 믿음직하게 꾸며지면 그 다음 큰 공동체인 마을도 강해진다. 나아가 사회와 국가도 강하고 부유하게 유지되는 것이다. 화목하고 믿음을 주고받는 가정이야말로 인간사회의 바탕이다.

돈신神은
저녁 8시부터 10시 사이에 온다

　돈의 신(神)이 있다. 생소하게 들릴지 모르겠으나 돈을 벌게 해주는 신 말이다. 이 돈신은 저녁 8시면 어느 집이나 현관 앞에 나타난다고 한다. 하지만 돈신이 어느 집이나 다 들어가는 것은 아니다. 그렇다면 돈신은 어느 집으로 들어갈까?

　어머니가 아기를 임신하면 그 아기는 하루 종일 잠만 잔다고 한다. 그런데 저녁 8시면 꼭 깨어 있다고 한다. 왜 깨어 있을까? 돈신을 맞이하려고? 배가 고파서? 아니다. 아기가 저녁 8시에 깨어 있는 것은 일터에서 돌아온 아빠의 목소리를 들으려는 것이다.

　그러니까 이 글을 읽는 여러분은 아주 중요한 비즈니스가 아니라면 저녁 8시부터 밤 10시까지는 집으로 돌아가 가족과 함께 있어야 한다. 돈신은 저녁 8시부터 밤 10시 사이에 어느 집이나 현관 앞에 나타나지만 모든 집에 들어가는 것은 아니라고 했다. 그렇다면 어느 집으로 들어갈까?

첫째, 아이들의 깔깔대는 웃음소리가 나는 집이다.

둘째, 글 읽는 소리가 나는 집이다.

셋째, 노랫소리가 나는 집이다.

이런 집은 진정한 부자가 되는 집이다.

어느 물건을 500원에 사서 1,000원에 팔아 500원을 남기는 게 부자가 되는 것이 아니다. 진정한 부자는 가족의 화목에서 나온다. 3대, 5대, 7대, 9대, 13대… 이렇게 영원히 부자가 되는 길은 가족이 화목한 데서 온다. 돈신은 저녁 8시에 온다고 했으니 글을 읽을 때는 눈으로만 읽지 말고 큰소리로, 가능하면 현관문을 향해서 읽어야 한다. 큰소리로 노래를 부르는 것도 좋다.

집안에서 어린아이의 깔깔대는 웃음소리가 난다는 것은 그 가정이 화목하다는 증거다. 엄마와 아이, 혹은 아빠와 아이가 즐거운 놀이를 하거나 재미있는 이야기를 하고 있을 때 방안의 분위기는 웃음이 넘친다. 부모는 어린아이가 재롱을 부리거나 전에 보여주지 않은 새로운 행동을 할 때 신기해하고 사랑스러워 손뼉을 치며 웃는다. 아이와 부모가 함께 웃는 소리가 집밖으로 퍼진다면 그 소리는 결코 소음이 아니다. 멜로디가 없는 음악이다. 이러한 웃음소리를 돈신은 좋아한다. 텔레비전에서도 웃으면 복이 온다고 하지 않았는가.

책 읽는 소리도 마찬가지다. 자녀가 저녁식사를 마치고 학교에서 배운 것을 복습하고 내일 배울 것을 예습하는 일이야말로 학업의 근본이다. 책 읽는 소리가 이웃집과 담장 밖 길가에까지 퍼진다면 그 집은 밝은 미래가 보장돼 있는 집으로 보아도 무방하다.

돈신은 이런 집을 찾아가 복을 준다. 앞의 칼럼에서 투자는 투기가 아니라고 강조한 바 있다. 책을 읽고 열심히 공부한다면 투자에 대해서도 실수 없이 잘하는 능력이 생기게 된다.

노래는 사람의 마음을 멜로디로 표현하는 것이다. '최고의 유산' 편에서 말한 것처럼 나는 슬픈 노래를 싫어한다. 슬픈 노래는 부르는 사람이나 듣는 사람의 마음을 우울하게 한다. 노래를 부르되 사람의 마음을 포근하게 하고 안정감을 주는 노래가 좋다.

밝고 건전한 가사의 노래를 부르면 마음이 밝아지고 머릿속도 맑아진다. 자녀와 함께 동요나 건전한 노래를 부르는 분위기를 만들어야 복이 찾아든다.

최고의 유산

여러분은 최고의 유산(遺産)이 무엇이라고 생각하는가. 금은보화?
빌딩 등 많은 부동산?

최고의 유산은 이러한 물질이 아니다. 최고의 유산은 남편이 아내를
사랑하고, 아내는 남편을 존경하는 모습을 성장하는 자녀들에게 보여
주는 것이라고 생각한다.

내가 실천한 인사법을 예로 들어 설명하겠다. 남편이 출근할 때는
예의를 갖추어 인사를 해야 한다. 아내가 남편에게 "빠빠이" 하며 손이
나 흔드는 식의 인사를 해서는 안 된다.

먼저 양손을 모아서 배꼽에 대는데 그때 손끝에 힘이 모아져야 한
다. 구부린 팔은 각이 지게 하고, 눈은 남편의 눈을 바라봐야 한다. 그
리고 허리를 굽혀 정중하게 인사한다.

"여보, 안녕히 다녀오세요."

그러면 남편은 아내의 손에 키스를 하며 응답한다.

"여보, 나 다녀올게."

이렇게 인사를 하면 남편이 출근한 후 아내는 하루 종일 즐겁고 행복하다. 일을 하면서도 남편이 키스를 해준 손을 쓰다듬으며 행복에 젖는다. 이것이 최고의 유산이다.

엄마는 자식들을 위해 매일 식탁을 차리며 편식을 하지 말라고 잔소리를 한다.

"영수야, 햄만 먹지 말고 이것도 먹고 저것도 먹어봐."

고작 이 정도가 자식과의 대화다. 이제 이러한 대화에서 벗어나 방식을 바꿔보는 것은 어떨까? 퇴근하고 귀가한 남편에게 아내가 말한다.

"여보, 오늘 제가 가지나물을 했는데 들기름을 새로 짜서 무쳤으니 고소하고 맛이 있을 거예요."

"응, 그래? 정말 고소하고 맛이 있군. 요즘 변비였는데 도움이 되겠어. 너무 고마워."

"그래요? 당신, 변비가 있었어요? 그럼 내일은 배춧잎도 준비할게요."

부모의 이러한 대화를 자녀들이 듣는다면 어떤 생각을 가질까?

'아빠가 변비가 있는데 가지나물과 배춧잎이 맛있고 좋다고 했지. 나도 먹어봐야지.'

자녀들은 부모의 다정한 대화에서 어떤 음식이 어디에 좋은지를 스스로 터득하게 된다. 먹지 말라고 해도 더 먹으려고 할 것이다. 이처럼 남편은 아내를 사랑하고, 아내는 남편을 존경하는 모습이야말로 자식들에게 최고의 유산이 된다.

자녀들은 부모가 심한 부부싸움을 하는 것을 보고 그 당시는 '난 커서 결혼하면 저렇게 살지 말아야지. 정말 싸우지 말고 살아야지' 하고 다짐을 한다. 하지만 정작 결혼을 하면 부모의 행동을 그대로 따라한다. 싸우고, 심한 언사를 쓰는 것이다. 어린 자녀들에게 부부싸움은 무서운 천둥번개를 경험하는 것과 같은 효과를 준다고 한다.

남자는 뜻을 세워 천 년을 살고, 여자는 정을 심어서 한평생을 산다고 한다. 그런 여자가 한 남자에게 시집을 온다면 남편은 아내를 한없이, 영원히 사랑해줘야 한다. 남편은 뜻을 세워 천 년을 사니까 오직 한 여자를 위해서 살아야 하고, 여자는 그러한 남편에게 감사하고 고마워하며 살아야 한다.

그렇다면 고마운 남편을 위해 여자가 할 수 있는 일은 무엇일까. 남편은 회사 일을 끝내고 귀가하면 집이 오로지 휴식처가 돼야 한다. 하루 종일 일하고 피곤한 몸으로 귀가한 남편을 위해 아내는 침대에서 손을 다정하게 잡고 책을 읽어준다. 혼탁하고 경쟁이 심한 세상에서 머리 복잡하게 일하고 돌아온 남편에게 책을 오래 읽어주는 건 좋지 않다. 반쪽 정도면 충분하다. 성경이든 불경이든, 길게 읽지 말고 반쪽 정도만 읽어준다.

노래를 나지막하게 불러주는 것도 좋다. 남편을 사랑하는 내용의 가사가 들어 있는 노래라면 더 좋을 것이다. 나는 슬픈 노래가 싫어서 부르지 않는다. 멜로디가 좋은 슬픈 노래는 가사를 바꾸어서 좋은 노래, 즐거운 노래로 바꾼다.

너무나 긴 세월이 즐거웠어요. 너무나 긴 시간이 기뻤어요.

나 이제 누군가를 사랑하고픈 행복한 여자랍니다.

나 이제 사랑을 하고파 나 이제 사랑을 하겠어요.

누가 이 사람을 이렇게 이렇게 만들었나요.

나 이제 여자가 되고 싶어라 여자가 되고 싶어요.

아내는 정 때문에 한평생을 산다고 했다. 여자는 한 남자의 아내이자 한 집안의 며느리고, 자녀들의 어머니고, 부모의 딸이기도 하다. 이제 여자는 누구의 무엇이 아니라 행복한 한 여자로 살고 싶은 것이다.

남자도 마찬가지다. 아버지의 아들이자 아들의 아버지고, 아내의 남편이다. 사회에 나가면 상사의 부하이자 부하의 상사이기도 하다. 어떤게 진짜 내 인생인지 모른다. 그래서 나는 모든 남자들이 멋쟁이 남자로 살기를 희망하고 권한다.

이 시대의 모든 남자들은 바쁘다. 아내를 사랑할 시간도 없을 정도로 바쁘게 살고 있다. 하지만 이제부터라도 아내를 위해 사는 멋쟁이 남자가 되길 바라는 마음에서 가사를 바꾼 노래를 불러본다.

너무나 긴 시간이 바빴어요. 너무나 긴 시간이 흘렀어요.

나 이제 누군가를 사랑하고픈 멋쟁이 남자랍니다.

멋쟁이 남자와 멋진 여자로 살면서 남편은 아내를 사랑하고 아내는 남편을 존경하는 모습을 자녀들에게 보여줄 때, 그것이 최고의 유산이 될 것이다. 부부가 사랑하고 화목한 가정을 이룰 때 그 자식들도 이를 본받아 사랑과 화목이 왜 좋은가를 배우게 된다. 후일 결혼하면 서로를 사랑하고 존중하는 가정을 가꾸어 올바른 사회의 일원이 될

것이다. 건강하고 밝은 사회가 사람들의 마음에 평화를 가져다준다는
것을 강조하고 싶다.

효도 이야기

시아버지는 나를 많이 사랑해주셨다. 돌아가시면서 소유하셨던 땅을 7남매에게 골고루 나눠주시지 않고 오로지 우리 부부에게 모두 주고 가셨다. 첫째 아들에게 좀 주고, 딸 다섯에게는 나눠주지 않고 우리에게 모두 상속하고 돌아가셨다.

마지막 상속할 때 다들 모인 자리에서 아가씨가 아버님께 물었다.

"왜 큰 새언니도 아니고, 작은 새언니에게 다 주시는 거예요?"

시아버님께서 말씀하셨다.

"큰 아기에게 주면 자기만 잘 먹고 잘살 것이고, 작은 아기에게 주면 너희 7남매를 다 보살피고도 남을 것이다."

아버님의 말씀이 맞았다. 나는 시아버님이 주신 재산을 손실 없이 잘 지켰을 뿐만 아니라 늘리기까지 했다. 그리고 나 역시 2, 3년 전에 내 아들에게 같은 방법으로 증여를 했다.

그런데 시아버님이 나를 아끼신 이유는 단지 경제적 능력 때문만은 아니다. 나는 아버님이 우리집에 오시면 늘 다리를 주물러 드렸다.

결혼했을 때 이미 환갑을 넘긴 어르신이었는데 90살까지 사셨다. 모두 단명했던 조상과 달리 아버님은 환갑까지 사셔서 모두들 대단하다 했었다.

예전 어느 날, 지나가던 나그네가 하룻밤 재워달라 해서 재워주니 아버님에게 이렇게 말했단다.

"당신은 두 아들이 있지만, 둘째 아들이 많이 노릇을 하겠습니다. 그리고 아흔까지 살 것입니다."

그래서 아버님이 생각했다.

'저놈이 하룻밤 재워주고 밥도 주니, 듣기 좋은 소리를 하는구나. 단명하는 집안에 90살이 무슨 소린가.'

아버님은 나에게 늘 그러셨다.

"우리 며느리, 차 밀려 명절 지내러 오기 너무 힘드니 꼭 명절 밑에 죽을게. 명절 밑에 죽으면 네가 제사 지내러 따로 올 것 없이 명절 지내러 와서 다 치르면 되니 얼마나 좋으냐."

며느리를 위하는 마음에서 그렇게 말씀하시던 아버님은 정말 명절 이틀 전에 돌아가셨다.

며느리들은 부모님이 오시면 밖에서 외식시켜드릴 생각만 한다. 한번은 나도 아버님께 좋은 음식을 대접하려고 식당을 예약했었다. 그런데 막상 가서는 금액이 비싼 탓인지 아버님이 불편해하시며 잘 못 드시는 것이었다.

아버님이 말씀하셨다.

"며늘아가."

"예, 아버님."

"끼니 거르지 않고 먹으면 되는 것을, 한 끼 식사에 너무 많은 돈을 투자하는 것은 어리석은 일이다."

명절에 차가 밀려 자식들이 힘들까봐, 간혹 아버님께서 명절을 지내러 서울로 올라오시는 경우가 있었다. 그러면 아버님은 형님네 집으로 먼저 갔다.

어느 날은 제사를 마치자마자 아버님이 우리집으로 오자고 하셨다. 나는 20대부터 일을 했기 때문에 집에 늘 도우미 아주머니가 있었다. 그러나 명절이면 휴가를 가고 없었다.

"아버님, 지금 집에 도우미 아주머니가 안 계셔서 우리집으로 가시면 빵하고 우유만 드셔야 되는데 그래도 가실래요?"

아버님은 서슴없이 대답하셨다.

"그래도 가자."

형님이 집에 가서 떡국을 끓여먹으라고 떡과 사골국을 싸주셨다. 집에 와서 형님이 싸주신 재료로 떡국을 끓이려는데 엄두가 안 났다. 그래서 아버님께 도와달라고 했다.

"아버님, 이거 끓이는 법 설명해주시면 제가 끓여드릴게요."

아버님은 흔쾌히 가스레인지 앞에 서서 설명을 해주셨다.

"국물 넣고…, 떡 넣고…, 간장 넣고…."

신기하게도 형님이 만든 것과 비슷한 떡국이 만들어졌다.

"아버님, 다 됐어요."

나는 신나하며 상을 차렸다. 하지만 늘 일만 하던 내가 상을 차리니 익숙하지 않아 시간이 많이 걸렸고, 결국 떡국이 다 불어서 국물이 다

사라질 정도였다.

하지만 아버님은 웃으셨다.

"우리 며느리가 만든 떡국이 세상에서 제일 맛있다."

그러면서 그 떡국을 다 드셨다. 남편 역시 편을 들어주었다.

"어머니가 끓인 거니까 우리 맛있게 먹자."

이런 집은 잘될 수밖에 없다.

나는 시어머님에게는 노래를 잘 불러드렸다. 가락은 좋은데 가사가 슬
프면 가사를 바꿔서 불러드렸다. 나는 정말 행복한 여자라는 내용으로.

시부모님과의 유대관계를 이렇게 이어갔다.

아버님이 집에 오시면 책을 많이 읽어드렸다. 고부간의 갈등 이야기
를 주로 읽어드렸는데, 책을 앞에 놓고, 눈으로는 책을 보며 손으로는
다리를 주물러가며, 입으로 말하듯이 읽어드렸다.

옛날에 어느 집안에 아기를 낳지 못해 걱정인 며느리가 있었어요.
며느리는 아기가 생기지 않자 백일기도를 올리기 위해 절로 들어갔어
요. 그런데 절에 가자마자 스님이 야단을 치며 내쫓는 거였어요.

"이 절의 부처는 허상일 뿐인데 뭐 하러 왔느냐? 네 집 부엌에서 신
발 한 짝만 신고 왔다 갔다 하는 분이 진정한 부처이니 빨리 집으로
돌아가거라. 그분께 3년 지성을 드리면 아기가 생길 것이니라."

며느리가 쫓기다시피 집으로 돌아오니 시어머니께서 신발을 한 짝
만 신고 부엌을 드나드시는 거였어요. 시어머님은 당신 혼자 계실 때
는 하루 한 끼만 먹어도 시장한 줄을 몰랐는데, 며느리가 돌아온 후로
는 하루 세 끼를 꼬박꼬박 챙겨 먹어도 양에 차지 않고 속이 허하다고

하시더래요. 그 소리를 들은 며느리는 궁리 끝에 아침에는 생밤을 까서 시어머님께 간식으로 드리고 저녁에도 간식을 챙겨 드렸대요. 하루 다섯 끼를 드린 거예요. 며느리의 지극한 정성을 받아서인지 시어머니는 날로 얼굴색이 좋아지고 살도 통통하게 올랐대요.

이를 본 동네 사람들이 묻더래요.

"얼굴이 아주 좋아졌는데 무슨 좋은 일이 있나 봐요."

시어머니는 이렇게 대답했대요.

"며느리가 하루 세 끼를 잘 차려주는 데다 아침 저녁으로 생밤같은 간식을 잘 챙겨줘서 이렇게 몸이 좋아졌다우."

이때부터 며느리는 효부로 소문이 났고, 시어머니에게 효도를 한 덕인지 3년 만에 태기가 있어 아들을 낳았대요.

이런 책을 읽어드리면 아버님은 흐뭇해하시며 이렇게 말씀하셨다.

"네가 나에게 이런 얘기를 읽어주는데 내가 너에게 무엇을 더 바라겠니?"

수많은 책들이 있지만 시부모님께 어떤 책을 읽어주는가가 중요하다.

사람들은 효도라는 말은 잘 알지만, 무엇이 진정한 효도인지는 잘 모른다. "효도란 뭘까요?" 하고 질문하면 대부분의 사람들이 "부모님 걱정 안 끼쳐드리는 것입니다"라고 대답한다.

하지만 그게 아니다. 효도는 지금 내 생각과 내가 하는 일을 자세히 설명해드리는 것이다. 부모님이 당신들 속으로 낳은 자식이 지금 속으로 무슨 생각을 하고 무슨 일을 하는지 모른다면 그 마음이 얼마나 깜깜하고 답답하겠는가.

그래서 나는 낮 12시만 되면 시아버님께 전화를 드렸다.

"아버님, 지금 뭐하고 계세요?"

"뭐하긴, 10분 전부터 네 전화 받으려고 전화기 앞에서 대기하고 있었지."

"어머, 제 전화 받으시려고요?"

"그럼."

"아버님, 저 오늘 얼마나 벌었는지 아세요?"

"기십만원 벌었겠지."

"네, 아버님. 맞아요. 어떻게 아셨어요?"

"다 알지. 근데 네가 뭘 해서 기십만원을 벌었다냐?"

"이러저러해서 벌었지요."

"야, 참 대단하다. 우리 며느리! 어느 여자가 아기 키우며 뭘 해서 몇십만원을 벌겠냐."

다음날 12시면 나는 또 아버님께 전화를 걸어 안부를 묻는다. 나는 아버님께 기다리는 행복을 드린 것이다.

아버님은 물으신다.

"오늘은 몇백만원이라도 벌었냐?"

"네, 맞아요. 정말 잘 맞추시네요."

다음날은 "오늘은 기백만원에서 기천만원 벌었냐?" 이런 식으로 넘어가신다. 그러니 전화를 기다리는 아버님은 얼마나 즐거우시겠는가? 결국 이런 노력이 아버님께서 평생 일군 재산을 우리에게 주어도 괜찮겠다는 생각을 하게 만든 것이다.

부모에 대한 효도는 한계가 없다. 하지만 살아 계신 동안 마음 편안

하게 해드리고 자식에 대한 불만을 갖지 않으시도록 보살펴드리는 게 진정한 효도가 아닐까. 부모에게 효도하는 자식에게는 하늘이 복을 내리고, 그 복은 경제활동에 큰 도움이 된다는 것을 강조하고 싶다.

부모님의 은혜는 어버이날에만 생각할 것이 아니다. 부모님의 사랑과 은혜는 끝이 없고 무한하니까.

선생님, 우리 선생님

고등학교 시절 나는 쉬는 시간이면 대부분을 교장실에서 교장선생
님과 함께 보냈다. 갑자기 배가 아파서 찾아간 것이 첫걸음이었다. 배
가 아프면 양호실로 가는 게 상식인데 왜 교장실로 갔는지는 지금도
의문으로 남아 있다. 아무튼 배가 아파 찾아온 나에게 교장선생님은 바
늘로 엄지손가락을 따주시고 등을 두들겨주셨다.

이것이 계기가 돼 나는 배가 아프지 않아도 쉬는 시간이 되면 늘 교
장실을 찾아갔고, 교장선생님과 많은 대화를 나누게 되었다. 그리고 교
장선생님으로부터 많은 것을 배워 그 지혜와 지식을 오늘의 내 삶에
그대로 반영하고 있다.

교장선생님의 말씀은 '공부를 열심히 하라' '행동을 바르게 하라'는
등의 상투적인 가르침이 아니었다. 우리 주변에서 일어나는 일들을 아
주 쉽게 구체적으로 들려주시면서 그 안에서 교훈을 얻게 하는 실천적
인 교육이었다.

"사람은 보는 관점에 따라 다르게 보이는 거란다. 앞에서 볼 때, 옆에서 볼 때, 뒤에서 볼 때의 모습이 다르듯 사람의 어떤 면모를 보느냐에 따라 그 사람의 참모습이 드러나게 마련이다. 때문에 사람은 잘 봐야 한다."

교장선생님의 말씀을 들은 후부터 나는 다른 사람을 볼 때 그의 좋은 모습만 보려고 노력했다. 말도 좋은 말만 들으려 했고 좋은 곳을 찾아다녔으며 그렇게 습관을 들였다. 그랬더니 내게 변화가 왔다. 다른 사람의 결점보다는 좋은 모습을 우선적으로 보니까 내 입에서도 좋은 말만 나오게 되고, 내가 상대에게 좋은 말을 하니까 그도 나를 좋아하게 되었다. 이것이 발전해 만인이 나를 좋아하고 오늘날 나의 인기가 높아졌다. 결국 남을 좋은 모습으로 본 것이 나를 좋은 모습으로 바꾸어준 것이다.

교장선생님께서 두 번째로 강조하신 것은 '머피의 잠재력'이었다. 머피는 인간의 잠재력과 초능력을 발휘하는 방법을 개발하여 수많은 사람들의 꿈과 소망을 실현시켜준 인물이다. 좋은 것을 기대하는 마음을 갖고 있으면 잠재의식은 결국 좋은 것으로 이어지는 기회만을 잡도록 이끌어준다는 것이 머피의 주장이다. 교장선생님의 말씀은 이랬다.

"매일 잠들기 전에 자신의 꿈을 빌어라. 그것도 막연한 것이 아니라 아주 구체적으로 빌어라. 그러면 이루어질 것이다."

나는 교장선생님의 말씀을 가슴에 새기고 실천에 들어갔다. 그랬더니 정말 기적 같은 일이 일어났다. 뚱뚱했던 몸이 날씬해져 쉰둘의 나이에 화장품 광고 모델이 되었고, 여기저기 신문에 나의 기사가 실렸다. 나의 이름으로 칼럼을 쓰는 필자가 되었고, 최근에는 TV대본을 써

달라는 청탁이 들어왔으며 수만 회원의 사랑을 받는 지도자의 위치에 서게 되었다. 스승께서 가르쳐주신 잠재의식의 계발로 성공한 것이다.

세 번째는 비우면 채워지고 베풀면 돌아온다는 진리였다.

"수도꼭지를 틀면 물이 나온다. 사람들은 수도꼭지를 틀면 물이 흘러나와 아깝다는 생각만 하는데 그렇지만은 않다. 물이 흘러나온 후 새로운 물을 내보내기 위해 뒤에 고이는 물을 생각하면 결코 아까운 것이 아니다."

나는 교장선생님의 이러한 가르침에 따라 조금이나마 나누는 삶을 실천하고 있다. 받는 즐거움도 크지만 나누는 즐거움 또한 크다. 지식이든, 지혜든, 물건이든, 금전이든 나누며 산다는 것은 큰 기쁨이다. 이러한 기쁨을 맛보기 위해 나는 1985년부터 시작해 30여 년 동안 투자에 대한 개별상담을 하고 있으며 많은 회원을 보유하고 있다.

상담을 하되 반드시 한 개인에게 꼭 맞는 상담을 원칙으로 한다. 사람에게는 각자 그에게 맞는 그릇이 있다고 앞에서 말한 바 있다. 각자 그릇이 다르고 행운이 다르기 때문에 이에 맞는 상담을 하는 것이다.

교장선생님께서는 웬만한 불행은 불행으로 여기지 말라고 늘 강조하셨다.

"너에게 불행한 일이 있다고 해서 좌절하거나 실망하지 마라. 더 큰 불행과 비교하면 아무것도 아닌 것이 많다. 때문에 늘 희망을 갖고 살아야 한다. 좋은 생각, 좋은 상상을 하며 살아가다 보면 좋은 일이 생기게 마련이다."

교장선생님의 이러한 가르침은 내게 늘 기도하는 습관을 들이게 했다. 기도문도 내가 직접 만들었다.

'태양이시여! 당신의 빛과 열을 받아 제게 지칠 줄 모르는 꿈과 희망과 용기와 복을 주소서.'

각자 그릇이나 행운은 음력 생일 달로 해야 한다고 앞에서 말했듯, 나는 음력 7월생이므로 태양에게 기도를 한다. 짝수달에 태어난 6월생이라면 달에게 기도해야 한다.

마지막으로 교장선생님은 남이 누리는 복을 시기하지 말고 부러워하라고 말씀하셨다.

"남이 잘 되는 것을 진정으로 부러워해라. 그러면 하느님께서 '너도 갖고 싶어 하는구나' 하고 똑같은 복을 주신다."

나는 교장선생님의 가르침을 잊지 않고 실천했다. 아무리 바쁜 일이 많아도 짜증내지 않고 전부 소화해내면서 희망을 잃지 않고 살아가려고 노력했으며 그렇게 살고 있다.

'교장선생님, 임승균 교장선생님, 존경합니다. 정말 존경합니다.'

지금은 학교재단 이사장이 되신 임승균 교장선생님은 나를 위해 한 신문에 '녹음테이프'란 칼럼을 쓰기도 했다. 당신의 가르침을 잊지 않고 그대로 행동으로 보여준 제자가 녹음테이프처럼 정확하다는 뜻에서 그런 제목을 붙이신 게 아닌가 생각해본다.

학교를 졸업한 지 30여 년이 지난 지금도, 서울에 오시면 나의 집을 찾으신다. 전화도 자주 주고받는다. 교장선생님께서 우리집이나 사무실에 들르실 때면 나는 용돈을 챙겨드리는데 그게 아까워 쓰지 못하시던 교장선생님은 가난한 화가에게 그 용돈을 주며 '내 제자가 준 건데 그림 그리는 데 보태서 쓰라'고 하신다. 그러면 고마운 마음에 화가는 그림을 그려서 나에게 보내주곤 한다. 교장선생님은 나를 자랑하고 다니시는 걸 좋아하셨다.

내가 찾아가면 여학교만 계신 지 오래된 교장선생님은 말씀하셨다.

"얘야, 다른 학교 교장들이 우리 제자라고 소개시켜줄 때, 그게 그렇게 부러웠단다."

그래서 선생님께서 나를 늘 자랑하고 다니셨다고 한다.

교장선생님은 사진작가이기도 해서 좋은 작품이 탄생하면 보내주시고, 외국여행에서 돌아오실 때는 예쁜 만년필이며 볼펜 등 선물을 잊지 않으신다. 그런 관계가 30여 년 이어졌듯 교장선생님과의 인연은 앞으로도 계속될 것이다.

내가 오늘날 남에게 베풀고 있는 지식과 지혜는 교장선생님으로부터 배운 것이다. 교장선생님은 늘 말씀하셨다.

"연이 잘 날려면 어떻게 해야 하지?"

"연줄을 늘였다 줄였다 해야 해요."

"바로 그거야. 네 인생도 네가 늘였다 줄였다 할 줄 알아야 해."

교장선생님께 감사하고 싶다. 배고픈 자가 맛있는 음식을 먹을 수 있다. 나는 아는 것이 없었기 때문에 교장선생님의 지혜를 받아들일 수 있었다. 내 머릿속이 넉넉하게 비어 있을 때 지혜가 들어와 자리를 잡을 수 있고, 내 배가 고플 때 진정 맛있게 음식을 먹을 수 있다.

내가 지금의 강의를 할 수 있게 된 것도 어떻게 보면 나의 은사 덕분이다. 강연을 계획하고 있던 당시 나는 마이크만 잡으면 벌벌 떨던 사람이었다. 결국 나는 선생님을 찾아갔다.

"선생님, 제가 강연을 계획하고 있는데 시범삼아 모교에서 후배들에게 한 번 해보는 것은 어떨까요?"

"그럼, 경제 개념에 대한 주제로 아이들에게 잘 강의해보아라."

선생님의 도움으로 강연을 하게 된 나는 청중이 모두 후배라는 생각에 떨지 않고 강연을 잘 마칠 수 있었고 그 경험은 지금까지 주식강의를 잘 할 수 있는 원동력이 되었다.

또 다른 선생님 이야기를 하나 더 하겠다. 아주 어여쁜 우리 무용선생님 이야기다. 나의 독백으로 선생님의 이야기를 대신한다.

'선생님의 걷는 뒷모습이 너무 예뻐서 뒤따라가며 그대로 흉내를 내보기도 했지요. 앞모습이 빛나고 사랑스러운 분, 시를 읊으실 때 입 모양의 아름다움은 지금도 기억이 생생합니다. 선생님을 바라보며 여성의 미를 느꼈고, 선생님 음성에서 인자함을 배웠습니다. 선생님의 제자 아끼는 마음에 저 또한 만인을 사랑하고 아끼는 마음이 되었답니다. 선생님, 우리 선생님, 김경인 무용선생님. 사랑해요!'

며느릿감의 조건

아들을 둔 부모님에게 묻는다. 아들이 장성해 결혼할 나이가 됐을 때 며느릿감으로 어떤 여자를 원하는가.

예쁜 여자? 얼굴도 예쁘면서 친정에 돈이 많아 지참금이 많은 며느리? 요즘 흔히 하는 말로 열쇠를 몇 개씩 갖고 오는 여자? 법조인이나 의사 등 많은 여성이 부러워하는 직업의 여자? 시부모에게 잘하는 효심 깊은 며느리? 남편을 하늘처럼 받드는 여자? 결혼 후 아이를 잘 기르고 남편에게도 잘하는 현모양처형 여자? 결혼 후 돈을 잘 벌어 가계에 도움을 주는 며느리?

시부모의 며느릿감에 대한 기대는 끝이 없을 것이다. 위에 열거한 조건들을 다 갖춘 며느릿감이라면 금상첨화를 넘어 천사라고 불러도 과찬이 아닐 것이다. 하지만 유감스럽게도 위에 열거한 조건을 몇 개씩이나 갖춘 며느릿감은 지금 세상에서는 찾아보기가 어렵다. 예전에는 효부라고 불리는 여성이 많았고, 마을 어귀에 정문(旌門)을 세워주는 열녀도 많았지만 지금은 다르다. 세태가 변하고 그에 따라 여성들의 의식, 특히 결혼에 대한 의식, 결혼 후 시댁 식구들과의 관계에 대한 생각과 자세가 예전과는 많이 달라졌기 때문이다.

요즘의 시어머니들은 며느리와 함께 살라고 하면 고개를 절레절레 흔든다. 며느리가 아니라 상전이라고 말하는 시어머니도 있다. 투자자문을 받기 위해 찾아온 어머니들과 상담을 해보면 무서운 며느리가 많음을 알고 놀랄 때가 있다. 상담한 어머니들 가운데는 며느리가 해주는 밥은 모래알을 씹는 것 같을 것이라고 말하는 이도 있다. 또 요즘 며느리들 가운데는 시어머니의 '시'자가 아니라 시금치의 '시'자만 들어도 얼굴을 찡그리거나 거부반응을 보이는 사람도 있다고 한다. 며느리가 너무 당돌해서 마주 대하기가 두렵다는 어머니도 있다.

"어머님, 할 이야기가 있으니 앉아보세요!"

이렇게 명령조로 말하는가 하면, 눈을 부릅뜨고 자기 할 말을 남김없이 쏟아내는 며느리도 많다고 했다. 자기주장을 굽히지 않는 것은 개성이라 치자. 하지만 그 개성이 너무 강하고 당당하게 행동하는 며느리 앞에서, 한 세대 먼저 태어난 시어머니는 너무 당혹스러워서 대꾸할 말이 떠오르지 않는다고 했다.

이야기란 전해지다 보면 과장되게 마련이고, 또 앞의 예는 몇천 명 가운데 한 사람이 있을까 말까 하는 예이기를 바란다. 하지만 고부간의 갈등은 시대와 세대를 넘어서 계속 이어지고 있는 것이 사실이다.

자, 그럼 며느리를 들일 때 무얼 가장 중요하게 보아야 할까. 옛날에는 며느리로 점찍은 규수에게 이런 문제를 냈다고 한다.

"쌀 한 말로 어떻게 하면 일 년을 먹고살 수 있을까? 지혜를 짜보아라."

한 가정에서 쌀 한 말로 식구들이 일 년을 어떻게 먹고산단 말인가. 규수들은 각자 지혜를 짜내 대답을 할 것이다.

규수 1 : 물을 많이 붓고 죽을 쑤어 식구들이 나누어 먹어야지요.

규수 2 : 나물이라든가 시래기 등을 넣어서 양을 많게 해 오래 버텨야지요.

규수 3 : 먼저 쌀밥을 해서 든든히 먹은 다음 남은 쌀로 떡을 만들어 시장에 가서 팔아 그 돈으로 쌀을 사오겠어요. 그리고 그 쌀로 또 떡을 해서….

이쯤 되면 어느 규수가 며느릿감으로 합격인지 금세 알았을 것이다. 한 말밖에 되지 않는 쌀을 먹어치우고 다시 쌀을 구하기 위해 뛰어다니거나 동냥을 하는 며느리보다는 쌀(재산)을 증식할 줄 아는 규수가 그 집안에 필요한 며느리인 것을. 즉 생산적인 여자가 며느릿감으로 합격점을 받게 된다.

옛말에 며느리가 잘 들어와야 그 집안이 흥한다고 했다. 어떤 며느리를 얻느냐에 따라 집안의 흥망이 걸려 있다는 게 옛 어른들의 생각이었다. 새 며느리가 들어와 시부모님께 효도하고, 동기간에 우애 있게 지내고, 살림을 알뜰하게 하면 망했던 집안도 다시 일어선다고 믿었다.

며느리가 잘 들어와야 집안이 잘된다는 사람들의 생각은 현대에도 바뀌지 않았다. 다만 시대가 바뀌고 세태가 변하면서 가족이라는 공동체 안에서 며느리가 어떻게 해야 화목하고 경제적으로도 발전할 수 있는가에 대한 생각도 바뀌었다.

현대는 알뜰한 소비나 저축만으로 재산을 불려가기 힘든 시대다. 소비를 줄이는 것은 좋지만 전혀 소비를 하지 않고 알뜰하게 살림을 하는 것만으로는 현실에 맞춰 살기가 힘들다. 소비를 하지 않으면 기업이 발전하지 못하고, 나라 경제가 어려워진다.

또 가장에게만 가계를 맡기는 시대는 지났다. 또 그렇게만 하는 것은 남자를 혹사시키는 행위다. 따라서 며느리로 들어온 여자, 즉 집안의 안식구도 생활전선에 나가 남편을 도와야 한다. 물론 물질만이 최고의 가치를 지니는 것은 아니다. 부모님에 대한 효성이 지극해야 하고, 동기간에 우애가 깊어야 한다. 이웃을 배려하는 마음도 있어야 한다. 물론 이러한 일들은 경제적으로 여유가 있다면 더 잘 이뤄질 것이다.

내게는 남매가 있다. 아들은 결혼해 분가했으며 딸은 이제 초등학교 6학년이다. 남매를 키우면서 내가 느끼고 체험한 것은 아들에 대한 교육보다 딸에 대한 교육이 더 중요하다는 것이었다. 딸은 평생 내가 데리고 살 아이가 아니다. 장성하면 다른 가문으로 가서 그 집 식구가 돼야 한다. 잘 가르쳐서 보내야 친정에서 교육을 잘못 받았다는 수치스런 말을 듣지 않는다.

딸에게 중요한 교육은 첫째가 인성교육이고 다음은 경제교육이다. 나는 투자자문을 하고 있어서인지 딸애가 서너 살이 됐을 때부터 경제교육을 시작했다. 물론 인성교육도 게을리하지 않았다. 딸아이는 유치원도 들어가기 전에 저축의 중요성을 배웠고, 그 다음에는 주식을 통해 기업에 기여하고 자신의 재산도 증식하는 방법을 익혔다. 소액이지만 두 기업의 주주가 돼 있고 수익도 많이 났음은 앞에서 밝힌 바 있으니 줄인다.

한 가지 덧붙일 것은 이제 열두 살밖에 안 된 아이가 사업을 한다는 사실이다. 음식 만들기를 좋아하고 소질이 있는데, 현재 초콜릿을 만들어 온라인 회원들에게 판매를 하고 있다. 회원이 500명이 넘는다고 한다.

나는 딸에게 용돈을 주지 않는다. 용돈을 달라고 하면 왜 줘야 하는지 이유를 대라고 한다. 용돈을 주지 않는 대신 문제지를 완벽하게 풀면 상금을 준다. 그렇다고 그 상금이 모두 용돈은 아니다. 그 돈의 90%는 저축을 하게 했고, 저축한 돈을 모아서 주식을 사게 했다.

아들이 장성하자 결혼을 하겠다고 했다. 나는 "왜 숨겨놓고 지금까지 말을 안 했느냐"고 핀잔을 주었다. 아들은 "3년을 지켜보니 어머니의 며느리로서, 제 아내로서 부족함이 없음을 알고 데려왔다"고 말했다. 자세가 반듯하고 아름다웠으며 제집에서 잘 배운 여자라는 판단이 들었다. 둘이 행복하게 살고 있고, 시부모에게도 극진하다.

요즘은 아들이 좋은 여자라고 데려오면 약간 흠이 있어도 부모는 결혼을 허락한다. 맘에 안 들어도 자식 이기는 부모 어디 있느냐는 식으로 넘어간다. 지들이 좋아서 잘살면 그만이지 부모가 무슨 간섭을 하겠냐는 것이다. 아들이 이혼하지 않고 잘 살아주는 것만 해도 감사하다는 부모가 많다.

며느리의 조건은 시부모님 공경하고 남편에게 잘하고 가족 간에 화목하면 그만이지 뭘 더 바라냐고 한다. 하지만 그것이 전부는 아니다. 난 여기에 하나를 덧붙인다. 경제적인 안목이 있는 여자라야 그 가정이 더 행복할 수 있다. 쌀 한 말을 앉아서 먹어치우기보다는 밖에 나가 뛰어서 늘리는 수완이 있는 여자, 좋은 욕심을 많이 가진 여자에게 며느릿감으로 더 많은 점수를 주겠다.

제사음식의 의미

유교사상이 뿌리 깊은 우리나라는 조상의 기일에 제사를 지내는 가정이 많다. 하지만 종교적인 교리와 믿음에 따라서는 조상의 기일에 제상(祭床)을 차리지 않는 가정도 있다. 기독교 신자들은 음식을 차려놓고 가족과 친척이 모여 추도식이란 이름으로 고인을 추모할 뿐 큰절을 하지 않는다. 하지만 천주교는 제사를 막지 않는다.

제사를 허례허식이라고 폄하하는 사람도 있다. 귀신이 어디 있으며, 돌아가신 부모나 조부모가 어떻게 와서 음식을 먹고 가느냐는 것이다. 또 여러 가지 음식을 장만해야 하는 노동과 비용 때문에 제사를 기피하는 가정도 있다.

5대조, 6대조까지 제사를 모셔야 했던 옛날에는 제사로 인한 비용지출 또한 만만치 않았을 것이다. 요즘은 이름 있는 종가를 제외하곤 6대조까지 제사를 모시는 가정이 많지 않다. 여러 가지 음식을 마련해야 하는 데 따른 노동력과 경비 등으로 인해 제사가 많이 변질되고 있다.

제사는 장손이 지낸다는 관습에 대한 장남의 불만도 많다. 그래서 요즘은 형제가 여럿인 가정에서는 돌아가면서 지내기도 한다.

또 돌아가신 부모님과 조부모님, 증조부모님의 제사를 한데 묶어서 하루에 지내는 가정도 있다는 말을 들었다. 그런가 하면 1년 중 하루 묘소에 가서 한꺼번에 성묘를 하는 집안도 있다고 한다. 간소화인지, 편의주의인지 알 수 없다.

하지만 제사음식에 담긴 의미를 안다면 소홀할 수 없는 가정행사가 제사임을 알 수 있다. 허례허식도 아니요, 음식을 장만하느라 힘이 든다고 불평을 할 일도 아니다. 오히려 정성껏 제사를 모셔야 자손이 잘되고 가정이 발전한다는 것을 알아야 한다.

제상의 여러 음식, 특히 조율이시(棗栗梨枾: 대추, 밤, 배, 곶감) 중에서 조상을 위한 음식은 곶감 하나뿐이라고 한다. 감나무를 잘라보면 감이 한 개라도 열린 나무는 속이 까맣고, 감이 열리지 않는 나무는 속이 하얗다고 한다. 자식을 둔 부모와 같다는 것이다.

부모는 자식을 낳아 키우면서 하루도 걱정을 하지 않는 날이 없다. 어렸을 때는 물에 빠지지 않을까 불에 데지 않을까 걱정하고, 조금 자라 청소년이 되면 사춘기를 탈선하지 않고 잘 넘길까 걱정한다. 결혼적령기가 되면 참한 규수를 만나 잘살까, 결혼 후 자식은 쑥쑥 잘 낳을까, 이렇게 걱정에 걱정을 거듭하다 보니 속이 새까맣게 타들어간다는 것이다.

제사에서 부모님을 생각하는 음식은 곶감이 유일하고, 그래서 제수를 장만할 때 곶감을 맨 먼저 사야 한다고 한다. 그렇다면 다른 제사음식은 어떤 의미를 지니고 있을까. 제상에 올리는 조율이시 중 곶감을 제외한 배, 대추, 밤은 자식을 위한 음식이라고 한다. 배는 자기 자식이 배처럼 시원시원하고, 서글서글하고, 달콤하게 되길 기원하는 마음에서 놓는다고 한다. 자식이 밖에 나가 기죽어 있고, 내성적인 성격이 되지 않길 바라는 마음이 담겨 있다는 것이다.

대추는 약용으로도 많이 쓰이지만 결혼식 폐백에서 빼놓을 수 없는 과일이다. 폐백에서 부모나 친척들이 신랑신부의 절을 받은 다음 대추를 던져주는 것은 자식을 많이 퍼뜨리라는 의미가 담겨 있다. 대추는 과일 중 꽃이 가장 늦게 피지만 열매는 가장 먼저 열린다. 따라서 늦게 결혼을 하더라도 빨리 자식을 낳고, 대추나무에 대추가 주렁주렁 달리듯 많은 자손을 낳으라는 염원이 담겨 있는 것이다.

밤은 익기 전 풋밤 때는 가시뿐이어서 속을 볼 수가 없다. 하지만 익으면 손을 대지 않아도 저절로 툭 터져 알맹이를 떨군다. 인간도 마찬가지다. 성장하여 성인이 되면 스스로 독립을 해 한 사람의 사회인으로 우뚝 서게 된다.

'품안의 자식'이란 말이 있다. 어렸을 때는 애지중지 키우지만 성인이 되면 부모 품에서 나가 독립하게 된다. 18세 전까지는 부모가 보호를 하지만 그 이후는 혼자서 생활할 수 있도록 어려서부터 경제교육을 시켜야 한다.

자식은 부모의 소유물이 아니다. 부모가 자식을 낳은 것이 아니라 자식이 부모를 선택했다고 생각해야 한다. 자식을 부모의 소유물인양 간섭하기보다는 그의 생각과 행동을 존중해주어야 한다. 밤이 익으면 저절로 껍질을 깨고 나오듯이 자식도 스스로 독립할 수 있도록 교육하고 의사를 존중해주는 부모가 참된 부모라고 생각한다.

제사상에 올리는 조기도 자식을 위한 음식이다. 조기는 바다에서 나는 고기 중 으뜸으로 치는 생선이다. 내 아이가 이 세상에서 으뜸가는 인물로 성장하기를 조상에게 염원하는 의미에서 제상에 조기를 올린다고 한다.

제사는 허례허식이 아니다. 자식을 훌륭하게 키우자는 조상의 지혜가 담겨 있는 의식이다. 제사음식을 장만하는 데 따른 피곤함이나 경제적인 문제로 불평불만하지 말고 정성을 다해 조상을 모시면 그 가정엔 복이 내리고 경제적으로도 윤택해진다. 음덕(蔭德)은 저절로 굴러들어오지 않는다. 자식이 잊어버린 조상이 어떻게 음덕을 내리겠는가.

생각에 달려 있다

한때 우리나라 이혼율이 OECD 가입 국가 중 1위라는 기사가 신문에 실려 놀란 일이 있다. 나중에 통계상 문제가 있었던 게 밝혀지면서 '1위의 불명예'는 면했지만 이혼율이 낮은 것은 아니다. 2013년 현재 우리나라 이혼율은 OECD 가입 국가 중 9위에 올라 있다고 한다.

통계에 따르면 2013년 우리나라 이혼 건수는 11만5,300여 건으로 2012년(11만4,300건)에 비해 약 1%의 증가를 보였다. 하루 316쌍이 이혼하는 셈이다. 한해 결혼하는 신혼부부가 32만 쌍 정도라고 하니 단순 통계로는 3분의 1 이상이 이혼한다는 이야기다.

지난 10년의 이혼 건수를 보면 조금씩 증감은 있지만 매년 11만 쌍이 넘는 부부가 이혼을 한다. 1980년대 초만 해도 3만 건이 넘지 않았으나 2000년대 들어 한때 16만 건까지 크게 늘었다. 현대사회의 큰 변화 중 하나로, 가족이 해체된다는 점에서 가슴이 아프다. 부부가 이혼하는 데는 여러 이유가 있겠으나 이혼 후에도 많은 문제가 따른다. 그

중에서도 자녀의 양육문제, 위자료 문제가 가장 클 것이다.

작은 병원을 운영하는 의사가 있었다. 이른바 '동네의원'이다. 이 의사는 부인과의 불화로 이혼을 준비하고 있었다. 부인은 어린 두 자녀를 남겨둔 채 집을 나와 생활하고 있었다. 남편이 자기를 버리는 이상 위자료라도 두둑이 받겠다는 생각으로 이혼서류에 서명을 하지 않고 버텼다.

한편 의사는 의사대로 어떻게 하면 위자료를 주지 않거나 조금만 줄수 있을까 하고 머리를 썼다. 그동안 진료를 해서 한 푼 두 푼 모은 돈을 뭉텅 떼어준다는 게 아까워 질질 시간을 끌면서 아내가 지쳐 떨어져나가기를 기다렸다. 하지만 아내는 이혼할 마음이 없었으므로 위자료 액수를 제시하지 않고 기다리고 있을 뿐이었다. 집에 두고 온 아이들이 눈에 밟혔지만 참았다.

이때부터 의사가 운영하는 병원은 점점 환자가 줄고 운영이 어려워 갔다. 어린 자녀는 매일 엄마를 찾으며 병원까지 찾아와 울어댔다. 아이들을 달래는 것도 하루 이틀이지 참으로 힘든 노릇이었다. 게다가 위자료 문제로 아내와 줄다리기를 하다보니 환자 진료에 성심껏 전력을 다할 수가 없었다. 머릿속이 온통 아내와의 이혼에 따른 위자료 문제에 얽혀 있다 보니 진료는 건성 건성이었다. 환자가 줄어드는 이유는 거기 있었던 것이다.

의사는 생각다 못해 아내를 다시 집으로 불러들이기로 했다. 아내에 대한 나쁜 감정이 해소됐거나 예쁘게 보여서가 아니었다. 병원도 집안도 엉망이 돼버린 상황에서 다른 방도가 없었기 때문에 아내와 재결합을 결심한 것이었다.

그런데 아내가 돌아오자 이상하게도 병원은 잘 돌아갔고, 아이들도 밝은 표정이 돼 씩씩하게 생활했으며 성적도 쑥쑥 올랐다. 이혼 결심을 취소하고 보니 이제 위자료 걱정을 하지 않아도 돼 성심껏 환자를 진료할 수 있었고, 환자들은 그를 실력 있는 의사라고 입소문을 냈다. 병원은 예전보다 훨씬 발전해갔다.

좀 오래되기는 했지만 이 의사의 이야기는 실화다. 그 의사를 도덕적 면이나 인간적인 면에서 좋게 평가할 수는 없다. 어떻게 하면 위자료를 안 줄까, 적게 줄까만 생각하는 의사를 두둔할 사람도 없을 것이다. 부인이 결정적인 잘못을 저지르지 않은 한 말이다.

이 이야기의 주제는 위자료가 아니다. 아내를 다시 받아들인 관용도 아니다. 의사의 실화에서 우리가 얻을 수 있는 교훈은 생각, 즉 뜻이 바뀌면 많은 변화가 온다는 것이다. 여러분이 무슨 생각을 하고 있는가에 따라 크게 성공할 수도 있고, 아주 나쁘게 실패할 수도 있다는 것을 말하고 싶다.

사람의 모든 행동은 생각에서부터 나온다. 말과 행동, 그리고 그 이후의 사건들은 모두 그 사람의 생각에서 비롯된다. 좋은 생각이 나를 바꾼다. 긍정적 마인드로 어떤 일을 처리하면 그 일은 거의 성공한 거나 다름없다.

잘 안 됐더라도 '괜찮아, 난 최선을 다했어'라고 생각하고, 실패를 했을 때도 '한 번만 더 해볼까?'라며 긍정적으로 생각하는 사람은 성공의 길을 찾은 사람이다. '확실한 마음'과 '확실한 생각'이 성공의 열쇠다.

주식투자에서도 이러한 생각의 전환이 필요하다. 주식을 사기만 하면 수익이 날 거라고 생각하거나, 허황된 꿈을 좇아 투자하는 사람은 생각이 잘못된 것이고 이는 실패로 이어지기 십상이다. 주식투자에 앞서 투자자문사의 올바른 자문을 받고, 자신의 생각을 잘 정리해야 성공할 수 있다. 수익이 나면 투자자문사에 감사할 줄 아는 생각(마음)도 순수해야 한다.

나의 25시

새벽 5시면 빌플러스의 할머니 회원으로부터 문자 메시지가 온다. 할머니는 올해 67세다.

'기상! 죽염, 씨앗균형 생식, 오행발효 생식 드시고 나오세요.'

탄천을 걸으며 물고기 가족들이 물살을 거슬러 올라가는 모습을 본다. 오리 연인의 행진도, 비둘기 학생들의 여유만만한 태도도, 넓은 세상 구경 가는 흐르는 물소리까지….

본인의 자태를 자랑이라도 하듯 각양각색의 모습으로 예쁘게 피어 있는 꽃들도, 특히 '날 잊지 마세요'라는 꽃말의 물망초에 날아와 살포시 앉은 벌도, 꽃을 소재로 한 아름다운 가곡도… 온몸으로 느낀다. 대자연의 멋진 풍경을 작품 사진으로 한 컷 찰칵!

"행복해요, 회장님. 사랑해요, 회장님."

수많은 대화를 알콩달콩 나누며 탄천걷기 운동을 마무리한다. 다음은 이어달리기다. 오늘은 열 바퀴, 내일은 열한 바퀴, 모레는 열두 바퀴,

글피는 열세 바퀴….

달리다 보면 깨닫는 게 있다. '규칙을 세워서 달리는 것이 목표를 달성하는 데 참으로 효과적이겠구나' '강의하는 데 유용한 주제가 되겠구나' 하고 생각해본다. 이렇게 찬란한 아침을 시작한다.

달리기를 마친 내게 할머니는 늘 음식을 주신다. 6월이 생신인 할머니는 주역에서 볼 때 모성본능이 강한 분이어서 나를 가꿔주시고 어머니처럼 보호해주신다. 이게 행복이 아니겠는가.

때로는 감사할 일이 참 많다. "회장님이 건강해야 많은 회원들과 더 많은 상담을 하고 금전적 혜택을 준다"면서 좋은 식품과 좋은 영양제를 주시고, 나의 헤어스타일, 메이크업, 의상까지 꼼꼼히 챙기신다. 뿐만 아니라 갑자기 비가 내리는 날이면 우산이 없는 내게 얼른 자신의 겉옷을 벗어 씌워주신다. 이때가 진정, 감동이다.

젊은 내가 할머니를 보살펴야 하거늘, 괜찮다며 거꾸로 나를 보호해주시는 할머니의 감동적인 행동은 내가 영원히 손실을 보지 않는 교과서식 주식투자 비법을 가르쳐드린 데 있다고 본다. 진정한 부자가 되는 비법을 알려주기 위해 인문학 강의, 올바른 저축습관, 어린이 경제교육까지 바쁜 일정을 소화해내는 보람을 여기서 느낀다.

할머니는 '회장님은 경제대통령 같아요'라며 마냥 나를 추켜세우신다. 67세 할머니가 주식 계좌를 열고, 종목을 사서 매도 신호가 나간 후 일자별로 1원도 손실이 나지 않았기 때문이다.

할머니는 '회장님 돈 버는 것을 보면 우물에서 물 퍼오는 것 같다'고 칭찬도 아끼지 않으신다. 나도 그런 할머니가 마냥 좋다. 눈과 눈이 마주치며 하는 대화와 만남은 그 어느 것과도 비교할 수 없는 사랑이 싹

트게 하는 것 같다. 할머니와 나 사이에는 어느덧 믿음이란 것이 예쁘게 수놓아지고 있다.

오전 7시까지 운동을 마치면 내가 소유하고 있는 몇 개의 점포 중 한 곳의 문을 열고 한 시간 정도 근무를 한다. 그러면서 오늘 할 일을 머릿속에 그리며 스케줄을 점검한다. 내 인생이 늘 행복하고 기쁜 것은 다가올 미래를 상상하는 능력이 크기 때문이 아닐까 생각한다. 정말 바빠서 식사를 거를 때가 많지만 그래도 나름대로 보람과 행복을 느낀다.

오전 8시 귀가해서 씻고 몸단장한 후 컴퓨터를 켜고 일할 준비를 한다. 오전 9시에서 오후 3시 15분까지 회원들에게 변화하는 종목, 매수와 매도 신호, 문자메시지 보내기 등 꼼짝 않고 컴퓨터와 데이트를 하며 그룹별로 회원을 관리한다.

오후 3시 20분이 지나면 사무실로 출근할 준비를 하면서 30여 분간 여유 있게 명상에 잠긴다. 오후 4시 이후에는 포도송이처럼 줄줄이 개별상담이 예약돼 있다. 30여 년간 시간대별로 상담(성격, 직업, 금전운, 결혼운, 건강운, 주택문제 등)을 하다보니 기쁜 사연, 슬픈 사연, 인간사 희로애락을 옛날 사랑방 손님들처럼 나누게 된다. 한 분 한 분 회원들의 고민을 해결해주다 보면 90% 이상의 상담 성공률을 기록하고, 이런 결과는 회원은 물론 나에게도 말할 수 없는 행복을 안겨준다. 그래서 난 좋다. 그래서 난 기쁘다.

이렇게 늘 바쁘기 때문에 건강을 해칠까 염려해주는 회원들, 내 강의를 매주 들어주는 회원들, 모두 다 사랑스럽고 좋다. 빌플러스 회원들은 영원히 풍요로운 삶을 살게 될 것이며 사랑을 할 줄 아는 멋쟁이 남자와 행복한 여자로 천년의 복을 누리게 될 것이다. 나와 회원들 사이에 사랑이 존재하기 때문에 돈과 명예가 저절로 오는 것 같다.

늦은 시각 퇴근해서 깨끗이 씻고, SG노블화장품 광고모델답게 앰플을 바르고, 롤링하고, 셀크림을 바르고, 가족들과 오순도순 이야기를 나누다 포근하게 잠이 든다. 난 잠을 아주 깊이 달콤하게 잔다.

'잘 자요. 내일 아침 태양이 떠오를 때 또 만나요.'

생년월일로 알아보는
최상의 직업

사람은 태어날 때 출생 월(음력)에 따라 각각 다른 재주와 지혜를 갖는다. 이는 내가 18년 전 동서양 철학을 공부하면서 배운 진리다. 철학 공부를 한다고 하니까 많은 사람들이 자신은 어떤 직업을 갖는 게 좋은지 상담을 하러 찾아왔다. 이에 그들의 궁금증을 풀어주고, 평생직장에 대한 어드바이스를 해주기 위해 공부를 더했다. 자신의 띠와 생일 달은 타고난 운명이다. 그 운명을 효율적으로 활용하고, 자신의 삶에 보탬이 되도록 하는 데 이 글이 도움이 될 것이다.

자기의 성격을 정확하게 모르는 사람이 있다. 자신이 타고난 재주가 무엇인지, 명운이 무언지 모르는 사람도 많다. 혹은 알고 있어도 어떻게 살려야 하는지를 몰라서 그럭저럭 살거나 자신의 잠재능력을 잠재운다. 이 글은 자신의 그릇이나 적성을 모르는 사람들을 위한 길라잡이다. 자신의 잠재력을 찾아내는 데 도움이 될 것이다.

❖1월생

최고 지식인의 80%는 이 인성자의 계절에 태어난 사람이다. 지상의 아름다운 여건을 현실적인 아름다움으로 만드는 창조적인 소질을 부여받았지만 어디까지나 내면의 미를 창조할 뿐 개방된 무대에서 타인과 직접 경쟁을 할 수 있는 실력은 못 된다. 직장을 선택함에 있어서 유의할 점은 직장의 조직이나 서열을 지나치게 중요시하는 경직된 관료주의 때문에 자기 실력이 무시되는 곳이라면 반드시 피해야 한다. 자유로운 두뇌를 마음껏 발휘할 수 있는 직업이 적성에 맞는다.

- 적합 직업 : 시인이나 소설가 같은 문학인, 작곡가, 과학자, 프로듀서, 카메라맨, 파일럿 등. 공무원을 택한다면 시간과 계급에 구애받지 않는 부서의 직종
- 부적합 직업 : 자유가 배제된 틀에 박힌 딱딱한 직업, 즉 엔지니어, 세무 관련 업종, 기계화된 생산라인, 종업원, 정밀기계업 등

❖2월생

운명 속에 신의 귀와 같은 신비로운 힘을 비장하고 있으므로 직감이 발동하여 때로는 꿈을 꾸어도 그 해몽이 매우 영민함을 느낄 것이다. 자비로운 인정과 자기 희생정신, 그리고 예술에의 기발한 아이디어를 충분히 살리는 직업을 택해야 한다. 무심하면서도 무슨 일을 시작하면 끝을 보고, 질질 끌지 않는 용단의 힘을 살리지 않으면 안 된다. 마음은 부지런하지만 실제로 몸은 게으른 이중성이, 때로는 우유부단한 성격으로 나타나므로 끝을 보는 용단이 필요하다.

- 적합 직업 : 영감과 인간성을 중시하는 직업이 좋다. 화가, 소설가,

음악인, 연예인 등 예능 관련 업종, 간호사, 유치원 교사, 미용사 등
- 부적합 직업 : 군인, 공인회계사, 경찰관, 임상병리실험사, 증권맨 등

❖ 3월생

단조로움이 되풀이되는 직업은 맞지 않다. 철저하게 파헤치거나 치열하고 스릴이 있는 경쟁, 변화가 다양한 분야에서는 천부적 재능을 발휘할 수 있다. 어떤 비상사태에도 곧 대처할 수 있는 순발력이 있다. 타인에게 고용되기보다는 타인을 고용할 때 자신의 잠재능력이 살아난다. 틀에 박혀 억제된 직업보다는 순간순간 부딪쳐 해결하는 자유로운 직업이 좋다.
- 적합 직업 : 각종 중개업, 홍보담당, 기자, 아나운서, 배우, 영화감독이나 스포츠감독, 경영인, 자유무역업, 요식업
- 부적합 직업 : 농사나 목축업, 점원, 기계기술자, 서비스업, 의료 관련업

❖ 4월생

원천적 지혜와 탁월한 지혜가 조화를 이루는 형이다. 아름답고 창조적인 두뇌와 현실의 조화를 이루려는 노력이 생활에 나타난다. 보통 이상의 민감한 감각을 부여받고 태어났으므로 눈, 코, 혀 등 감각을 살리는 직업, 남을 예쁘게 해주고 사랑받는 직업을 택하는 것이 좋다. 민첩하면서도 게으른 면이 있으며 개척정신도 부족하지만 외길로 가면 성공의 영광을 안을 것이다.
- 적합 직업 : 건축가, 디자이너, 실내장식, 보석가공 등 세공업, 원예

조경사, 성형외과 의사, 조각가, 코디네이터 등
- 부적합 직업 : 부동산중개업, 양복점, 비행사, 기계기술자, 프로스 포츠맨, 심부름센터 등

❖ 5월생

어려운 수수께끼를 명쾌하게 푸는 사고력과 신속한 행동력이 필요한 일에 재능이 있다. 위기에 처해도 즉시 해결할 수 있는 판단력과 결단력을 갖고 있다. 북극에 가서 냉장고를 팔고, 아프리카에 가서 뜨거운 음료를 파는 능력이 있으며 부단한 노력과 어떤 일에 한 몸 던지는 정열파이기도 하다. 어떤 곤경이나 함정, 죽음의 경지에서도 천우신조로 구사일생할 수 있는 형이다.

- 적합 직업 : 소설가, 평론가, 언론인, 통역관, 아나운서, 수사관, 스튜어디스, 흥신소, 정보원, 외교관 등
- 부적합 직업 : 경리, 서무, 사무 관련 직업, 운전기사, 정밀기계 제조업, 부품수리 등 꼼꼼하고 단조로운 일에 싫증을 느끼는 성격이므로 세공보다는 큰 것을 다루는 직업이 적합

❖ 6월생

모방의 천재라고 해도 과언이 아닐 정도로 모방에 능하다. 타인의 흉내에 그치지 않고 그것을 내 것으로 재창조하는 데 소질과 능력이 있다. 이러한 소질과 역량은 자신뿐만 아니라 대중의 정신과 물질에 풍요를 주는 공헌을 한다. 역마살을 타고났기 때문에 좁은 공간은 맞지 않고 세계 곳곳을 속박받지 않고 자유롭게 드나드는 직업이 적격이다.

저작이나 편집에도 재주가 있다.

- 적합 직업 : 호텔이나 극장 등 서비스업, 출판, 식품제조, 무역 등 스케일이 큰 사업, 변호사, 의사, 약사
- 부적합 직업 : 학자, 과학자, 수의사, 사진사, 파일럿, 회계사 등

❖ 7월생

남몰래 산골짜기에 피는 꽃이 아니다. 사회가 모두 활동무대이며 부(富)보다 권력을 취하는 노력가이다. 머릿속에는 창조적인 아이디어가 잠재돼 있고, 어떠한 장애에도 결국은 성공의 관문을 통과하는 지혜와 구태를 타파하는 혁신적인 힘을 지니고 있다. 대중의 눈에 띄지 않는 그늘 속의 직업은 맞지 않는다. 초중년보다 말년에 좋은 운을 타고났다. 출세를 위한 아부나 타협을 하지 못하는 성격으로 상사와의 불화로 출세에 지장을 받기도 한다. 성격에 맞춰 환경에 구애받지 않는 자유로운 직업을 택해야 한다.

- 적합 직업 : 패션모델, 댄서, 코미디언, 가수, 탤런트 등 인기를 먹고사는 직업, 극장, 정치가, 변호사, 경찰, 기획자 등
- 부적합 직업 : 기술직, 인쇄업, 내과의사, 약사, 목수, 광부, 선원 등

❖ 8월생

인간을 그리워하는 짙은 고독 때문에 겉으로는 유순해 보이나 강한 고집이 있다. 대인관계에서 공사를 구분하는 정신을 살리면 집안뿐만 아니라 사회에서도 주목받는 성공을 거둘 수 있다. 인간(사회)에게 필요한 지식이나 사물을 수집, 정리하는 전문가로서의 뛰어난 능력을 소

유하고 있지만 대강 넘어가는 것을 불허하는 완벽한 성격을 살리는 여건의 사회적 활동무대를 잡는 것이 중요하다. 많은 사람 앞에서보다는 혼자서 일의 즐거움을 맛보는 형으로 타인의 지휘 감독을 받는 직업은 맞지 않다. 감시 감독을 받는 직장은 옮기는 게 현명하다.

- 적합 직업 : 평론가, 해설가, 골동품 관련업, 회계사, 통역사, 약사, 간호사, 패션디자이너, 교육자, 수예, 플로리스트 등
- 부적합 직업 : 토목건축기사, 비행사, 어업, 무역업, 코디네이터, 외과 의사, 농업 등

❖ 9월생

보수적이면서도 줏대를 잃지 않는 균형과 조화의 정신을 소유하고 있다. 지위나 금전을 탐내는 마음보다 사회적 예술적 재능, 미를 창조하는 재능을 살리는 마음의 소유자다. 인간관계에서 균형을 유지하는 한편 신용을 철저히 지킨다. 특히 미추냉열 등 극단적인 직업을 가져서는 안 된다. 질서가 문란한 직장은 마음을 부정케 한다. 정연한 이론이나 사료가 맞지 않으면 곧 염증을 느껴 능력을 침식당한다.

- 적합 직업 : 무대미술, 기획자, 카메라맨, 미용사, 재단사, 검찰, 점술가, 중개업, 세무사, 신경외과 의사, 유흥업, 오락실 경영 등
- 부적합 직업 : 광업, 농업, 철물, 영화배우, 무용가, 공장경영 등

❖ 10월생

조사 탐구 등 의문에의 도전에 재능이 있다. 한 가지 직업에 매달리기 어려워 조용한 가운데 혁신을 꿈꾸며 새로운 세계에 도전하지만 조

급한 성미여서 타인에게 행운을 빼앗기기 쉽다. 유달리 강한 자존심의 장애에 걸려 실패의 함정에 빠지기 쉬우므로 고집을 꺾고 자존심을 낮추는 한편 사교성을 넓혀야 대성할 수 있다. 직업 선택에 신중해야 성공한다.

- 적합 직업 : 산부인과 의사, 과학자, 고급수사관, 각종 기획자, 신경정신과 의사, 천문학자, 외교관 등
- 부적합 직업 : 아나운서, 성악가, 운수업, 건설업, 사무, 경리, 공장경영, 외교관, 기계기술자 등

❖ 11월생

지적인 이성과 본능적 행동을 병행하는 형의 인물이다. 높은 지식을 추구하는 데 여념이 없는 한편 가벼운 기지로 유흥에 심취하는 낙천성도 지니고 있다. 안정되고 균형 있는 생활의 지혜를 찾는 게 급선무다. 적성을 빨리 발견함으로써 성공을 거두고 행복을 거머쥘 수 있다. 의욕이나 활동은 왕성한 반면 내적 실무에 약하므로 전공이 아닌 것은 부적합하다. 고등교육을 받은 지식인이면서도 강력한 동물적 행동에 자신을 던지는 투쟁적인 면모가 있다. 직업을 택함에 있어 속도, 변화, 자유의 세 가지 조건이 맞아야 대성한다.

- 적합 직업 : 신학자 등 종교인, 법조인, 공무원, 출판업, 정치인, 외교관, 통역관 등
- 부적합 직업 : 약사, 한의사, 이발사, 세탁소, 양복점, 회계사, 염료관련업 등

❖12월생

자기성취와 향상심을 끊임없이 추구하는 형으로 휴식을 배제하면서까지 목표달성에 집착한다. 쉴 새 없는 노동이야말로 생활과 예술의 법칙임을 세상에 알리기 위해 태어난 사람이다. 광범위한 능력을 소유했으며 창조하고 질서정연한 것을 원하는 성격이다. 하지만 어떤 일에 약간 소질이 있다고 해서 함부로 손대지 말고 전문직에 진출해 그 분야를 개척하고 창조하는 재능을 발휘하면 성공할 수 있다. 영적인 재능도 갖추고 있다.

- 적합 직업 : 법률가, 과학자, 종교인, 음악가, 언론인, 점술가, 검찰수사관, 세균학자 등
- 부적합 직업 : 안과의사, 회계사, 패션모델, 세무사, 경비원, 약사, 간호사, 영화배우 등

KOREA
TALMUD

04

코리아 탈무드
윤순숙의
성공투자법칙

왜 가치투자인가?

워런 버핏을 꿈꾸는 사람들이 국내에도 많아졌다. 그가 가치투자 (Value investing)를 통해 세계 최고의 부자가 됐다는 사실이 알려지면서 가치투자에 대한 관심도 높아졌다.

그를 세계 최고의 부자로 만들어준 가치투자란 뭘까? 간단히 말해 가치투자란 '1달러짜리 지폐를 50센트에 사는 것'이다. 1달러짜리 지폐를 어떻게 50센트에 매입할 수 있느냐고 반문할 수 있지만, 주식시장참여자들의 비이성과 무관심 속에 1달러짜리 지폐가 50센트, 심지어 10센트로 방치돼 있는 경우가 적지 않다.

2008년 하반기의 중저가 화장품기업 '에이블씨엔씨'가 그랬다.

이 회사는 서영필씨가 '미샤'라는 중저가 화장품 브랜드로 신시장을 개척하며 2000년 설립했다. 매출액이 2003년 130억원에서 2004년 1,100억원으로 10배가 뛸 정도로 소비자 반응이 폭발적이었고, 그 여세를 몰아 이듬해인 2005년 2월에 코스닥에 등록했다.

그런데 이때부터 '더페이스샵'을 비롯한 경쟁자가 시장에 뛰어들면서 에이블씨엔씨는 적자가 나기 시작했다. 주가도 당연히 급락했다.

에이블씨엔씨는 이런 위기를 서영필 창업주의 강력한 리더십으로 이겨냈다. 해외의 적자 사업부를 철수하고, 지하철에 독점매장을 내는 등 혁신을 이룬 것이다. 그 결과 2008년 하반기 에이블씨엔씨의 기업가치는 소리 소문 없이 업그레이드되고 있었다. 그런데 시장참여자들은 이런 기업에 관심을 두지 않았다. IT기업, 바이오기업 같은 뭐가 있을 것 같은 기업에만 눈을 돌렸다.

내재가치는 결국은 주식시장의 주가에 반영되기 마련이다. 2008년 10월 초 770원이던 주가는 2012년 10월 현재 8만3,000원까지 100배 넘게 뛰었다. 2008년 무렵에 에이블씨엔씨의 주식을 샀다면 100달러짜리 지폐를 1센트에 매입한 셈이 된다.

그렇다면 가치투자에 성공하기 위해서는 무엇을 해야 할까?

무엇보다 기업분석이 필요하다. 기업을 분석하는 목적은 이 기업이 얼마짜리인지를 파악하기 위해서다. 워런 버핏을 필두로 하는 가치투자론자들은, 기업은 고유의 내재가치(intrinsic value)를 갖고 있으며 이것이 주식시장에서 거래되는 주가보다 쌀 때 매입해두면 언젠가는 이익을 낸다고 믿고 있다. 기업분석을 하지 않은 상태에서는 그 기업의 주가가 적정한지 아닌지를 명확히 알 수 없다.

기업을 분석하는 작업에는 어느 정도의 시간과 노력이 필요하다. 기업의 안정성, 수익성, 성장성을 분석해야 하고, 해당 기업을 둘러싼 산업분석, 경제분석도 필요하다. 재무제표도 알아야 한다.

이렇게 상당한 시간을 소비해야 하는 가치투자에 사람들이 왜 관심을 갖게 됐을까?

가장 큰 이유는 한국의 주식시장에서도 성공사례가 나타나고 있기 때문이다. 한국에는 소리 소문 없이 자산을 불려가는, 성공한 가치투자자들이 적지 않다. 사람들이 '주식' 하면 떠오르는 일반적인 편견은 주식시장이 개장하는 오전 9시부터 끝나는 시간까지 주가의 움직임을 계속해서 확인하기 위해 대부분의 시간을 모니터 앞에서 보낸다는 점이 아닐까 싶다. 그러나 많은 가치투자자들은 경제적으로도 성과를 내며, 자신의 여가와 가족과의 시간을 충분히 보내며 지내고 있다.

가치투자만큼 노력과 수입이 비례하는 일도 찾기 쉽지 않다. 만약 당신이 배우고자 하는 의지와 열정이 있다면 가치투자로 수익을 낼 수 있을 것이다. 예금이자가 1% 수준으로 추락한 지금의 환경에서 안전하면서도 확실한 가치투자는 누구나 알아야 할 돈 버는 방법이 될 것이다.

성공투자를 위한
마음가짐

　한국 주식시장의 한편에서는 소리 소문 없이 부를 쌓아가는 투자자 그룹이 존재한다. '가치투자자'로 불리는 이들 그룹은 대다수 투자자들이 종자돈을 날리는 와중에도 지속적으로 수익을 거두고 있다.

　이들은 어떻게 수익을 내는 것일까?

　A씨는 가치투자로 성공한 개인투자자 중 한 사람으로 꼽힌다. 그는 10년 넘게 주식투자로 손실을 봤다. 일봉, 주봉, 거래량 같은 차트에 열중하다가 빚어진 실패였다. 그는 자신의 투자실패의 원인을 분석한 끝에 주가가 기업의 가치를 따라간다는 점을 깨달았다. 자신의 실수를 깨달은 그는 2000년부터 200만원으로 주식투자를 다시 시작하여 3년 만에 1억원으로 자산을 불렸다. 꾸준히 성과를 낸 결과 현재는 수십억 원대의 주식자금을 운용하고 있다. 그는 '가치투자는 기업의 내용을 꼼꼼히 분석하여 더 이상 떨어지기 힘든 가격에 기업의 일부를 사는 투자법'이라고 정의한다. 그리고 '이런 종목을 알아내기 위해서는 어느

정도의 시간과 노력의 투입이 필요하다'고 조언한다. 기업의 재무제표를 읽을 줄 알아야 하고, 산업분석 능력과 경제지식도 필요하다는 것이다. 그렇게 '3년간 열심히 가치투자를 공부하면 충분히 수익을 낼 수 있다.' 결국 공부하는 자세와 의지가 가치투자로 성공하기 위한 관건인 것이다.

가치투자로 세계의 최고 부자가 된 워런 버핏은 하루 일과 중 많은 시간을 기업의 사업보고서를 읽는 데 할애한다. 공부하려는 자세는 주식투자를 단순히 투기로 여기고 일확천금을 노리는 사람들에게는 존재하지 않는다. 가치투자를 할 때, 끈기와 노력이 없다면 성공하기 쉽지 않다.

워런 버핏처럼 하루에 6시간 이상 사업보고서를 읽진 않더라도, 수익을 올리고 싶다면 기업의 가치를 분석하는 데 오랜 시간 정성을 들여야 하는 것은 사실이다. 이런 시간이 없다면 단순히 다른 사람들의 이야기에 주식을 매수하고 매도하게 되어, 기대수익률에 크게 못 미치는 악순환이 반복된다. 투자자의 수익률은 그 사람이 얼마나 많은 시간 공부하였는지에 따라 차이가 나게 되어 있다.

시간이 날 때 기업을 직접 탐방해보는 것도 방법이다. 서류상의 기업을 조사하는 것과 탐방을 통해 자신이 실제로 보고 느끼는 것은 엄청난 차이가 있다. 담당자에게 자신이 궁금한 점을 직접 물을 수도 있고, 자신이 알지 못했던 점들을 새로이 알 수 있는 장점이 있다.

투자모임에 가입하는 것도 방법이다. 현재 주식시장에는 수많은 기업들이 있다. 이 기업들을 일일이 분석하는 것은 어려운 일이다. 투자모임은 이런 시간과 수고를 줄여주고, 나 혼자서 기업을 분석했을 때 자세히 알지 못했던 부분을 파악할 수 있게 해준다.

이런 과정이 번거롭게 느껴질 수도 있다. 그러나 이를 반복하면 시간이 흐를수록 처음에 비해 투자 대비 효율이 높아질 것이다.

이런 배움의 과정에서 적은 금액으로 주식투자를 시작해보자. 그러면 성과가 쌓이고 자신감이 생길 것이다. 그럴 때마다 금액을 늘려가면 성취하는 즐거움을 맛볼 수 있다.

시작이 절반이라고 했다. 저금리가 고착화되고, 부동산 신화가 막을 내리는 이 시대에 주식을 기업지분의 일부로 바라보는 발상의 전환이 당신의 인생을 바꿀 수 있다.

왜 지금 주식투자인가?

요즘 주식투자에 관심을 갖는 사람들이 부쩍 많아졌음을 실감한다. 가치투자교육을 하는 강연장에 남녀노소를 가리지 않고 수강생이 많아졌다. '동창회에 갔더니 오랜만에 주식투자를 주제로 대화가 오갔다'는 말도 들린다.

이 같은 주식에 대한 최근의 대중적 관심은 정부의 증시부양 의지가 직접적인 배경으로 작용하는 것으로 보인다. 정부는 경기부양의 일환으로 금리인하를 저울질하고 있고, 상장기업에 대해 사내 유보금과세를 통해 배당증가를 유도하고 있다. 모두 주식시장 활성화에 도움이 되는 정책이다.

투자업계에 종사하고 있는 사람의 입장에서 이는 긍정적인 현상이다. 그러나 한 가지 바람은 이 같은 주식에 대한 관심이 일회성으로 그치지 않았으면 하는 것이다. 단지 정부의 경기부양책에 기대어 한탕주의를 생각하고 주식시장을 바라본다면 주식의 본질을 파악하지 못하는 것이다.

주식투자를 할 때 무엇보다 잊지 말아야 할 것은 주식이 기업지분의 일부라는 사실이다. 이익을 내는 기업의 주가는 결국 우상향한다. 단기적으로 보면 이익을 내는 기업의 주가도 내려갈 수 있지만 장기적으로는 상승한다. 이 사실을 잊지 않는 것이 성공투자의 기본이다.

좋은 기업은 경제발전에 이바지하고, 외화획득, 고용창출에 도움이 된다. 어찌 보면 기업은 우리가 살아가는 사회가 돌아가는 원동력이다. 따라서 이린 좋은 기업에 투자를 하면 내가 이런 회사의 주인이 되는 것이다. 주식투자를 하면 한 나라의 경제발전에 기여하게 된다. 다시 말해 주식투자는 사회적으로 유의미한 일이다.

여기에 덧붙여 투자수단으로써의 주식은 부동산, 채권 등 다른 투자수단에 비해 장점이 많다. 주식투자는 다른 투자에 비해 초기자본이 적어도 수익을 낼 수 있다. 예를 들어 부동산으로 수익을 내기 위해서는 목돈이 필요하다. 게다가 정부의 부동산정책과 경제변동으로 인해 고려해야 할 사항들이 많아서 꾸준히 수익을 내기 힘든 편이다.

반면에 주식투자는 적은 투자금일수록 수익률은 더 높고 단기간에 수익을 올릴 수도 있다. 게다가 주식투자는 저평가되어 있는 기업을 찾아 투자하는 것이 궁극적인 목표인데, 그런 기업들은 꾸준히 나오고 있다. IMF(국제통화기금)위기 속에서도 가치투자자들은 내재가치가 풍부한 기업에 투자해 수익을 내기도 했다. 또, 가치투자는 고령의 은퇴자들에게 재산증식의 훌륭한 수단이 될 수도 있다. 가치투자의 성과는 육체노동이 아니라 두뇌활동에 의해 이뤄지기 때문이다.

1930년생인 워런 버핏은 한국 나이로 치면 85세인 현재까지도 여전히 기업을 분석하고 주식투자를 하고 있다. 만약 그가 평범한 직장인이었다면 이미 오래전에 은퇴를 하고 노후를 맞이했을 것이다. 하지만 워런 버핏은 주식투자자이기 때문에 현재도 왕성히 돈을 벌고 있다. 주식투자는 정년이 정해져 있지 않아서 책을 읽을 힘만 있다면 나이가 많든 적든 수익을 낼 수 있다.

현재 우리나라는 인구고령화가 진행중이다. 요즘 40대 직장인들은 회사를 그만두고 자신이 잘 알지 못하는 또 다른 사업에 도전하고 있다. 하지만 모르는 분야에서 창업을 하다보면 위험성이 커질 뿐더러 시간과 비용이 많이 든다. 이 점에서 주식투자는 창업의 대안이 될 수 있다. 결국 과거 노동으로만 수입을 얻는 사람들과는 다르게 주식투자는 각종 정보를 수집하고 분석하여 수입을 얻을 수 있다. 따라서 정보화사회에서 조금의 수고와 노력으로 정보를 얻으면 누구나 성공할 수 있다.

아무쪼록 모처럼 불어 닥친 주식에 대한 관심이 일과성으로 끝나지 않기를 기대해본다.

공부하는 투자자가
성공한다

흔히 '개미'로 불리는 개인투자자는 주식투자로 지속적인 수익을 낼 수 있는가? 만약 그럴 수 있다면 방법은 무엇인가?

우선, 첫 번째 질문에 관한 한 대다수의 의견은 냉정할 만큼 부정적이다. '만약 주식투자로 성공한 개미가 있다면 내 앞에 데리고 와봐라. 내 손에 장을 지지겠다'고 말하는 이도 봤다. 이런 생각은 흔히 '지식인' 집단에서 더 강하게 나타난다.

그런데 실제로 한국의 주식시장에서 주식투자로 지속적인 수익을 내는 '개미'는 상당하다. 정확한 통계는 없지만 이들 성공한 개인투자자는 얼추 세 자리 수는 되는 것 같다. 다만 이들이 세상에 모습을 드러내지 않고 있을 뿐이다. 미국의 주식시장에서 성공한 개인투자자를 찾기 힘든 것과 비교하면 한국의 주식시장에서 개인투자자의 성과는 더욱 두드러져 보인다.

이렇게 미국보다 한국의 주식시장에서 성공한 개인투자자가 두드러지게 많은 데는 이유가 있다.

첫째, 한국의 주식시장에서는 주식투자로 수익을 내는 것에 대해 사실상 세금이 없다. 다시 말해 한국의 개인투자자는 주식투자로 수익을 내면 미미한 수준의 거래세만 내면 된다. 부동산으로 투자해 수익을 냈을 경우 두 자릿수의 양도소득세를 내야 하는 것과 대조적이다. 부동산을 통해 수익을 제법 낸 것 같은데 실제로 거래를 끝내고 나니 손에 쥐는 게 거의 없더라는 경험담이 나오는 것은 세금 때문이다. 그만큼 세금은 무서운 것이다.

둘째, 한국의 주식시장에서는 기업분석에 필요한 정보를 사실상 공짜로 얻을 수 있다. 만약 당신이 공부하고 싶은 기업이 있다면 증권사 홈페이지나 한국거래소의 기업분석보고서 코너에 들어가보라. 연봉 수억원대의 애널리스트가 쓴 보고서를 공짜로 볼 수 있을 것이다. '고급정보=유료'라는 인식이 확고하게 적용되는 미국에서는 상상할 수도 없는 일이다. 주식투자수익에 사실상 세금이 없고, 기업분석보고서가 공짜라는 사실은 시사하는 바가 크다.

그렇다면 또 다른 한 가지 궁금증이 꼬리를 문다. 세금도 거의 없고 기업분석보고서도 공짜인 한국의 주식시장에서 주식투자로 수익을 내는 투자자는 왜 극소수일까?

여기에 대한 해답은 간단하다. 그것은 공부해서 주식을 매입하는 투자자가 없기 때문이다. 우리나라 사람들은 아파트나 부동산을 매입할 때 사전에 현장을 답사하고 부동산중개업소에 들러 이것저것 조사하는 데 수고를 아끼지 않는다. 이런 조사과정을 거치고 나서 부동산을 매입하는 것이 상식이라는 것을 우리나라 사람은 다 알고 있다. 하다못해 쇼핑을 하더라도 우리는 이것저것 비교한 후에 구입한다.

그런데 주식투자로 들어가면 이야기가 달라진다. 주식을 매입할 때 사전에 해당 기업이 수익을 잘 내고 있는지, 제품은 무엇인지를 조사하는 투자자는, 신기하게도 거의 없다. 사전에 조사과정을 거치지 않고 주식이라는 상품을 매입했으니 실패 가능성은 당연히 높을 수밖에 없다.

현실이 이렇지만 대다수 개인투자자는 자신의 투자실패 원인을 두고 '작전'이니 '기관의 장난'이니 하는 '변명'을 늘어놓고 있다. 실적을 잘 내는 기업의 주가는 결국 우상향하게 마련이다. 그러므로 주식투자로 수익을 내기 위해서는 기업의 재무제표를 공부하면 된다. 대학 입시를 준비할 때 마음가짐의 10분의 1만 가져도 주식투자수익률은 훌쩍 높아질 것이다.

주식투자로 성공하고 싶다면 워런 버핏이 남긴 다음의 말을 새겨들어야 할 필요가 있다.

"나는 지나치다 싶을 정도로 많은 시간을 무언가를 읽는 데 사용한다. 나는 하루에 적어도 6시간은 무언가를 읽는 데 투자한다. 아마 더 오랜 시간을 뭔가를 읽는 데 사용할 것이다. 한두 시간은 전화를 하는 데 쓴다. 이것이 대충의 나의 하루 일과이다."

버핏의 성공투자 비결은 '매일 6시간 공부'의 힘일 것이다.

성공사례를 연구하라

최근에는 사회 모든 곳에서 경쟁이 매우 치열하다. 어린아이들에게도 남보다 앞서가는 모습을 먼저 가르치는 게 현실이다. 경제를 이끌어가는 주식시장에 속해 있는 기업들도 경쟁은 필수요소다. 어떤 기업이 다른 경쟁업체와의 경쟁에서 살아남기 위해서는 경쟁자보다 더 나은 기술 등으로 소비자에게 더 매력적으로 보여야 한다. 그 결과에 따라 기업의 수익이 결정되기 때문이다. 따라서 주식시장의 투자자들은 기업의 성공사례를 파악하는 것이 매우 중요하다.

우리나라의 주식시장에는 1,800여 기업이 등록돼 있다. 가치투자를 하는 투자자들이 이 기업들을 일일이 분석하는 것은 매우 어려운 일이다. 그러나 주식투자로 수익을 낸 사람들의 투자방법을 보면 어렵지 않은 방법으로 수익을 내는 것을 볼 수 있다. 그들은 수익을 크게 낸 기업이나 주가가 크게 상승한 기업들이 공통된 특징을 갖고 있다고 말한다. 그 특징을 찾는 방법으로 가장 많이 사용되는 것은 기존 기업의 성공사례를 연구하고 분석해 현재 분석하고 있는 기업에 대입해 투자할지 여부를 판단하는 것이다.

주식투자에서 수익을 꾸준히 내는 사람들 대부분은 성공사례를 분석해 자기만의 투자포인트를 가지고 있다. 이는 워런 버핏도 강조하는 분석과정이다. 버핏의 며느리였던 메리 버핏은 『주식투자 이렇게 하라』를 통해 워런 버핏의 투자마인드를 잘 정리했다. 그녀는 워런 버핏이 성공할 수 있었던 가장 큰 이유로 남들보다 많은 시간 동안 기업을 연구하고 분석하는 과정에 할애했던 것을 꼽았다. 그는 수많은 기업을 분석해 기업이 성공할 수밖에 없는 이유를 찾아냈고, 주식시장의 흐름을 판단하는 데 가장 뛰어난 사람이 된 것이다.

초보투자자가 워런 버핏의 이런 투자포인트를 똑같이 따라하기에는 무리가 따른다. 미국과 우리나라의 주식시장에는 차이가 있기 때문이다. 또한 성공한 기업의 사례를 찾는 데도 많은 어려움을 겪을 것이다. 그래서 많은 사람들이 주식투자 강의를 듣거나 투자모임에 참여해 정보를 얻고 있다. 물론 각종 모임이나 강의에 참여해 다양한 사례에 대한 정보를 얻는 방법이 가장 빠르고 쉽다.

그러나 이런 방법을 통하지 않고서도 쉽게 사례를 찾을 수 있다. 바로 기업의 어떤 현상에 대해 끊임없이 '왜?'라는 이유를 생각하는 것이다. 예를 들어 최근에 유행하고 있는 '허니버터칩'이라는 과자가 왜 소비자들에게 인기가 있는지 등을 끊임없이 판단하는 것이다. '구슬이 서 말이라도 꿰어야 보배'라는 말이 있듯이, 일상생활에서 흔히 지나칠 수 있는 상황을 주식투자와 연결하면 사례에 대한 분석을 할 수 있다. 정보가 넘치는데도 무심코 지나쳐버린다면 수익을 내기 힘들다.

투자자들이 기업의 성공사례를 연구하다 보면 좋은 기업은 쉽게 사라지지 않는 특징이 있다는 것을 알 수 있다. 이런 사례분석을 통해 공통된 특징을 찾아 각자 자신만의 투자포인트를 분석하고 정리한다면 수익을 내기 어려운 주식시장에서도 수익을 낼 수 있다.

성공투자를 가져다주는 주식

워런 버핏은 어떤 주식을 선호할까? 그가 선호하는 주식은 첨단 IT 주식도, 세인의 관심이 집중되는 사물인터넷(IoT)주도 아니다.

버핏은 우리 주변에서 흔히 접하는 제품을 판매하는 기업의 주식을 매입한다. 코카콜라(음료), 질레트(면도기), 아메리칸익스프레스(신용카드)가 여기에 해당한다. 그에게 100% 이상의 고수익을 안겨준 기업은 우리가 일상생활에서 쉽게 발견할 수 있거나 고전적인 사업을 지속하고 있다는 공통점이 있다.

현재 그가 회장으로 있는 '버크셔해서웨이'의 계열사들을 살펴보면 이런 원칙이 지금도 지켜지고 있음을 확인할 수 있다. 데어리퀸(아이스크림), 저스틴브랜즈(부츠), 시즈캔디(제과)처럼 그가 계열사로 두고 있는 기업은 대부분 생활 속 기업들이다.

왜 그는 이런 기업들을 선호할까? 이 질문에 대해 버핏은 '부(富)의 축적을 막는 첫 번째 실수는 이해하지 못하는 주식을 매입하는 것이다.

열 살짜리 아이도 알아들을 수 있는, 그런 단순한 비즈니스 모델을 가진 주식을 매입하라'고 답했다. 버핏은 주식투자로 실패하는 가장 큰 이유 중 하나가, 내가 모르는 기업에 투자하기 때문이라는 사실을 알고 있는 것이다. 때문에 단순한 비즈니스 모델을 가진 생활 속 기업을 좋아하는 것이다.

예를 들어 코카콜라가 만들어지는 과정은 누구나 쉽게 이해할 수 있다. 또 지속적으로 반복구매가 이뤄지기 때문에 이런 기업의 미래는 예측하기도 쉽다. 코카콜라가 잘 팔리는지, 그렇지 않은지는 주변을 둘러보면 쉽게 확인할 수 있다.

그런데 주식시장 참여자들을 살펴보면 상당수가 버핏의 투자법과는 반대로 투자하고 있음을 확인할 수 있다. 다시 말해 적지 않은 투자자들이 무언가 첨단적이고, 복잡한 제품을 만드는 기업을 선호한다. 앞서 언급한 IT주, 사물인터넷주, 스마트폰주, 디스플레이주 등이 여기에 해당한다. 이런 기업들은 제조과정을 이해하기가 어렵고, 기술변화가 빠르기 때문에 향후에도 살아남을 수 있을지 예측하기가 쉽지 않다. 이런 기업에 투자했다가 실패할 가능성도 당연히 높아진다.

버핏은 현명한 투자자다. 그는 처음부터 예측이 쉬운 분야를 공략했다.

주식투자로 수익을 내는 방법은 생각만큼 먼 곳에 있지 않다. 당신의 주변을 둘러보라. 당신이 먹고 마시고 반복해서 구매하는 생활 속 제품을 유심히 관찰하고, 이 제품을 누가 만드는지를 추적하다 보면 성공투자의 문이 열릴 것이다. 성공투자를 이끄는 주식은 당신 주변에 있다.

개미,
어떻게 시장을 이길 것인가?

'행복한 투자 이야기(cafe.naver.com/hankook66)'는 1만2천여 명의 회원이 가입한 국내 최대의 워런 버핏 카페다. 회원들은 주식투자로 세계 최고 부자가 된 워런 버핏의 투자법, 흔히 '가치투자'로 불리는 투자법을 한국의 주식시장에 적용하는 방법을 연구하고 있다. 카페의 성과는 상당하다. 카페를 들러보면 지속적으로 시장을 이기고 있는 투자자들을 심심치 않게 찾아볼 수 있다. 개인이 주식투자로 수익을 내기가 쉽지 않다는 점을 감안하면 이례적이다.

이런 성과를 내고 있는 비결은 '투자클럽'에 있다. 이 카페에서는 회원들이 15~20명 단위로 비영리 친목모임을 결성해 한 달에 한 번 가량 오프라인 모임을 갖고 기업분석 발표를 한다. 평소에는 온라인이나 휴대폰으로 안부를 묻거나 의견을 교환한다. 수십 개의 투자클럽이 이 카페에서 활발하게 운영되고 있다. 이 클럽이 바로 이 카페의 투자성과를 높이는 원동력으로 작용하고 있는 것이다.

국내에서는 이 같은 개인투자자들의 투자클럽이 걸음마 수준이지만 선진국에서는 대중화 단계에 진입해 있다. 미국의 경우 6만여 개 투자 클럽에서 100만여 명의 개인투자자들이 활동하고 있으며, 이들 투자 클럽들의 연합체로 전미투자클럽협회(NAIC)가 운영되고 있다.

미국 미네소타주의 작은 마을 락스데일에서는 평범한 주부들이 친목 차원에서 '락스데일 레이디 클럽'이라는 모임을 만들어 머리를 맞대고 주식을 연구해 큰 수익을 냈다. 이들의 성공투자 스토리는 『올드 레이디 투자클럽』이라는 책으로도 출간됐다.

미국의 유명 펀드매니저였던 피터 린치는 자신의 저서 『이기는 투자』에서 미국 메사추세츠주의 세인트아그네스 학교 학생들이 주식투자로 70%의 수익을 올린 사례를 소개하고 있다. 영국에도 투자클럽은 1만 개가 넘는다.

투자클럽은 멤버들에게 어떤 장점이 있는 걸까?

무엇보다도 투자클럽에 가입한 멤버들은 시간절약이 가능하다. 주식시장에 상장된 1,800여 개의 기업을 혼자 힘으로 분석해 투자 유망 기업을 찾는 것은 쉬운 일이 아니다. 우리나라 개인투자자의 대다수를 차지하는 직장인에게 이는 특히 성공투자를 가로막는 장벽으로 작용하고 있다. 다시 말해 직장인은 직장생활과 주식투자를 병행해야 하기 때문에 기업분석에 오랜 시간을 소비하기 어렵다. 그런데 투자클럽에 가입해 활동하면 머리를 맞대고 지식을 공유하기 때문에 이 문제의 해결이 가능하다.

둘째, 투자클럽에 가입하면 수익률을 높일 수 있다. 투자클럽에 가입하면 회원들과 교류하면서 기업정보를 공유하고, 이 과정에서 새로운 정보를 얻을 수 있다. 예를 들어 자동차에 관련된 기업을 잘 알고 있는 사람은 음식료 기업이나 게임과 관련된 기업에 대해 잘 모르는 경우가 많다. 투자클럽에 가입한 멤버들은 동료들의 의견과 정보를 들으며 우량기업을 손쉽게 찾기도 한다.

끝으로 투자클럽은 주식시장이 나쁠 때 멤버들에게 힘이 된다. 주식시장이 항상 강세장만 이어지는 것은 아니며 침체장과 급락장이 예고 없이 찾아온다. 주식시장이 나빠지면 개인투자자들은 곧잘 의욕을 상실하고, 공포에 질려 보유종목을 매도하고픈 충동에 사로잡힌다. 하지만 투자클럽에 가입해 있으면 서로를 채찍질하고 사기를 높일 수 있다. 투자클럽이 주식투자 성패를 좌우하는 감정의 조절과 극복에 도움이 되는 것이다.

물론 투자클럽에 가입해 있다고 해서 모두가 수익을 내는 것은 아니다. 그럼 투자클럽 멤버 가운데 누가 가장 높은 수익률을 거두는 걸까? 정답은 '종목 발표를 가장 많이 하는 멤버'이다. 종목 발표를 많이 하다 보면 해당 기업에 대해 이런저런 조사를 많이 하게 되고, 자연스럽게 공부를 하게 되기 때문이다. 종목 발표가 강제적 공부 수단이 되는 것이다.

한국의 주식시장은 개인투자자에게 우호적인 편이다. 투자수익에 대한 과세가 미미한 편이고, 증권사의 기업분석보고서도 사실상 무료로 입수할 수 있다. 여기에다 투자모임에서 얻은 지식을 활용할 수 있다면 성공투자의 가능성은 훨씬 높아질 것이다.

성공확률이 높은
산업을 골라라

워런 버핏이 회장으로 있는 버크셔해서웨이는 80여 개의 계열사를 거느린 지주사다. 이들 계열사에 대해 버핏은 각별한 애정을 갖고 있다. 이들 계열사의 면면을 살펴보면 애크미 브릭(벽돌 제조), 시즈캔디(제과), 데어리퀸(아이스크림 제조), 쇼인더스트리스(카펫 제조), 네브라스카 퍼니처마트(가구 백화점), 브루츠 오브 더 룸(내의, 의류 제조) 등 '굴뚝 기업'이 대부분이다. 그는 이 같은 굴뚝 기업을 통해 오늘의 부를 쌓았고, 지금도 굴뚝 기업에서 그의 부가 창출되고 있다.

이따금씩 미국의 IT기업인 IBM이나 중국 전기차 업체 BYD 같은 첨단주를 매입하지만 이는 매우 예외적인 일이다. 그의 '굴뚝 기업 사랑'은 어제 오늘의 일이 아니다. 그가 스승 벤저민 그레이엄의 투자회사 근무를 마치고 고향 오마하에 돌아와 전업투자를 시작하면서 가장 많이 매입한 주식은 샌본맵이라는 지도제작 회사였다.

버핏은 왜 굴뚝 기업에 변함없는 애정을 표시하는 걸까?

버핏은 그 이유를 인지 범위(circle of competence)라는 개념으로 설명하고 있다. 인지 범위란, 내가 잘 알아낼 수 있는 영역을 말한다. 인간은 이 세상의 모든 것에 대해 속속들이 잘 알 수 없다. 시간이 제한돼 있고 재능에도 한계가 있기 때문이다. 버핏은 그래서 자신이 잘 알 수 있는 범위 내에서 의사결정을 하는 것이 성공확률이 높다고 믿고 있는데, 이것이 인지 범위의 핵심 개념이다.

버핏이 첨단주에 좀처럼 투자하지 않는 이유는 첨단주가 자신의 인지 범위 바깥에 있기 때문이다. 버핏은 10년 정도 앞을 내다보고 기업이 얼마나 수익을 낼지를 예측한 다음, 그것을 현재 가치로 환산하는데 첨단주에 관한 한 버핏은 10년 앞을 예측할 수가 없는 것이다. 그러니 투자할 수가 없다. 굴뚝주는 그렇지 않다. 지금 소비자들의 사랑을 받고 있는 아이스크림, 음료, 패션은 향후에도 그럴 가능성이 높다. 인간의 입맛과 기호는 쉽게 바뀌지 않기 때문이다. 그래서 버핏은 굴뚝주 투자를 선호한다. 그는 인지 범위가 성공투자의 관건으로 작용하는 이유를 다음과 같이 설명한다.

"기업을 분석할 때 정말로 중요하게 생각하는 것 가운데 하나는 이 기업이 나의 인지 범위(Circle of competence) 안에 있는가 하는 것이다. 나는 다른 사람이 우위에 있는 게임에서 경기를 하고 싶지는 않다. 내가 한 해 동안 하루 종일 기술에 대해서 연구한다고 한들 미국에서 기술 비즈니스를 잘 아는 전문가 집단에서 100등은커녕 1,000등도 하지 못할 것이다. 이게 바로 내가 넘지 못하는 8피트 장애물이다. 사람은 누구나 자신이 잘 이해하는 비즈니스가 따로 있다."

그런데 한국의 주식시장을 들여다보면 투자자들의 관심이 집중되는 곳은 첨단주이다. 무언가 화끈하고 성장성이 두드러져 보이기 때문이다. 성장성의 이면에 가려진 불확실성을 아는 투자자는 많지 않다. 데이비드 드레먼은 이 같은 함정을 이렇게 설명하고 있다.

"1920년대 사람들은 천재가 아니어도 자동차가 향후 수십 년 동안 성장산업이 될 것이라는 정도는 알고 있었다. 그러나 이런 정도의 분석으로는 수백 개의 자동차기업 가운데 살아남을 기업을 가려낼 수 없었다. 포드는 패커드, 내시, 스튜드베이커, 듀센버그 등 수십 개의 막강한 자동차기업 가운데 하나일 뿐이었다. 고객에게 포드자동차에 투자하지 말라고 조언한 은행가는 현명한 조언을 한 것이다. 포드는 1900년 디트로이트자동차와 1901년 헨리포드자동차를 창업했다가 두 번 모두 파산했었다."

그리고 다음과 같이 경고한다.

"성장주는 일반적으로 평범한 주식에 비해 주가수익률(PER, Price Earnings Ratio)이 세 배 이상 높아지므로, 예측에서 실수를 저지르면 치명상을 입게 된다."

요즘 스마트폰과 디스플레이가 뜨고 있다. 이 기업들의 성장성, 시장 점유율, 경쟁의 진행 양상을 비롯해 수십 가지 요소에 폭넓게 파고들 자신이 있다면 투자하는 것도 나쁘지 않다. 그러나 자신의 인지 범위를 알고 그 이내에서 머무르는 것이 시간 대비 효과적인 투자법이다.

버핏은 1996년 주주에게 보내는 편지에서 이렇게 말했다.

"현명한 투자는 쉽지 않지만 그렇다고 복잡하지도 않다. 투자자는 선별된 기업들을 정확하게 평가하는 능력이 필요하다. 여기서 '선별된'이라는 말이 중요하다. 여러분이 모든 기업에 대해 전문가가 될 필요는 없다. 많은 기업을 잘 알 필요도 없다. 오로지 자신의 능력 영역 내에 있는 (선별된) 기업들만 평가할 수 있으면 된다. 영역의 크기는 그리 중요하지 않지만 그 경계를 정확히 아는 것은 필수이다."

당신이 성공투자를 원한다면 우리 주식시장에서 거래되는 1,800여 개의 기업 중 당신의 원(cricle) 안에는 50개 이하의 기업만 들어가게 하도록 하라. 이때 경계를 잘 설정해야 하며, 원을 너무 크게 그리지 않도록 주의하라. 이 원 안에 있는 기업들 가운데 경쟁 우위를 점하고 있거나, 이익이 개선되는 기업을 고른다면 성공 가능성은 높아질 것이다.

분산투자로 사라

워런 버핏은 설명이 필요 없는 '초절정 투자 고수'다. 50년이 넘는 투자 인생에서 그는 연평균 20%가 넘는 수익률을 유지하고 있다. 이게 얼마나 어마어마한 기록인지는 투자자라면 짐작할 것이다. 그가 내뱉는 투자 조언에 세계의 투자자들이 귀를 기울이는 이유가 여기에 있다.

그의 투자 조언 가운데 예나 지금이나 일관적으로 반복되는 부분이 하나 있다. 그것은 집중투자이다. 한 종목을 '왕창' 매입하는 것을 의미하는 집중투자는 그의 투자 인생 전체에서 일관되게 나타난다.

본격적인 투자의 세계에 뛰어들기 직전인 1952년, 그는 자신이 보유한 1만9,737달러(약 2,000만원)의 절반 이상을 '가이코(GEICO)'라는 보험주에 투자했다. 이 금액은 당시 스물두 살이던 그가 가진 돈의 사실상 전부였다. 그런데 자신이 가진 금액의 절반 이상을 한 종목에 집어넣은 것이다. 이 얼마나 리스크 높은 투자인가! 집중투자는 성공하면 고수익을 가져다주지만 실패했을 경우 투자자를 돌이키기 어려운 궁지로 몰아넣는다. 다행히 결과는 성공적이었다. 그는 이듬해 이 종목으로 50% 가량의 수익을 냈다. 이후 50년이 넘는 투자 인생에서 그는 집중투자 원칙을 일관되게 지키고 있다. 코카콜라, 아메리칸익스프레스카드 등 그에게 고수익을 안겨준 종목은 예외 없이 집중투자 방식이었다.

이 같은 성공의 경험 때문일까? 그는 집중투자를 열렬히 옹호한다. 1996년 버크셔해서웨이 주주총회에서 그는 이렇게 말했다.

"미국에서 개인의 큰 재산은 50개의 기업으로 구성된 포트폴리오를 바탕으로 쌓아올려진 것이 아니다. 그것은 하나의 뛰어난 기업을 가려낸 사람에 의해 쌓아올려졌다. 분산투자는 자신이 하는 행동을 잘 알고 있는 사람으로서는 이해하기 힘든 일이다. 분산은 무지에 대한 보호책이다. 시장에 비해 상대적으로 나쁜 일이 하나도 일어나지 않게 하고 싶으면 시장의 모든 종목을 보유해야 한다. 이렇게 하는 것에는 아무런 문제가 없다. 기업을 분석할 줄 모르는 사람으로서는 완벽하게 바람직한 방법이다."

앞서 1991년 버크셔해서웨이 주주총회에서 그는 이렇게도 말했다.

"당신의 아내가 40명이라고 생각해보라. 어느 누구도 제대로 알지 못할 것이다."

쉽게 말해 분산투자는 '바보나 하는 짓'이며 집중투자야말로 바람직한 투자법이라는 게 버핏의 투자관이다. '초절정 투자 고수'의 말이니 어느 누가 반대 의견을 제기하겠는가? 그래서 시중에는 '주식투자=집중투자'여야 한다는 인식이 퍼져 있다.

그런데 이는 버핏 발언의 전체 맥락을 제대로 파악하지 못한 데서

빚어진 오해라는 사실을 알아둘 필요가 있다. 버핏은 집중투자가 고수익을 가져다주지만 그것은 투자 전문가의 영역이라고 말하고 있다. 그래서 버핏은 직장인, 자영업자 등 일반 투자자에게는 집중투자를 권하지 않는다. 그는 시중의 일반 투자자에게 적합한 투자법을 묻는 질문에는 언제나 '인덱스펀드'라고 강조해 답한다.

인덱스펀드란 여러 종목들을 묶어 분산투자한 상품인데, 요즘 유행하는 상장지수펀드(ETF, Exchange Traded Fund)가 대표적인 인덱스펀드이다. 예를 들어 ETF의 대표상품인 KODEX 200은 한국 주식시장의 대표 종목 200개를 묶어 하나의 상품으로 만든 것으로 코스피 지수와 유사하게 움직이도록 짜여졌다. 다시 말해 주식 입문자나 초보자는 여러 종목을 나눠 매입할 것을 버핏은 권하고 있는 것이다.

그는 왜 입문자나 초보자에게는 분산투자를 권하는 걸까?

입문자의 경우 투자 지식이 충분하지 않으며, 이 때문에 집중투자하다 자칫 손실을 낼 리스크가 높기 때문이다. 한 종목에 집중할수록 수익률은 높아지지만 실패 리스크도 높아진다는 것은 연구결과로도 증명돼 있다. 때문에 버핏은 초보자에게는 분산투자나 인덱스펀드를 권하는 것이다.

정리해보면 주식 입문자라면 보유 종목을 10개 이상으로 유지하면서 투자 실력을 쌓는 데 집중해야 한다. 그러다보면 1년에 한두 번은 이거다 싶은 종목이 생기게 마련이고, 그럴 때 정말 세심하게 분석해서 집중투자를 하면 된다. 투자 실력이 늘수록 보유 종목의 숫자는 저절로 줄어들 것이다. 그전까지는 분산투자가 효과적이다.

양봉, 음봉에 매달리는 것은
자살행위다

   주식에 투자하는 방법에는 양봉, 음봉, 거래량에 근거한 기술적 분석과, 기업의 실적을 바탕으로 하는 가치투자(Value investing) 등 두 가지가 있다.

   두 가지 투자방법 가운데 어느 것이 우월한지는 명확하게 증명돼 있다. 가치투자는 논리적으로나 상식적으로, 무엇보다 실제의 결과에서 파워풀하고 우월하다. 기술적 분석에 근거한 투자가 종국에는 손실을 부르고, 가치투자가 안전하고 확실한 투자법이라는 사실은 주식시장에 오랫동안 머물러본 사람은 다 인정한다.

   전설적인 투자자 제시 리버모어(Jesse Livermore)를 비롯한 기술적 분석 대가들의 대다수는 반짝 수익을 냈다가 나중에는 모든 것을 잃고 권총 자살로 생을 마감했다는 공통점을 갖고 있다. 반면 가치투자자들은 기업의 가치에 근거한 투자 덕분에 지속적으로 시장을 이기면서 소리 소문 없이 자산을 불려가고 있다. 이렇게 가치투자의 효용성이 입증

되니 실제로는 기술적 분석에 근거해 투자를 하면서도 스스로를 '가치투자자'라고 내세우는 부류도 생겨나고 있다. 이른바 '사이비 가치투자자'다.

문제는 이렇게 명확하게 가치투자의 효용성이 증명되었음에도 실제로 이 투자법을 실천하고 있는 투자자들은 극소수라는 점이다.

한국거래소의 조사에 따르면 2014년 5월 기준으로 한국의 주식투자 인구는 507만6,362명인데, 이들 가운데 95%가 기술적 분석에 근거해 주식을 매입하는 것으로 추정되고 있다. 다시 말해 한국의 주식투자 인구의 압도적인 다수가 흔히 말하는 세력, 양봉, 음봉, 거래량에 근거해 투자를 한다. 그리고 이들의 99%는 손실을 본다. 이들이 손실을 내는 것은 당연하다. 주식은 기업지분의 일부이므로 기업이 얼마나 매출액을 늘리고 이익을 늘리는지에 관심을 집중해야 한다. 그런데 엉뚱하게도 세력이니 거래량이니 하는 것에 온통 신경을 곤두세우고 있으니 수익이 날 리가 없다. 물론 이들 중에도 이익을 내는 1%는 언제나 존재한다. 복권에 당첨될 확률은 희박하지만 실제로 복권에 당첨되는 사람은 언제나 존재하는 것과 마찬가지다.

이렇게 가치투자의 효용성이 입증돼 있는데도 한국 주식시장에서 기술적 분석가의 비중은 줄어들 기미를 보이지 않고 있다. 최근 저금리 기조가 심화되고 부동산의 수익성이 떨어지면서 주식시장으로의 유입 인구는 가파르게 증가하고 있는데, 신규 유입자의 압도적 다수도 기술적 분석을 하는 것으로 조사되고 있다.

기술적 분석이 여전히 투자자들에게 먹히는 이유는 이 방법이 직관적이기 때문이다. 다시 말해 추세를 그려나가는 기술적 분석은 설명하기 쉽고 이해하기도 쉽다. 반면 가치투자는 어렵다. 기업의 재무제표를 읽을 줄 알아야 하고, 산업 분석 능력을 쌓아야 하는 등 상당한 수준의 지식 축적이 필요하다. '재무제표'라니! 듣기만 해도 골치 아프지 않은가. 그렇지만 해답은 거기에 있으니 투자자가 해야 할 일은 명백하다.

워런 버핏이 말한 대로 인간은 명백한 사실을 머리로는 받아들이지만 가슴으로는 받아들이지 않는다는 습성을 갖고 있다. 이것을 이겨내는 것이 성공투자의 첫걸음이다. 기업의 재무제표를 읽어가면서 이 기업이 무슨 사업을 하는지, 제품은 경쟁력이 있는지, 이익은 잘 내고 있는지를 따져보라. 기업의 재무제표를 읽어내는 게 버겁다면 이것을 가르치는 강좌를 수강하는 것도 방법이다. 버핏연구소가 운영하는 '가치투자 MBA'는 수준 높은 교육 커리큘럼으로 정평이 나 있다.

공부하지 않고 무언가를 쉽게 얻으려는 본성을 이겨낸다면, 시간을 들여 재무제표를 공부할 의지를 갖는다면, 성공투자는 당신 앞에 성큼 다가올 것이다. 흥미롭지 않은가. 가치투자의 관점에서 기업과 산업을 이해한다는 것이.

해자를 가진 기업

워런 버핏이 매입한 기업의 주가는 장기간에 걸쳐 꾸준히 상승한다는 공통점을 갖고 있다. 모든 투자자들이 선망하는 주식이다. 이런 기업들은 어떤 특징을 갖고 있는 걸까? 이 질문에 대한 해답의 실마리는 '해자(垓字)'다. 해자란 성(城)의 주변을 둘러서 판 도랑이다. 깊고 넓은 해자를 가진 성은 외부의 공격을 효과적으로 방어할 수 있다.

버핏은 말한다.

"내가 주식을 매입할 때 첫 번째로 살펴보는 것은 기업을 둘러싸고 있는 해자가 얼마나 깊고 넓은가다. 성(城)이 크고, 해자 속에 피라냐와 악어가 많으면 더욱 좋다."

해자는 우리말로 '경쟁 우위' '독점력' '시장 지배력' 등으로 번역된다. 해자를 가진 기업은 원가인상 요인이 생기면 가격을 올려 소비자에게 전가할 수 있다. 그러니 해자를 지닌 기업의 주가는 꾸준히 우상향하는 것이다. 해자를 가진 기업은 광고나 마케팅 비용이 거의 들지 않는다. 그러면서도 인플레이션이나 원자재 가격상승 같은 가격인상 요인이 발생하면 소비자에게 전가시킬 수 있다. 이 결과 소비자 독점기업은 막대한 부를 축적할 수 있게 된다.

버핏은 해자를 가진 기업을 끔찍하게 좋아한다. 그가 영구 보유 종목으로 지정한 코카콜라가 여기에 해당한다. 1885년, 미국의 약사 존 펨버튼이 만든 코카콜라는 수백 년의 기간을 거치면서 소비자들 사이에 독점적인 지위를 확보하게 됐다. 톡 쏘는 맛, 브랜드 파워, 독특한 형태의 병 모양, 코카콜라가 주는 문화적 상징성 등이 독점력의 원천이다. 버핏은 1988년 코카콜라의 주식 1억1,338만주를 주당 5.22달러에 매입한 것을 시작으로 이 주식을 꾸준히 매입했다. 코카콜라는 요즘 50달러 안팎에 거래되고 있으니까 거의 10배가 뛴 셈이다. 버핏이 대주주로 있는 버크셔해더웨이의 2007년 포트폴리오에 포함된 안호이저 부시 맥주, 아메리칸익스프레스카드, 월마트, 프록터앤드갬블은 한결같이 소비자 독점을 가진 기업이다.

해자를 가진 기업을 찾는 방법은 어렵지 않다. 어떤 상품이나 서비스를 맞닥뜨렸다면 다음과 같이 스스로에게 질문해보라. 워런 버핏도 즐겨 사용하는 방법이다.

'내가 충분히 많은 자금을 갖고 있는 사업가라면 지금 내 앞에 놓인 이 상품을 제조하는 비즈니스에 뛰어들어 이길 수 있을까?'

도저히 이길 수 없다고 여겨지는 기업이 바로 해자를 가진 기업이다.

코카콜라에 대해 버핏이 남긴 말은 정말 유명하다.

"누군가 내게 1,000억달러를 주면서 청량음료 시장에서 코카콜라의 선두자리를 빼앗아보라고 말한다면, 나는 그 돈을 돌려주면서 그런 일은 있을 수 없다고 말할 것이다."

우리나라에도 해자를 가진 기업이 있다. ○○어류 회사가 여기에 해당한다. 남획으로 멸종에 대한 우려가 제기되면서 국제협약에 의해 엄격하게 쿼터제(생산한도제)가 실시되고 있다. 신규 기업이 이 어류 어획 비즈니스에 새로 뛰어들 수 없다는 뜻이다. 현재 ○○산업은 이 분야에서 글로벌 1위 기업이다. 그런데 이 생선을 찾는 수요는 해마다 증가하고 있다. 특히 중국인들이 경제 수준의 향상으로 이것을 먹기 시작했다. 13억 인구를 가진 중국인들이 이 맛을 알게 된다면 어떻게 될까? 이런 기업은 시간이 흐를수록 기업가치가 증가하고 놀라운 결과를 낳게 된다. '국민 커피'의 명성을 가진 커피를 생산하는 ○○, '3분 요리'로 잘 알려진 ○○○ 등도 여기에 해당한다.

가치투자자라면 해자를 가진 기업을 찾아야 한다.

경기전망에 대한
정확한 진단

향후 경기전망에 근거해 주식을 매수하고 매도하는 투자자들이 적지 않다. 다시 말해 경기나 경제가 앞으로 어떻게 전개될 것 같고, 이에 따라 주식시장이 이렇게 될 것 같으니 나는 어떤 주식을 사거나 팔겠다는 것이다. 이런 투자법을 톱다운(Top-down)투자라고 한다.

톱다운투자로 명성을 날리는 인물로는 조지 소로스를 꼽을 수 있다. 유태계였던 탓에 독일 나치의 박해를 받다 목숨을 겨우 부지한 그는 1969년 미국에서 1만달러(약 1,000만원)로 퀀텀펀드라는 투자회사를 설립했는데, 20년 후에 이 자금을 2,100만달러(약 210억원)로 불렸다. 수익률 2,100%. 이 기록을 세운 투자자는 인류 역사상 열 손가락 안에 꼽을 정도다.

그는 자신의 투자법을 재귀성 이론으로 설명하고 있다. 재귀성 이론에 따르면 주식시장은 기업의 수익이나 경기전망, 그리고 투자자들의 지배적 편견에 의해 영향을 받는 공간이다. 다시 말해 현실에 근거한 추세와 그 추세에 대한 투자자들의 오역 또는 편향된 생각에 따라 주가가 변동하고 시장에 거품이 생길 수 있다. 시장의 추세를 알아차린 시장참여자들의 편향된 기대로 인해 추세는 점점 강화돼 주가가 과도하게 고평가되는 거품이 형성되는데, 이런 추세는 현실과 편견의 간극이 더 이상 지속될 수 없을 때까지 이어지다가 결국 현실과의 차이를 극복하지 못하고 균형점으로 회귀한다. 조지 소로스는 균형점으로 돌아가려는 바로 그 지점을 포착해 수익을 냈다. 이런 방식으로 수익을 내고 있는 인물이 실제로 존재하다 보니 그를 추종해 주식을 사고파는 투자자들이 적지 않다.

그런데 이런 방식으로 투자해서 실제로 수익을 냈다는 분을 나는 단 한 사람도 만나본 적이 없다. 왜 그럴까?

거시경제를 맞추려고 할 경우 조사해야 할 변수가 얼마나 많은지를 생각해보면 궁금증은 쉽게 풀린다. 예를 들어 우리나라의 1년 후 경제가 어떻게 될지를 예측한다고 해보자. 이 경우 조사해야 할 변수를 나열해보면 경상수지, 환율, 금리, 물가상승률, 경제성장률, 제조업 지수, 민간소비증감률, 도소매업 지수, 건설수주액 등 얼추 꼽아도 수십 개가 된다. 어쩌면 오바마 대통령이 식사 때 즐겨 먹는 음식이 뭔지도 조사해야 할지 모른다. 통계학적으로 변수가 30개가 넘으면 예측 가능성은 현저히 떨어진다. 한 가지 변수를 맞출 확률이 90%일 경우 이들 30가지 변수 조합의 성공 가능성은 4.2%다.

경제예측은 이처럼 변수가 많기 때문에 아무리 노력해도 맞추기가 힘들다. 조지 소로스 같은 인물이 인류 역사상 손꼽을 정도로 극소수인 이유가 여기에 있다. 당신에게 조지 소로스처럼 타고난 통찰력이 있다면 거시경제에 근거한 투자를 해도 나쁘지 않다. 그러나 그렇지 않다고 생각된다면 이 방법은 재고하는 것이 현명하다.

주식시장이나 경기를 예측할 때는 조심하고 겸손하자. 글로벌 금융위기 당시 코스피 지수가 1,000포인트로 폭락하자 더 떨어진다고 했던 이른바 전문가들의 예측이 훗날 어떻게 됐는지를 복기해보라. 향후 경제흐름이나 경기에 관해 '길게 보면 자본주의 역사는 발전해왔고, 주식시장도 여기에 맞춰 상승해왔다. 앞으로도 그럴 것이다'라고 생각하면 틀리지 않다. 개인의 탐욕, 성취욕, 경쟁을 장려하는 체제는 발전할 수밖에 없다.

경기예측은 이쯤하고 기업분석에 집중하는 것이 오히려 성과를 가져온다. 기업분석은 경제분석에 비하면 분석해야 할 변수가 많지 않기 때문에 성공확률이 대단히 높다. 워런 버핏을 비롯한 가치투자자들이 장기간에 걸쳐 그렇게 높은 성과를 내고 있는 이유가 여기에 있다.

우량기업은
어떻게 진단하는가?

워런 버핏이 수십 년간 해온 기업 투자와 인수합병을 통해 얻은 지혜를 살펴보자. 그가 투자한 기업 중에 가장 큰 실수인 버크셔해서웨이라는 방직회사를 20년 동안 키워보려고 인수했던 내용과, 코카콜라를 인수해 큰 이득을 본 두 가지 특징을 살펴보면 시사하는 바가 크다.

계속 말했듯이 그가 냉엄한 주식시장에서 승리자로 남아 있을 수 있었던 비결은 바로 경쟁력을 가진 우량한 기업을 적정가격에 매입했기 때문이다. 코카콜라는 버핏의 투자 인생에 가장 많은 금액이 투입되고 가장 높은 수익률을 올린 종목으로 알려져 있다. 58세 때 약 1조3천억 원을 매입했다. 그는 지금도 이 회사의 주식을 보유하고 있다. 그간의 세월을 감안하면 코카콜라는 10배 이상의 수익을 그에게 안겨줬다.

그는 그의 스승 벤저민 그레이엄으로부터 어느 기업이 주식시장에서 현저하게 싼 가격에 거래되고 있다면 매입할 만하다고 배웠고, 기업이 얼마나 이익을 내는가는 그다지 중요하지 않다고 배웠다. 버핏은 초기에 이 원칙을 철저히 지켜 높은 수익을 얻었다.

그런데 이 투자법으로 버크셔해서웨이에 투자하면서 문제가 생겼다. 버크셔해서웨이는 본래 의류 안감을 생산하는 회사로 그 당시 실적은 부진한데 공장운영을 위해 보유하고 있던 부동산 가치가 시가총액을 상회했다. 그는 이 기업을 인수해 회생시키려 20년가량을 노력했지만 결국 실패하고 지금의 투자회사로 변모시켜 큰 수익을 얻게 되었다. 이런 시행착오 끝에 그가 얻은 깨달음은 기업은 경쟁사를 능가하는 경쟁력을 갖고 있어야 한다는 사실이다. 그리고 그 경쟁력은 일회성이 아니라 지속적으로 유지될 수 있어야 한다는 사실이다.

'경쟁력을 가진 우량기업을 적정가격에 매입하라.' 버핏은 자신을 성공으로 이끈 투자비결을 묻는 질문을 받을 때마다 입이 닳도록 이 답변을 반복한다. 너무나 단순해 보이는 이 비법을 사람들은 의심의 눈초리로 바라보지만 삶이 그렇지 않은가? 진리는 단순하다.

투자자로서 버핏이 말하는 기업을 찾기란 그리 복잡하지 않다. 매출액과 순이익을 살펴보고, 자기자본이익률이 두 자릿수를 유지하고 있는지 살펴보면 된다. 아마도 버핏의 기준에 딱 맞는 기업을 찾을 가능성이 높아질 것이다.

학력도, 경력도
필요 없다

지금까지 이 글을 읽은 분이라면 가치투자에 어느 정도 흥미를 갖게 됐을 것이다. 한편으로는 이런 걱정이 생길 수도 있겠다.

'도대체 가치투자를 하기 위해서는 어느 정도의 공부가 필요한가? 나는 경영학을 전공하지 않았는데 성공투자에 필요한 지식을 쌓는 데 얼마나 시간이 필요할까?'

이 질문과 관련해 워런 버핏이 해답을 제시한 적이 있다. 버핏은 자신의 옛 동료이자 투자 대가인 월터 슐로스를 인용하면서 '누구나 자신의 경력과 무관하게 노력 여하에 따라 성공투자에 이를 수 있다'고 말한다.

슐로스는 1955년 투자자를 모집해 투자조합을 설립한 이후 50여 년간 비용을 공제하고 16%의 연평균 수익률을 거둔 인물이다. 비용을 공제하지 않은 투자조합의 연평균 수익률은 21%에 달한다. 슐로스는 대학을 다닌 적이 없고 정식으로 경영학을 공부한 적이 없는데도 이런 기록을 만들어냈다. 슐로스는 1916년 뉴욕의 어려운 가정에서 태어나 대학교육을 받지 못했다. 18세에 돈을 벌기 위해 월스트리트에서 사무보조원으로 일하면서 투자의 세계에 입문했다. 슐로스는 미국 월가의 매니저들이 투자업무를 하는 것에 자극받아 벤저민 그레이엄이 뉴욕증권거래소(NYSE)에 야간 강좌로 개설한 투자 강좌에 다니며 투자지식을 쌓았다. 2차 대전이 발발하자 미 육군으로 4년간 참전해 돈을 모았고 다시 월스트리트로 돌아왔다. 이런 노력으로 그는 1950년대 중반 그레이엄이 운영하는 그레이엄뉴먼에서 일자리를 얻을 수 있었다. 슐로스는 이 회사에서 워런 버핏과 함께 일했다.

1955년, 그레이엄이 그레이엄뉴먼의 문을 닫기 1년 전에 슐로스는 투자자 19명으로부터 10만 달러를 모집해 투자조합을 만들고 투자에 나섰다. 그는 운용보수를 받지 않았으며 수익의 25%만을 받기로 계약을 맺었다. 그는 수익을 내지 않았는데도 투자자로부터 돈을 받는 것은 양심적이지 않다는 생각을 갖고 있었다. 운용보수가 없다 보니 그는 연구원이나 비서도 없이 혼자 골방이나 다름없는, 허름한 맨해튼의 사무실에서 자금을 운용했다. 돈이 낭비되지 않도록 아끼고 아낀 것이다. 슐로스의 부인 안나는 '남편은 집으로 돌아와서도 저녁이면 방을 돌아다니며 불이 꺼져 있는지 확인했다'고 회고했다.

이후 50년간 슐로스는 비용을 공제하고 16%의 연평균 수익률을 기록했다. 같은 기간 S&P500지수 상승률은 10%였다. 투자조합의 전체 연평균 수익률은 21%였다. 이 기간에 그를 엄습한 17차례의 불황과 경기침체를 이겨내고 이룩한 기록이었다. 1960년에는 S&P500지수 상승률이 0.5%에 불과했지만 슐로스는 비용을 공제하고 7%의 수익을 투자자에게 돌려주었다.

〈월스트리트저널〉은 2008년 11월 슐로스를 다룬 특집에서 '슐로스가 17번의 경기침체와 불황을 이겨내고 놀라운 수익을 거둔 이유는 오로지 내재가치에 비해 저평가된 주식을 고르는 일에만 집중했기 때문'이라고 평했다. 이 신문은 '슐로스는 지금까지도 컴퓨터를 가져본 적이 없으며 우편으로 배달되는 기업정보를 직접 뒤지면서 주식을 고르고 있다'고 전했다.

슐로스는 2003년에 다른 사람의 돈을 관리하는 업무를 그만두었고 이후 자신의 돈만을 관리했다. 그는 2012년 96세를 일기로 타계했다. 타계할 당시 그는 억만장자였다.

워런 버핏은 슐로스를 이렇게 평가했다.

"슐로스는 다른 사람들의 돈을 다루고 있다는 것을 잊지 않았다. 그리고 이것은 손실에 대한 거부감을 더욱 강하게 만든다. 그는 매우 성실하며 자신에 대한 현실적인 상(像)을 가지고 있었다. 돈은 그에게 현실이며 주식 또한 현실이었다. 그리고 이 때문에 안전마진 원칙에 매력을 느끼고 있다."

슐로스의 경우를 보면 성공투자에 이르는 과정에 학력이나 경력은 걸림돌이 되지 않는다는 사실을 알 수 있다. 국내의 경우에도 성공한 가치투자자는 학력이나 경력과는 무관하다. 현명한 투자자의 현명한 투자법을 받아들여라. 주식투자에서 모른다는 것은 나쁜 것이다. 그런데 더 나쁜 것은 잘못된 지식을 갖고 있는 것이다. 가치투자의 개념을 받아들이고, 주식을 평가할 수 있는 투자지식을 습득하는 것이 성공투자의 지름길이다.

매수와 매도 타이밍

　사람들은 21세기를 정보화사회라고 흔히 말한다. 정보화사회에서는 인터넷의 발전과 함께 정보를 얻는 속도 역시 빨라지는 경향을 띤다. 경쟁 또한 치열해지면서 '누구보다 빠르게, 남들과는 다르게'라는 말이 너무나도 당연하게 됐다. 주식시장에서도 누구보다 더 빠르게 판단하고, 다르게 행동해야 하는 것이 있다. 매수와 매도 타이밍이 바로 그것이다.

　주식투자를 처음 시작한 사람들은 주식의 매수와 매도 타이밍을 찾는 것이 매우 어렵다. 주식투자에서 가장 큰 목적은 투자로 인한 차익에 있기 때문에, 최대한의 투자차익을 남기기 위해서는 사는 시점과 파는 시점을 잘 파악해 선택하는 것이 중요하다. 아무리 우량주라고 하더라도 주가가 오르는 시점에 사고, 주가가 떨어질 때 판다면 손실을 볼 수 있는 것이다. 많은 초보자들이 어떤 기업의 주식이 좋다고 느낄 때는 이미 그 주식의 주가는 적정주가에 가까운 경우가 많다. 그런 상황에서 그 기업의 주식을 매수하면 손실을 보게 되는 것이다.

주식을 처음 시작하는 초보자들은 매수와 매도, 어떤 것에 더 집중을 해야 할까?

기업이 1,800여개가 넘는 현재 주식시장에서 수익을 내기 위해서는 종목마다 투자해야 하는 시점이 모두 다르다. 그렇기 때문에 초보자들이 어려움을 느끼는 것이다. 그 중에서도 가장 어려운 건 매도 타이밍이다.

주식투자에서 수익을 내기 위해서는 파는 시점이 중요하다. 주식투자로 손해를 보는 대부분의 투자자들은 파는 시점을 잘 찾지 못해 손해를 보는 경우가 많다. 불안감에 너무 일찍 팔아버리거나, 미련이 남는다고 해서 팔아야 할 시점을 놓치고 계속 갖고 있는 경우를 쉽게 볼수 있다. 이들은 공통적으로 자신이 매도를 마친 종목이 팔자마자 오른다고 말한다.

그렇다면 어떻게 해야 매수와 매도 타이밍을 잘 잡을 수 있을까?

우선 매수는 꼼꼼하게, 매도는 빠르게 하는 것이 좋다. 매수를 하는 과정에서 기업에 대한 평가를 끝냈다면, 낮은 가격을 골라서 사는 것이 가치투자의 기본이다. 남들이 산다고 조급하게 따라 사는 것은 아주 잘못된 행동이다. 이와는 반대로 매도하기로 마음을 먹었다면 최대한 빨리 파는 것이 좋다. 매도를 마친 기업의 주가가 오른다고 해서 마음을 쓰는 것은 피해야 한다. 다음번 매도 때 망설이는 원인이 될 수 있기 때문이다.

투자자들에게 인기를 얻는 주식에 투자하는 경우라면 빠르게 투자 타이밍을 잡는 것이 좋다. 인기주는 시장을 주도하고, 등락폭이 큰 특징이 있다. 따라서 초기에 인기주에 투자하면 투자수익이 크게 나고, 남들이 이미 수익을 낸 시점에 뛰어들면 주가는 떨어지게 된다.

마지막으로 주식을 투자하는 투자자들은 욕심을 버려야 한다. 수익을 잘 내는 투자자들도 단 한 번의 욕심으로 인해 손해를 보는 경우가 있다. 주식을 가장 높은 가격에서 팔고, 바닥을 치고 있을 때 사려고 너무 욕심내는 것은 옳지 못하다. 자신만의 적정주가를 구하는 방법을 만들어내고, 적정주가 계산 후 현재 주가와 비교하는 투자자들은 실패할 확률이 줄어들 것이다.

매수와 매도 타이밍을 잘 잡지 못해 떠난 버스를 향해 손을 흔드는 사람이 될 것인지, 버스가 떠나기 전에 타고 갈 것인지는 투자자들의 마음가짐에 달렸다.

투자의 시작,
신문읽기

    지하철이나 버스를 타고 주위 사람들을 살펴보면, 대부분의 사람들이 스마트폰으로 무언가를 하고 있는 것을 쉽게 볼 수 있다. 스마트폰의 등장으로 사람들의 일상생활은 많이 바뀌었다. 신문도 그 중 하나다. 불과 3~4년 전까지만 하더라도 스마트폰보다는 신문을 읽는 사람들을 종종 찾아볼 수 있었지만, 현재는 손에 꼽을 정도로 적다.

    스마트폰과 달리 신문은 내가 좋아하는 기사만을 읽지 않고 다양한 정보를 얻는다는 특징이 있다. 예를 들어 스마트폰으로 뉴스를 보는 사람들은 자신이 관심 있는 항목만 골라 읽지만, 신문은 그렇지 않다. 따라서 신문을 읽는 것만으로도 그날의 주요 뉴스를 알게 되고, 거기에 대한 기자의 생각을 쉽게 이해할 수 있다. 그래서 그날의 신문을 읽는 것만으로도 충분히 지적인 행동을 했다 할 수 있다.

    그렇다면 주식투자와 신문은 어떤 관계가 있을까?

    주식투자의 가장 큰 기본은 투자하는 기업을 찾고, 그 기업이 속한 산업이 얼마만큼 성장할 수 있는지를 파악하는 것이다. 이런 기본을 충족시키기 위해서는 투자자들이 경제변화와 산업의 성장성 등을 판단할 수 있어야 한다. 신문은 하루에 벌어진 방대한 양의 정보를 제공하기 때문에 주식투자를 하는 사람이라면 누구나 읽고 정리하는 습관을 들여야 한다. 꾸준히 정보를 파악한 사람과 아무런 정보 없이 투자한 사람의 수익률은 분명 차이가 나기 때문이다.

게다가 신문은 가치투자를 할 때 기업의 투자포인트를 쉽게 파악할 수 있도록 도와주는 매체다. 예를 들어 경쟁사의 몰락은 기업의 큰 투자포인트 중 하나인데, 이런 정보는 신문을 통해 쉽게 얻을 수 있다. 한 기업이 수익을 내지 못하고 파산하기 전부터 신문에서는 그 기업에 대한 정보를 어김없이 등장시키기 때문에 투자자들은 비교적 빠르게 알 수 있다.

가치투자로 큰 수익을 올린 한 개인투자자는 주식시장에서 기업의 크기나 특정 업종을 선호하지 않고, 오로지 기업가치에 중점을 두고 공부했다고 한다. 이런 투자원칙을 고수할 수 있는 것은 그가 방대하고 질 좋은 정보를 갖고 있기 때문이다. 그는 하루의 시작을 신문읽기로 시작한다. 신문에서 증권면만 보지 않고 산업면, 정치면, 심지어는 연예면과 스포츠면까지 읽으며 장기적인 투자 아이디어를 얻는다. 이런 투자고수들과 대화를 나누면 거의 모르는 것이 없을 정도로 뛰어난 지식을 자랑하기도 하는데, 이들의 공통점은 신문을 꾸준히 읽는다는 점이다.

신문을 읽으면 생기는 장점 중에 하나는 트렌드를 이해할 수 있다는 것이다. 파악해야 할 정보의 양이 많아지는 요즘에 신문을 이용해 투자자들은 시간을 절약할 수 있다. 투자자들은 신문에 주로 등장하는 용어나 산업에 관한 내용을 주의 깊게 살펴볼 필요가 있다. 주식시장에서 어떤 것들이 관심을 받고 있는지를 알 수 있기 때문이다.

마지막으로 신문을 읽음으로 해서 생각하는 힘을 기를 수 있다. 주식과 신문은 하나의 현상이 발생했을 때, 자신만의 생각을 정리할 수 있다는 공통점이 있다. 특히 신문은 지식과 정보, 상식 등을 논리적으로 표현하는 매체이기 때문에, 주식을 하는 사람들에게 투자를 하는 것보다 이성적인 판단을 내릴 수 있게 한다.

정리해보자면 주식투자는 누가 얼마나 정확한 정보를 빠르게 얻느냐에 따라 수익률이 달라진다. 이런 정보를 쉽게 얻는 방법은 신문을 읽는 것이 아닐까 한다. 그리고 가치투자로 성공한 개인투자자들은 대부분 신문을 읽으면서 정보를 축적해간다. 이제 막 주식투자를 시작한 사람들이 신문을 읽는다고 해서 하루아침에 그들만큼 지식을 쌓을 수는 없다. 하지만 '천리 길도 한걸음부터'라는 말이 있듯이, 신문을 통해 꾸준히 정보를 쌓아간다면 주식투자로 성공할 확률은 높아질 것이다.

10년 앞을 보라

주식투자를 하지 않는 사람이라도 누구나 한 번쯤은 워런 버핏을 들어봤을 것이다. 워런 버핏이 이렇게 많은 사람들에게 알려진 이유는 위험성 있는 주식투자로 세계 최고의 부자가 됐기 때문이다.

"10년을 바라볼 주식이 아니면 10분도 소유하지 마라."

일반 투자자들과 워런 버핏의 수익률 차이는 이런 투자 철학에서 비롯된다. 일반 투자자들은 주식을 사는 것보다 파는 것을 더 중요하게 여기는 경향이 있다. 단순히 주식매매를 통해 돈을 벌고자 하는 것이다. 하지만 워런 버핏은 우량기업의 주식을 보유하면서 시세차익을 우선하기보다는 기업의 주인의식을 가지고 투자하고 있다. 기업의 주인이 되고자 하는 워런 버핏의 투자 마인드는, 주식투자로 성공하기 위해서는 장기적인 투자를 해야 한다는 것을 증명하고 있다.

워런 버핏의 장기투자는 아주 기본적인 시작으로 진행된다. 산업이나 경제상황을 예측하는 것보다 기업분석을 우선했다. 그리고 저평가

받은 좋은 기업(우량기업)을 찾아내 장기적으로 투자했다.

이런 워런 버핏의 투자방법을 모방해 많은 투자자들이 주식투자를 하고 있다. 그러나 대부분이 그의 투자수익률에 근접하지 못하거나 오히려 손해를 보는 경우가 많다. 이유는 간단하다. 손해를 보는 주식투자자들은 주식을 팔아서 시세차익을 남기고자 하는 마음이 더 크기 때문이다. 워런 버핏의 투자방법을 따라 열심히 사고팔아도 그와 같은 수익을 내기는 어렵다. 대부분의 투자자는 주가가 약간만 떨어져도 쉽게 갈팡질팡해 손절(더 큰 손해를 막기 위해 주식을 파는 것)하는 경우가 많다. 자신이 분석한 그 기업이 아주 좋은 우량기업이더라도 말이다.

워런 버핏은 매일같이 주가의 변동을 확인하지 않아도 될 만큼의 우량기업에 투자하는 것을 최우선 목표로 삼고 있다. 대표적인 예가 코카콜라다. 코카콜라는 끊임없이 수익을 창출할 수 있는 구조를 가지고 있으며, 돈 대신 지분을 자산으로 삼기 때문에 평생 보유할 만한 기업이라 말하는 것이다.

지금의 주식시장은 빠르고, 변화가 많다. 그래서 투자자들은 미래에 대한 예측을 하기 힘들고, 고려해야 할 변수도 많아져 주식투자로 수익을 내기는 점점 더 어려워지고 있다. 이런 상황에서는 마음 편히 우량기업에 장기적으로 투자하는 것이 유일한 투자방법이다.

가치투자를 하는 개인투자자들은 '주식시장은 자주 매매하는 사람에게서 인내하는 사람으로 돈이 옮겨지도록 만들어져 있다'는 워런 버핏의 말을 잘 새겨들어야 할 것이다. 그리고 주가가 떨어지고 있는 기업의 주식을 갖고 있다면, 투자가치가 떨어지지 않는 이상 꾸준히

보유하고 있으면 결국에 오를 종목은 오르게 돼 있다는 점을 기억해
야 한다.

외면당하는
미래의 황금알

주식시장에서 큰 수익을 올리는 사람들은 공통점이 있다. 남들이 잘 알지 못하는 기업을 사들여 수익을 낸 것이다. 주식투자자들에게 잘 알려지지 않은, 저평가된 우량기업에 투자하는 사람과 아닌 사람은 수익률에서 차이가 발생한다.

투자 고수들은 미래의 주식가치를 이해하는 능력이 상대적으로 뛰어나다. 오랜 경험과 노하우가 축적됐기 때문이다. 그들은 증권사의 애널리스트들이 분석한 종목보다는 투자자들에게 주목을 받지 못하는 종목에 관심을 둔다. 아무리 좋은 우량기업을 찾았더라도 고평가된 기업에는 투자하지 않고 상대적으로 소외된 기업을 찾는 데 우선한다. 주식투자의 고수들이 소외받고 있는 기업을 찾아 투자하면 주가가 오르기도 한다. 많은 주식투자자들이 가치투자의 고수들이 투자한 기업을 따라 사거나 혹은 뒤늦게 애널리스트의 리포트를 통해 소개되기 때문이다.

모든 투자자들이 관심을 갖는 기업에 투자할 경우 해당 기업의 주가는 내재가치보다 높은 경우가 많다. 기업의 주가가 내재가치보다 낮은 경우라고 해도, 주시하던 많은 투자자들의 매수로 인해 주가가 금방 오르기 때문에 시세차익을 여러 명이서 나눠 먹는 결과가 나타난다. 따라서 투자자들은 매입단가를 최소한으로 하길 원하지만 애초에 원하던 주식가격보다 높은 가격에 살 수밖에 없다. 반대로 많은 투자자가 외면하는 주식은 기업가치가 높아져도 오랜 시간 동안 저평가 상태인 경우가 많다.

주식고수들이 사양산업에 접어든 기업에 투자하는 경우가 있다. 과거에 잘 나갔지만 현재는 성장이 거의 멈춘 기업에 투자하는 것이다. 이런 기업들의 경영자는 과거에 부동산이나 현금으로 부를 축적해놓은 경우가 많다. 즉, 좋은 자리의 땅을 갖고 있거나 건물의 가격이 높은 건물을 소유하고 있는 경우다. 주식고수들은 기업의 자산가치가 시가총액보다 더 크기 때문에 투자포인트로 삼고 투자하는 것이다. ○○백화점과 ○○방직이 대표적이다. 가치투자의 고수로 잘 알려진 한 개인투자자는 2014년, ○○방직에 투자했다. 많은 투자자들이 그 소식을 듣고 투자해 상한가를 기록하기도 했다.

투자 고수들이 외면받는 기업에 무조건 투자하는 것은 아니다. 그들은 주로 작지만 자신들만의 힘이 있는 기업에 투자한다. 재무구조가 튼튼하고, 시장에서 확실한 지배력을 갖고 있는 기업에 투자한다. 또한 해당 기업의 CEO 철학에 투자가치가 있는지, 사업 분야를 잘 이해하고 있는지 등을 고려한다. 시간이 어느 정도 지나 검증기간을 거쳐 이러한 중소형주에 투자해 큰 수익을 낼 수 있었던 것이다.

정리하자면, 주식투자 고수들의 수익률이 일반 투자자들과 차이가 나는 이유는 대중들에게 인기가 없는 기업에 투자했기 때문이다. 비교적 안전한 대기업에 투자하는 것은 위험성이 낮지만 투자수익률 또한 낮다. 어느 정도의 위험성을 감수하고 소리 없이 강한 기업을 찾아 투자하는 것이 수익률을 더 높일 수 있는 방법이 아닐까 싶다.

인기 있는
주식을 잡아라?

'빈 수레가 더 요란하다'는 말이 있다. 가치투자를 하는 투자자들은 이 속담을 가슴속에 새겨두어야 한다. 주식투자를 하지 않아도 테마주라고 불리는 주식을 누구나 한 번쯤은 들어봤을 것이다. 테마주에는 정치, 연예, 레저, 과학기술, 부동산 등 다양한 종류가 있다. 일반적으로 테마에 속한 종목들은 주가가 빠르게 성장하거나 하락하는 모습을 보인다. 예를 들면 정부가 특정 분야에 과학기술을 지원할 계획을 발표하면 관련 기업의 주가가 오르는 것이다. 투자자들은 이런 기업의 주식을 사들여 차익을 남기곤 한다.

주식투자자가 이런 테마주만을 바라보고 그 주식을 사는 것이 가치투자에 부합되는 것인가? 가치투자는 기본적으로 장기적인 관점에서 기업의 주식을 사들이는 것을 기본으로 하고 있기 때문에, 테마주에만 관심을 두고 투자하는 것은 옳지 못하다. 왜냐하면 투자자들의 입소문을 타고 있는 테마주는 오랜 시간이 흐르면 다시 주가가 떨어질 경향이 높다. 그래서 장기적으로 주식을 갖고 있는 것보다는 오로지 타이밍에 맞춰 매수와 매도를 반복하는 것으로 수익을 내는 것이 전부다.

또한 테마주에 속한 이유가 기업의 이익개선이나 새로운 기술개발이 아니라 단순히 하나의 사건에만 초점이 맞춰진 경우라면 주의를 기울여야 한다. 특정 기업에 호재가 될 것으로 예상되는 사건이 발생하면 투자자들의 기대심리가 커져 주가가 상승한다. 하지만 이 경우 오랜 시간 동안 꾸준히 주가가 오르지는 않는다. 기업의 가치가 크게 올라가지는 않았기 때문이다.

테마주가 무조건 나쁘다는 것은 아니다. 누가 보아도 부실한 기업이 분명한데, 단순히 테마주에 소개되어 짧은 시간 안에 수익을 내고 팔아버리려는 태도가 가치투자와는 거리가 멀다는 것이다.

주식시장에 상장된 수많은 기업의 주가등락의 원인이 되는 공통적인 요소를 테마로 분류하면 편리하다는 장점이 있다. 예를 들면 백화점, 카지노, 항공에 관련된 기업들은 우리나라에 오는 관광객들이 크게 늘어나는 경우에 수익을 낸다. 투자자들은 테마별 분류라 하여, 종목군을 분류하는 일반적인 방식을 쓰고 있다.

테마주로 소개되는 주식들을 살펴보면 현재 이슈가 무엇인지도 쉽게 파악할 수 있다. 정부의 정책이나 해외시장의 변화 등으로 인해 테마주가 생기기 때문이다. 이런 테마주에서 종목 분석을 통해 저평가된 우량주를 찾아 투자하는 것이 수익을 내는 데 도움이 될 것이다.

뉴스와 공시 등 단기적인 정보가 테마주의 주가를 가장 많이 변화시키기 때문에, 기관이나 외국인에 비해 상대적으로 자금이 적은 개인투자자들은 좋은 투자방법이라고 말한다. 하지만 개연성이 없는 주식들도 같은 테마군으로 묶여 움직이는 경우가 있고, 주가조작 세력이 새로운 테마주를 만들어내는 경우도 있다. 또한 정보의 주체가 어디인지 모르는 불확실한 정보가 많아 기업의 가치를 부풀리거나 줄이기 쉬워, 투자자들이 올바른 판단을 하지 못하게 만든다. 이런 부정적인 면들이 테마주를 투기로 보게 하는 원인이 됐다.

기본적으로 가치투자는 기업의 안정성, 수익성, 성장성 등을 비교하여 저평가된 기업을 찾아 투자하는 것이다. 테마주에 집중된 투자는 오로지 '성장성'에만 초점을 맞춘 극단적인 형태의 가치투자이다. 단순히 짧은 기간에 큰 수익을 얻을 수 있다는 욕심에 테마주를 찾는 것은 주식을 투기로 바라보는 것에 불과하다. 장기적인 투자기간 동안에 꾸준히 수익을 내기 위해서는 가치투자를 하는 것이 중요하다.

사람들의 이목이 집중된 테마주에 '묻지마' 식으로 투자하는 것은 단기간에 큰 수익을 낼 수 있지만 그만큼 위험성이 따르기 마련이다. '소문난 잔치에 먹을 것 없다'는 말은 주식시장의 법칙이기도 하다. 가장 좋은 방법은 테마주에 편승이 가능할 것으로 판단되는 기업 중에서 저평가된 기업을 찾아 투자하는 것이다. 시대의 유행에도 뒤쳐지지 않고, 가치투자의 원칙에도 크게 벗어나지 않기 때문에 장기적인 관점에서 투자자들이 원하는 수익을 낼 수 있다.

KOREA
TALMU

05

코리아 탈무드
윤순숙의 비전

신神 신사임당을 꿈꾼다

하늘은 스스로 돕는 자를 돕는다고 했던가. 작은 것에도 정성을 들이는 나의 장점이 오늘의 이 자리까지 나를 이끌었다고 해도 과언이 아니다.

내가 가장 정성을 들이는 것 중의 하나는 사람과의 인연이다. 그러다 보니 나를 한 번 만난 사람은 그 인연을 10~20년 이어간다.

나의 또 다른 장점 중의 하나는 강인함이다. 힘든 일이 닥치고 외로운 상황이 와도 잘 버티고 이겨내서 반드시 성공하게 만든다. 그러나 나도 절대 못 하는 단 한 가지가 있으니, 바로 아부다.

언젠가 지인과 함께 우리나라 국운을 보시는 분을 만나러 갔다. 지인이 국운에 대해 물어보았다.

"당신은 그런 거 하지 마. 대신 옆에 앉은 분은 주식을 해도 5천억은 벌겠군. 나는 대부분 주식은 못 하게 하는데, 이분은 해도 되겠어."

나는 5복을 다 가지고 태어났다고 한다. 친정 부모 복, 형제간 복, 시부모 복, 시댁 형제간 복, 남편 복, 자식 복. 남편이 워낙 잘해주니 아이들도 아빠가 하는 대로 똑같이 따라서 나에게 잘한다. 게다가 일꾼 복까지 있다. 집에 있는 도우미 아주머니마저도 나를 잘 섬겨준다.

나는 전 국민의 인자한 어머니 같은 사람, 어떤 사람이 와도 따뜻한 마음으로 행복한 길로 잘 안내해줄 수 있는 사람이 되고 싶다. 나는 어떠한 잘못을 해도 다 내 백성이라는 생각을 한다. 설령 도둑이 들었다면 그가 훔쳐갈 돈을 문갑 위에 내놓는다. 눈에 띄는 돈만 훔쳐갈 것이기 때문에. 도둑도 사정이 각박하니 도둑질을 할 것인데, 들어간 집에 훔쳐갈 것이 없다면 다른 집으로 갈 것이다. 그래서 우리집에서 끝내라고, 보이게 돈을 내놓는다. 본인들이 감춰봤자 찾을 것이 없으면 칼을 들이대는 것이 도둑이다. 그러다보면 더 많은 것을 빼앗긴다.

우리 사무실에 가장 크게 걸려 있는 것이 태극기다. 나의 꿈은 국고 유출을 막는 것이다.

나는 가끔 회원들에게 질문을 한다.

"당신이 대통령이 된다면 가장 먼저 무엇을 하겠습니까?"

일반인으로 세상을 보는 눈과 대통령의 눈으로 세상을 보는 눈은 다르다. 내가 대통령이 되었다고 가정하고 세상을 볼 때 가장 먼저 드는 생각은 '쓸데없이 새는 돈을 막자'이다. 나라에 대한 점검을 하다보면 잘못 사용되는 돈들이 너무 많이 보인다. 그 경비만 줄여도 1년 예산의 절반은 줄일 수 있다.

먼저, 지자체든 어디든 정부 돈을 타가려고만 하지 제대로 쓰려고 하지 않는다. 예를 들어 어느 지역의 가난한 사람 10명에게 일자리를 줄 수 있는 지원금을 주었는데 조건에 맞는, 가능한 사람이 5명밖에 없다고 하자. 상식대로라면 지자체는 나머지 5명을 채용할 수 있는 지원금을 다른 지자체가 쓸 수 있도록 넘겨주어야 한다. 그런데 실제로 벌어지는 일은 어떤가? 그 지자체는 어떻게 해서든 나머지 5명 분량의 지원금을 다 써버린다. 차라리 10억 자산가에게 일을 시키고 지원금을 줄지언정 다른 지역의 가난한 사람을 위해 돈을 넘기지 않고 싶어 하는 것이다. 우리나라의 세금이 이렇게 쓰이는 것을 생각하면 가슴이 아프지 않을 수가 없다.

복지지원금은 또 어떤가? 정치인들은 그 예산을 선거용으로 사용하기 바쁘다. 어르신들을 모셔다 음식을 대접하고, 선물을 주며 마음을 얻어놓고는 마지막으로 다음 선거에서 또 뽑아줄 것을 은근히 부탁하는 것이다. 이처럼 복지예산조차 차기 선거에 유리한 곳으로 다 빠져나가버리고, 다른 예산들 역시 정말 필요한 곳보다는 각자 내 편이 되어줄 조직을 밀어주기에 사용되기 바쁘다.

이러한 현상은 우리나라 정치가 조직에 기반을 두고 있기 때문이다. 조직을 내 편으로 만들고 움직이려면 당연히 돈이 많이 들 수밖에 없다.

그래서 나는 대통령이 되면 조직부터 없애고 싶다. 모두 무소속으로 나올 수 있도록, 돈까지 내고 비례대표로 나오지 않아도 되도록 말이다.

내가 대통령이 되면 국회의원과 보좌관들의 월급을 없애고 싶다. 스위스처럼 국회의원도 봉사할 사람만 하게 해야 한다. 그야말로 국민을 섬기는 직업이 되어야 하는 것이다.

우리나라는 국회의원에게 연간 지불되는 돈이 너무 많다. 뿐만 아니라 국회의원이 되면 자녀들까지 보좌관을 시켜 억대의 돈을 가져가는 경우도 많다. 이건 말이 안 되는 일이다. 나는 대통령이 되면 장관 자리에 어떤 사람을 임명할 것인지까지 생각해보기도 했다.

우리 회원 중에 공무원이 있다. 어느 날은 내가 그에게 농담 반 진담 반으로 이런 말을 했다.

"내가 대통령이 되면 공무원 월급부터 낮추겠습니다. 공무원은 봉사 정신으로 해야 합니다. 그래서 회원님은 날 대통령으로 뽑지 않겠죠? 하지만 다른 분들이 뽑아줄 거라서 나는 대통령이 될 거예요."

그가 말했다.

"아닙니다. 저도 대통령으로 뽑겠습니다."

그와 그런 대화를 할 수 있는 것은 내가 그를 설득했기 때문이다. 소통을 하면 된다.

우리나라는 하다못해 통장조차도 더 이상 봉사의 자리가 아니다. 예전보다 지금 통장은 할 일도 크게 줄었는데 월급은 몇 배가 오른 것이다.

소방서에서도 이해 못 할 일들이 벌어지고 있다. 돈 아끼라는 정부 지령이 내려오면 소방관이 해고된다. 그러면서도 비싼 소방차는 새 것으로 신청한다. 아직 쓸 만한 상태인데도 말이다. 새 소방차를 가져오는 공장에서 공무원들이 받는 돈이 많기 때문이다.

내가 우려하는 또 한 가지는 우리나라에는 공짜가 너무 많다는 것이다. 정부는 열심히 일하는 사람에게 돈을 더 많이 줘야 한다. 그런 의미에서 공짜로 주는 것을 모두 없애야 한다. 누군가는 극단적인 생각이라 할 수 있겠지만 어찌 보면 공짜만큼 세상을 병들게 하는 것은 없다.

또 보육시설에 지원금이 나온다는 이유로 많은 어머니들이 아이를 보육시설에 맡긴다. 이런 보육시설 지원금은 정말 어쩔 수 없는 형편의 어머니들을 위해 사용되어야 하는 것인데 그렇지 않은 어머니들마저도 아이들을 보육시설에 보내버린다.

사실 아이들은 어머니 사랑을 많이 받아야 한다. 어머니 사랑을 많이 받은 아이, 할머니 사랑을 많이 받은 아이는 절대로 불효자가 될 수 없다. 그런데 정부에서 지원해주니 어머니들은 안 보내면 손해라는 생각에 아이들을 모두 보육기관에 보내려 한다. 차라리 직장 다니는 어머니가 육아를 위해 휴직하는 경우 지원금을 더 주는 게 낫다.

나는 상업지구의 휘황찬란한 간판도 사용하지 못하게 규제하고 싶다. 사실 그렇게 낭비되는 전기가 얼마나 어마어마한지 모른다.

결국 이런저런 이유 때문에 2030년이 되면 정부 예산은 많이 고갈될 것이고 경기도 침체될 것이다. 우리의 소원은 통일이라고들 하는데, 정작 남북이 통일된 후 양쪽이 모두 잘 자리 잡기 위해서는 남한의 경기가 살아나야 한다. 경기가 살아나려면 미국으로 간 삼성, 현대, 기아 등도 본국으로 돌아와야 한다. 그러려면 시간이 많이 걸리는 만큼 장기 불황을 각오해야 한다.

우리나라 국민은 선하고, 다른 사람의 말에 귀를 기울일 줄 알며 순종할 줄도 아는 민족이다. 그런 국민들에게 아픔을 주는 지금의 현실이 안타깝다.

우리나라에 가랑비에 옷 젖는 식의 불경기가 진행되고 불황이 찾아오면 경제교육과 인성교육을 받은 사람과 그렇지 못한 사람의 차이가 명확하게 드러나게 될 것이다. 그런 교육을 받은 사람은 희망을 갖고 미래를 설계하며 재기를 꿈꿀 수 있다. 하지만 교육을 받지 않은 사람은 가슴이 멜 정도로 아픈 상황을 참기만 하다 결국 폭발하게 될 것이다.

최고의 리더는 국민의 마음을 따뜻하게 해주고, 움직일 수 있는 사람이다. 그런 사람이야말로 국민의 마음을 달래며 국가를 운영할 수 있다.

내가 현재 가장 주목하고 있는 사람은 '오프라 윈프리'다. 지금은 세계적으로 유명한 명사가 된 그녀지만 그녀 역시 순탄치 않은 인생을 살아왔다. 사생아로 태어난 그녀는 어릴 때 성폭행을 당했고, 한때 마약에 빠져 살기도 했지만 자존감을 잃지 않고 새로운 삶에 도전해 결국 방송인으로 성공을 거두었다.

잡지, 케이블 TV, 인터넷을 둔 주식회사를 설립하기도 한 그녀는 한때 미국인이 가장 좋아하는 방송인으로 꼽히기도 했고, 미국 경제 전문지 〈포브스〉가 선정한 미국 내 고수익 유명인 1위에 오를 정도로 그 위용을 과시했다.

하지만 내가 주목하는 점은 그녀가 이룬 경제적 성공만이 아니다. 그녀는 자신의 성공에 안주하지 않고 그것을 사람들과 나누며 사는 법을 잘 실천하고 있다. '오프라 윈프리 쇼'라는 방송을 통해서 어려운 환경의 사람들을 방청객으로 초대해 통 큰 선물을 주기도 했던 그녀는 비영리단체를 설립해 매년 기부를 하는 등 끊임없는 자선활동을 벌여왔다. 게다가 이제는 남아프리카에 리더십아카데미를 세워 가난에 찌든 학생들이 삶을 개척할 수 있도록 도움의 손길을 주고 있다. 그녀는 또한 차별받는 여성이나 흑인에 대한 목소리를 내는 일에는 전혀 주저함이 없다.

이것이 바로 내가 꿈꾸는 신(新) 신사임당의 모습이다.

나는 이미 경제적 성공은 이루었다. 그렇다면 내가 해야 할 다음 과제는 많은 사람들이 나같이 성공할 수 있도록 돕는 것이다. 그래서 시작한 것이 주부경제연구소다.

지금까지 한국인과 유태인을 비교하는 이야기를 많이 들었을 것이다. 미국 이민 초기에는 이탈리아 사람들이 채소장사를 많이 했다고 한다. 이들은 좀 게을러서 아침에 늦게 일어나 채소를 사다가 오후부터 그 다음날까지 팔았다고 한다.

그런데 그 마을에 유태인들이 들어오면서 이탈리아 채소가게는 바로 망했다. 유태인들은 새벽에 일어나 신선한 채소를 구입해서 팔았기 때문에 사람들이 모두 유태인 채소가게로 몰린 것이다.

그런데 우리 한국인들이 들어오자 이번에는 유태인 채소가게가 얼마 안 가서 망하게 됐다. 유태인들은 새벽에 한 번 채소를 받아다 팔았는데 한국 사람들은 새벽과 오후에 두 번을 떼다가 팔았기 때문에 더 신선한 채소를 파는 한국인 채소가게로 사람들이 몰린 것이다.

우리나라 사람들의 부지런함과 억척스러움은 세계 최고라고 자타가 인정한다. 그렇다면 이 세상에서 가장 부지런한 우리 대한민국 사람들이 오늘날의 세계 정치, 경제, 문화계를 석권해야 하는 것이 당연하다. 그런데 정작 세계를 주름잡고 있는 사람들은 유태인들이다.

왜 그런 것일까?

그것은 유태인 어머니들에 의한 교육, 곧 탈무드 교육 때문이다. 유태인들은 아버지가 아무리 잘나고 뛰어난 유태인일지라도 어머니가 유태인이 아니면 그 자녀는 유태인이 될 수가 없다고 한다. 하지만 유태인 어머니와 다른 나라 아버지 사이에서 태어난 아이는 무조건 유태인이 되는 것이다. 철저한 모계중심의 사회임을 보여주는 것이라 하겠다.

유태인 엄마들의 교육 특징은 수십 가지가 있지만 그 중 몇 가지만 예를 들어보자.

첫째, 돈보다는 자식교육이다. 무조건 교육이 우선이다. 이것은 우리나라와 비슷하다고 할 수 있다.

둘째, 유태인 엄마들은 가정교육이 학교교육보다 중요하다고 생각하는 만큼 가정교육을 엄마들이 맡고 있다.

셋째, 검소하다.

넷째, 아무런 대가없이 절대 아이들에게 용돈을 주지 않는다.

다섯째, 가정에서부터 협상의 중요성을 가르친다. 용돈이 왜 더 필요한지를 토론으로 엄마를 설득해야 올려줄 정도다.

여섯째, 어려서부터 경제관념을 가르친다.

이처럼 가정에서 엄마의 역할은 한 민족의 미래를 좌지우지할 만큼 중요하다. 우리나라도 어머니들이 변해야 할 때다.

젖먹이 때부터, 아니 태교부터 아이를 어떤 사람으로 키울 것인가를 고민하고, 아이를 정말 이 사회에 꼭 필요하면서도 경쟁력이 있는 사람으로 키울 비전을 품으라고 권하고 싶다. 특히 그 비전의 기본은 경제관념에 두어야 한다. 어렵고 험한 세상을 살아가면서 경제적으로 성공할 수 있는 훈련을 어려서부터 시키는 것이다.

유태인들은 악착같이 돈을 벌기만 한 것이 아니다. 아이들은 용돈을 절약하고 어른들은 번 돈의 일부를 덜어, 안식일인 일요일에 교회에 가서 예배드리기 전 가정마다 비치해놓은 '체다카'라는 구제함에 아이 어른 따로 돈을 넣는다고 한다. 그 돈으로 어려운 이웃을 돕고 소외된 사람을 돕는데 이렇게 해서 아이들은 자연스럽게 기부나 이웃을 돕는 일을 어려서부터 배우는 것이다.

얼마 전 참으로 어이없는 기사를 읽었다. 돈 10억을 벌 수 있다면 10

년 동안 감옥에 가도 괜찮은가 하는 질문으로 청소년 설문조사를 했는데, 많은 청소년들이 괜찮다는 대답을 한 것이다.

돈이 된다면 남을 속이거나 다른 사람을 이용하는 등 무슨 짓이라도 할 수 있다는 생각을 가진 젊은이들이 많다는 것은 우리 어른들이 부끄러워해야 할 일이다.

정직한 아이, 질서를 지키는 아이를 만드려면 엄마가 먼저 실천을 해야 교육이 된다. 뿐만 아니라 남에게 폐를 끼치지 않는 아이, 토론과 협상을 잘하는 아이, 그리고 무엇보다도 경제마인드가 있는 아이를 만들기 위해서는 엄마들이 먼저 배워야 한다.

나는 엄마들이 변하면 대한민국이 문자 그대로 선진국이 되고 행복한 나라가 될 수 있다고 생각한다. 그래서 주부경제연구소를 세웠고 앞으로 같은 여성의 입장에서 함께 고민하고 연구하면서 대한민국을 정말 멋진 나라로 만들 큰 꿈을 꾸고 있다.

청년들을 깨워야 한다

우리나라 주가지수는 10년 후에 4,000포인트로 갈 것이다. 그런데 4,000포인트로 가는 데 공헌할 사람이 지금의 30대다.

언젠가부터 우리나라 어머니들은 아이가 어릴 때부터 작은 방에서 외우는 공부만 시켰다. 아이 방에 컴퓨터, 책꽂이, 책상 등 모든 것을 구비해주면서도 정작 사람이 움직일 공간은 만들어놓지 않는 것이다. 그러니 아이는 책상에 앉아서만 활동을 한다. 그 활동이라는 것이 결국 공부가 전부다.

여기 어려서부터 부모님 말씀에 순종하며 공부만 하는 한 남자아이가 있다. 책상에 앉아 있는 모습을 보면 어머니가 좋아하기 때문에 아들은 이렇게 생각한다.

'어머니는 내가 책상에 앉아 있으면 미소를 짓는구나.'

그리고 오로지 책상에 오래 앉아 있는 것이 착한 일이라고 생각하게 된다.

그런 아들이 자라서 유치원에 가서 수박 그림이라도 그리게 되면 웃지 못할 해프닝이 벌어진다. 엄마가 먹기 좋게 잘라준 수박을 포크로 찍어 먹으며 외우는 공부만 하던 아이들은 접시에 네모난 큐빅 모양의 수박과 포크, 그리고 수박씨마저 발라낸 구멍을 그리게 되니 말이다.

그 아이가 더 커서 초등학교에 가 좋은 점수라도 받아오면 엄마 아빠는 뿌듯한 마음으로 용돈을 준다. 용돈을 받은 아이는 제일 먼저 상품권을 사서 게임을 한다. 전부 어른 흉내 내는 것들로.

아들이 제대로 자라고 있는지 인식도 못한 채 부모들은 말한다.

"엄마 아빠는 고생하며 자랐지만 너만큼은 최고로 키우고 싶어."

그리고 그들은 모든 정신과 번 돈을 아이에게 쏟아붓는다. 어떤 아이들은 과외만 10개를 한다고 한다. 오로지 좋은 대학에 가서 의사, 판사, 공무원 같은 좋은 직업을 얻기 위해서다. 이 아이도 남들 못지않게 과외를 받아 결국 좋은 대학에 입학한다. 그리고 4년 동안 비싼 등록금을 지불하고 공부를 마친 후 이번엔 대학원에 진학한다. 그의 부모는 대학원비까지 지원해준다. 대학원을 졸업한 후엔 유학이 기다리고 있다. 좋은 직업을 가지려면 그 정도의 스펙은 기본이기 때문이다.

아들이 유학까지 다녀온 후 드디어 취직을 한다. 부모는 그제야 한시름 놓을 것이다.

'우리 아이가 이제는 번듯한 직장에 취직했으니 앞으로 잘살 거야.'

하지만 그들의 바람처럼 공부만 한 자녀가 사회생활을 잘 해낼 수 있을 리 만무하다.

그는 직장 상사가 조금 어려운 일이라도 시키면 이렇게 말한다.

"잘 모르겠는데, 어머니한테 물어보면 안돼요?"

요즘의 많은 대학생들이 그렇듯이 말이다.

"아니, 넌 그런 것도 모르니?"

직장 상사가 그렇게 말하면 울어버리고 결국 며칠 다니다 직장을 그만둔다. 세상에 좋은 소리만 들으며 쉬운 일만 하는 직장이 어디 있으랴. 그렇게 자란 아이들은 결국 직장생활도 제대로 못하게 된다.

그렇게 사회적응하는 데 어려움을 겪던 자녀가 서른 넘어 겨우 한 직장에 정착하게 되었다고 해도 문제가 끝나는 것이 아니다. 어떻게 보면 문제는 지금부터가 시작이다.

나이가 꽉 찬 자녀는 연애를 하고, 결혼까지 꿈꾸게 될 것이다. 모아놓은 돈이 없으니 결국 부모에게 손을 벌리게 되고, 모른 척할 수 없는 부모는 융자까지 얻어 비싼 아파트 전셋값까지 구해준다.

옛날에는 신혼부부들이 단칸방에서 시작했지만 요즘엔 상황이 많이 변해 융자를 받아서라도 몇억씩 하는 아파트 전세에 신혼집을 차리는 경우가 많다. 하지만 전세가가 하루가 다르게 폭등하고, 그러다보니 재개약 기간이 다가오면 자녀가 번 돈으로는 턱없이 큰 돈을 마련해 올려주어야 한다. 자녀는 부모에게 배운 대로 융자를 내 아파트 생활을 지켜나간다. 자녀 역시 채무자의 인생에 들어서게 되는 것이다.

부모의 욕심으로 판사, 의사, 대기업 사원을 기대하며 곱게 키운 자식은 부모에게 용돈을 줄 때도 마이너스 통장에서 빼서 주는 형편이 되고 만다. 사정도 모르고 자식에게 용돈을 받은 아버지는 자랑삼아 친구들에게 한 턱 낸다.

하지만 정작 급하게 돈이 필요한 상황이 되면 자식은 어떤 도움도

줄 수 없다. 부모는 온 힘을 다해 자식에게 다 해줬지만 그는 용돈 조금 더 달라는 소리를 곤란해한다.

계속 적자로 살던 아들은 나이가 들면서 슬슬 노후걱정을 하게 된다. 결국 부모의 욕심과 자식의 조급함이 섞이게 되는 것이다. 자식은 아파트를 담보로 추가대출을 받은 돈으로 주식시장으로 온다. 그는 아버지가 '현대중공업' 주식을 사서 실패한 경우를 봤기 때문에 그 종목은 사지 않는다.

오히려 현대중공업이 떨어질 때는 코스닥이 뛴다는 말을 믿고 코스닥에 투자하고, 더 비참한 결말을 맞이하게 된다. 코스닥은 상장폐지되는 경우가 많기 때문이다. 결국 그는 10년 후에 4,000포인트 될 곳에 돈을 다 쏟아부은 것이다.

나는 강의를 듣는 회원들에게 말한다.

"자식이 와서 잃을 돈을 부모인 당신들이 따와야 합니다. 안 그러면 외국인이 다 가져갑니다."

나는 딸을 주식투자하게 만들어서 성공시킨 것이 너무 자랑스럽다. 딸은 벌써 적금을 몇 개나 들었고, 통장이라는 근거가 있으니 그것보다 더 중요한 게 있을까? 내 딸은 자기 통장으로 자기가 돈을 번다.

예전엔 빌딩을 가진 사람이 부자였다. 그러나 요즘엔 점점 빌딩 안이 비어가고 있다. 빌딩의 임차인이 나갈 때마다 주인은 보증금을 빼준다. 그러다 결국 통장에 있는 돈이 다 나가고, 은행대출까지 하게 된다. 관리비도 주인이 내야 한다. 이제 그는 가난해지고, 부동산 거지로 변모한다.

앞으로 대가족 제도가 다시 살아날 것이기 때문에 조그만 오피스텔은 필요 없게 될 것이다. 결혼해서 분가했던 자식들은 관리비라도 아껴 볼 요량으로 부모 집으로 가족들을 데리고 다시 들어온다. 손자들 학비 는 나이든 부모가 낸다.

지금도 할머니들이 손자 학비 대주는 경우가 많다. 이것이 바로 연 어족이다. 너무 살기가 어려워지기 때문에 나타나는 현상이다.

현명한 주부의
지혜로운 투자가 답이다

사람들은 대부분 주식을 어려워한다. 하지만 주식은 수학자가 만들었기 때문에 수학적인 움직임만 알면 누구나 부자가 될 수 있다. 그런데 대부분은 해도 안 된다는 부정적인 마음이 많다.

주식은 규칙이 있기 때문에 단순하다. 수학문제를 풀 때 하나라도 과정이 틀리면 답이 틀리 듯, 주식도 출발할 때부터 갈 길이 정해져 있다. 그 규칙을 모르는 사람들은 잘못할 수밖에 없다.

주식은 수학자가 만들었지만 신기하다. 개인은 자기의 잘못은 잘 반복하면서 잘하는 것은 반복하지 않는다.

주식투자를 할 때는 이유가 없는 주식투자를 하면 안 된다. '이 시대에 맞는 주식투자인가'가 아주 중요하다. 현대중공업이 좋은 회사고, 실적이 좋은 게 중요한 것이 아니고, '과연 이 시대가 현대중공업을 원하는가? 아니면 통신주를 원하는가?'가 중요하다.

옛날 산업화시대에는 은행에 돈을 예금하면 이자를 많이 줬다. 그런데 지금은 100억을 20년 넣어두면 15억으로 줄어든다. 그렇게 되는 세상이다. 2017년에는 '보험을 못 탔다'라는 기사가 엄청 많이 보이게 될 것이다. 그러면 우리가 할 수 있는 것이 없다.

우리의 귀중한 돈 400만원이 우리나라의 운명을 갖고 있다. 우리나라가 살 수 있고, 발전할 수 있는 돈, 내 돈 400만원으로 주식투자를 하면 기업은 일자리를 창출할 수 있고, 연구 개발에 투자해 수출도 할 수 있다. 내수시장이 좋아지면 어머니들은 돈을 쓴다. 그러면 형편이 나아진 만큼 세금을 많이 내게 되고, 나라가 부강해진다. 그리고 부강한 나라가 되었을 때 결국 그 돈이 나한테 온다.

내 돈 400만원을 묵히지 말고 기업의 진정한 주주가 되자. 주주가 됐으면 주인의식을 갖자. 주식투자하면 설거지할 때도 엉덩이 흔들어 가며 해야 한다. 남편에게 인사할 때도 이렇게 한다.

"여보, 내가 SK텔레콤 주주거든. 잘 돼서 돈 벌면 당신 내가 차 한 대 사줄게."

그러면 남편도 좋아한다.

내가 하는 원리는 일차 상승 후, 음봉 세 개가 이어 나오면 주식을 산다. 그리고 '간다' 방식인데 대부분의 사람들이 이것을 못 기다린다.

나는 우리 회원들에게 늘 이렇게 말한다.

"음봉 세 개가 나오면 '앗싸!' 하세요. 그 후에 양봉이 나오기 시작하면 새벽 3시라도 남편을 깨우세요. 그리고 "여보, 내가 SK텔레콤 주주인데, 음봉 세 개 중에 이 고점을 넘으면 내가 주식을 더 살 거거든. 그러니까 여보, 비상금 있으면 나 줘.' 그렇게 돈을 얻어놓고, 음봉을 딱 넘으면 사세요."

그러면 그 주는 급등하는데 그것이 바로 급등주다. 코스닥에서 급등이 나오는 게 아니다.

한국전력을 살 때도 자세히 설명해주었다.

"고점을 삼각형으로 넘었다. 고점을 못 넘고 조정을 받는다. 그러면 이걸 분할매수를 해놔야 한다."

이것과 똑같은 차트를 종합해서 보여주고, 주가가 쭉 올라가서 조정을 받는 미래를 보여주며 믿고 살지 말지 결정하게 한다. 이 경우 -10% 빠지면 사고, 종합지수가 1,600 가면 못 산 사람은 다 사야 한다. 그렇게 설명하면 주식의 주자도 모르는 사람이라 할지라도 모두 주식을 살 수 있다.

나를 위해서 저금하는 것은 몇 월생이냐에 따라 다르다. 7월생이면 행운의 숫자가 1이다. 그러면 10만 원씩 저금하면 된다. 10만 원씩, 이름 쓰고, 제1번 창구. 이건 나를 위한 것이니 여기에 사연을 쓴다.

'나 참 잘했어.'

'나, 너무 잘했어.'

그렇게 100만원, 1,000만원이 되면 창구를 바꾼다. 그리고 또 스스로 칭찬하는 말을 쓴다.

'나, 영웅 아니야?'

여기부터 나의 인생이 바뀐다. 그리고 여기서부터 문구도 바뀐다.

'나도 해냈어.'

'나도 부자가 되고 있어.'

막연하게 500억 부자가 되고 싶다고 한다고 절대 부자가 될 수 없다.

하나님을 열심히 섬기는 사람의 경우 밤에 잠들기 전에 기도한다.

졸음이 올 때는 뇌파가 바뀐다. 그때 간절히 기도하는 게 좋다. 그리고 나 스스로를 칭찬해야 한다. 누구를 질투하면 안 된다.

'저 사람은 어떻게 저렇게 부자가 된 거야? 분명히 부정한 방법을 썼을 거야'라고 부정하면 하나님은 '너는 그런 게 필요 없구나' 하시며 복을 안 주신다고 한다. 부러워하고, 진심으로 축하해주는 사람을 보면 '너도 그런 게 필요하구나' 하고 선물을 주신다고 한다.

7월생이 지갑에 10만원 밖에 없는데 친구를 만났을 경우, 그 돈을 헐어서 차 한 잔이라도 사면 안 된다.

"오늘은 네가 사. 다음엔 내가 살게."

그렇게 말하고 돈을 쓰지 않도록 한다. 이것은 내 그릇을 지킨다는 의미다. 아무리 내 돈이어도 함부로 쓰지 말아야 한다.

또 다른 예를 들어보자. 10만5천원을 가지고 시장을 갔는데 갈치가 먹고 싶어졌다. 하지만 5천원으로 갈치를 살 수는 없다. 그럴 때는 갈치와 같은 영양분을 가지고 있는 대체음식을 사야 한다. 그러면 사람들은 계절식품을 사게 되고, 자기 그릇을 지키게 된다. 절약이다.

그동안은 콩나물이나 두부 사는 돈을 아끼라고 하지 않았지만 지금은 콩나물, 두부 사는 돈을 아껴야 하는 시대로 바뀌었다. 그래서 강의할 때 두부 사면 4번으로 나눠 먹으라고 한다. 콩나물도 반씩 나눠 먹으라고 한다. 말로 아끼라고 하는 것보다 이런 표현이 더 와닿는다. 또 이런 말을 통해 사람들은 희망을 갖는다.

나는 사람들에게 400만원을 투자해서 3년 후에 2,000만원이 되면 다 가지려고 하지 말라고 신신당부한다.

첫 번째 열매는 시부모님께 드려라. 내 남편을 낳아 길러서 나에게 주신 시부모님의 은혜가 하늘만큼 높다. 그러니 첫 주식투자 이익금은 시부모님께 드려라. 그리고 내 남편 몫, 내 자식 몫, 내 몫, 친정 부모님 몫 등을 구분해놓아라.

이렇게 가꾸는 나무는 잘 안 클 수가 없다. 희망이 있기 때문이다.

함께, 더불어, 다 같이 잘사는
대한민국을 꿈꾼다

주식투자회사는 다달이 회비를 받는다. 그래서 회원들이 장기투자를 못 한다.

나는 장기투자를 할 수 있게 하기 위해 평생회원으로 회비를 한 번만 받는다. 그리고 3년 후에 수익이 나면 회원들이 35%를 나에게 주고, 65%는 본인이 갖는다. 그러면 당사자들도 편하게 투자할 수 있다.

요즘 강의실에 강의를 들으러 오는 사람들이 많다. 너무 많아서 때로는 돗자리를 바닥에 깔기도 하고, 책상을 아예 다 빼고 의자만 남겨놓는 경우도 있다. 하지만 나이 지긋한 연세의 분들도 많아 아예 직원들 사무실을 터서 강의실을 넓혀버리기도 했다.

경제교육을 가르치며 주식교육을 하면 거부반응이 없다.

강의 내용 중의 하나를 소개하겠다.

노인이 배가 고파서 빵을 훔쳐 먹었다. 경찰에 잡힌 그는 재판을 받기 위해 판사 앞에 서게 되었다. 판사가 물었다.

"당신은 왜 염치없이 남의 빵을 훔쳐 먹었는가?"

노인이 말했다.

"제가 사흘을 굶었더니 보이는 게 먹을 것밖에 없었습니다. 그래서 훔쳐 먹었습니다. 죄송합니다."

그의 겸손한 대답에 당신은 어떤 판정을 내리겠는가? 물으면 다양한 대답이 들린다.

"저 같으면 면제해주겠어요."

"저는 빵부터 먹이겠어요."

그런데 실제로 판사는 굉장히 많은 벌금형을 선고했다. 방청하던 사람들이 웅성거렸다. 잠시 후, 판사가 벌떡 일어나 자기 지갑에서 벌금만큼의 돈을 꺼냈다.

"이 할아버지는 여기서 나가면 또 다시 빵을 훔쳐 먹게 될 것이다. 나는 너무도 많이, 오랜 세월, 좋은 음식만 먹었다. 내 죄다. 그래서 벌금은 내가 내겠다. 그러니 당신들도 협조하시오."

판사는 할아버지가 다시 훔쳐 먹는 상황이 되게 하지 않기 위해 먼저 본을 보인 것이다.

이것은 실화로, 후에 시장이 된 라구아디아 판사의 일화다.

나는 강의를 하면 시험도 본다. 한 문제 틀릴 때마다 천원씩 내기로 한다. 그래도 회원들은 기쁘게 벌금을 낸다. 대신 백 점 맞은 사람은 천만원 상금을 준다.

나는 강의하는 것을 좋아해 회원들이 원한다면 새벽 4시까지도 강의할 각오가 되어 있다. 나는 회원들이 직접 참여할 수 있게 강의를 진행하기 때문에 주식에 무지한 어떤 사람이라도 이내 주식 시험에서

100점을 맞을 수 있게 만들곤 한다. 그렇게 된 분은 회원이 되었다는 것에 자부심을 갖고, 행복해하기도 한다.

인성교육을 통한 경제교육 강의를 하면 특히 어머니들에게 호응이 좋다. 어머니가 자식에게 용돈 주는 것부터 자식이 부자가 되게 만드는 법까지 알려주기 때문이다. 부모 시대에는 더러 그냥 부자가 나오기도 하지만 아이들 시대에는 투자를 모르면 안 되기 때문에 아이들의 돈을 불려주는 방법까지 알려주는데, 부모님들에겐 정말 필요한 내용이다.

아이들은 1,500만원까지는 세금을 낼 필요가 없다. 어머니가 주식으로 재산을 불려서 물려주면 세금을 많이 내야 하지만 자식 이름으로 돈을 불려주면 세금을 하나도 안 낼 수 있다. 뿐만 아니라 자녀들 입장에서도 자신이 부자가 되는 느낌을 체험할 수 있어 좋다.

무엇이든지 작은 것부터 만들어가는 나는 강의할 때 사람들에게 물어본다.

"슈퍼를 운영할 때, 3,000원짜리 수박을 사올 것인가? 7,000원짜리 수박을 사올 것인가?"

그러면 사람들이 처음에는 7,000원 원가인 물건을 들여온다고 한다. 7,000원짜리 수박이 가장 품질이 좋을 것이라는 생각 때문이다.

하지만 둘 다 13,000원에 팔 때 3,000원짜리 수박이 훨씬 이윤이 많이 남고, 가격도 깎아줄 수 있다. 그러면 단골손님도 만들 수 있다. 안 팔렸을 때도 손해가 훨씬 적다. 단지 조금 못생겼을 뿐, 같은 맛을 가진 수박이라면 결국 3,000원짜리가 더 큰 행복을 갖다 준다.

여기까지 설명한 후 나는 다시 질문한다.

"수박은 2등짜리가 훨씬 우리를 행복하게 만들어준다는 것을 알면서 자녀들에게는 왜 1등을 강요하죠?"

2등은 1등으로 가기 위한 꿈과 희망이 있다. 더구나 나보다 못한 사람들을 보며 자부심을 얻는다. 그러나 1등은 그 자리를 지키기 위해 전전긍긍이다.

조금 공부 못해도 결국 2등이 더 큰 효도를 할 수 있다. 1등만 하던 아이가 자라 판사, 교수가 되면 모두의 인생이 행복해질 것 같지만 실상은 그렇지 않다. 아이가 자라 잘 나가게 될수록 부모를 창피해하게 될 가능성이 높다. 그러다 외국에라도 나가 살게 되면 부모에게 용돈도 잘 안 보내고, 집에 잘 오지도 않는다. 하지만 2등으로 자란 아이는 그렇지 않아 부모를 잘 섬기며 사는 경우가 많다.

대부분 누군가의 부모인 회원들은 이런 이야기를 하면 자녀들에 대해 다시 한 번 돌아보는 시간을 갖게 된다.

내 강의 분야는 이 뿐만이 아니다. 나는 강의시간에 부동산에 대한 이야기도 해준다.

옛날에는 아파트를 보면 전부 돈으로 보였다. 이제는 그렇지 않은 것이, 아파트 시대가 저물어가기 때문이다. 앞으로 아파트는 개, 고양이, 돼지 같은 동물들이 살게 될지 모르기 때문에 더 이상 욕심 부리지 말라고 말해주곤 한다.

지금은 사람이 돈으로 보인다. 내가 주식교육을 시키기 때문인 것도 같다.

나는 이렇게 부동산, 저축, 보험 등 내가 알고 있는 모든 경제지식을 동원해 강의한다. 그만큼 폭넓은 강의를 통해 듣는 사람들의 시야를 경제학 박사 수준으로 끌어올릴 수 있기를 소망하기 때문이다. 그래서 결국은 내 강의를 들은 사람들이 씨앗이 되어 대한민국의 경제가 살아나고, 나와 내 이웃, 우리 국민이 모두 잘사는 나라가 될 수 있기를 희망한다.

감사 편지

　본인은 노후자금 8000만원을 통장 네 개로 분산한 정기적금 이자로 노후대책을 해오던 중 2013년부터 은행 적금 이자율이 떨어져 걱정하고 있었습니다. 그러다가 2014년 2월 1일 〈중앙일보〉 광고에 67세 왕초보 할머니도 수익을 내고 있다는 광고를 보고는 긴가민가 하는 심정으로 2014년 2월 첫 주 토요일에 수강료 2만원을 내고 윤순숙 회장님의 명강의를 들었습니다. 그 결과 주위의 많은 사람들이 주식 하면 쪽박 찬다고 하는 반대의 말은 아침 안개처럼 사라지고 Bill플러스 정식 회원이 되었습니다. 윤회장님 메시지에 따라 매수와 매도를 하다 보니 처음 생각만큼 수익이 나지 않았습니다. 성급한 몇 회원들은 불평도 없지 않았으나 본인은 욕심과 조급함, 불안함을 버리고 회장님 가르침대로 투자 후 3년을 즐거운 마음으로 기다리다 보니 1년 동안 주식 씨 뿌려 키운 주식 나무가 꽃을 피우고 열매를 맺으며 탐스럽게 자라났습니다. 그것을 보니 14개월째인 지금은 안 먹어도 배부르고 행복하고 즐겁습니다. 욕심과 조급함을 참고 견디는 고통은 써도, 주식투자 열매는 다른 과일보다 더 더욱 달콤하군요!

　너무 행복하고 살맛 납니다. 여러분들도 윤순숙 회장님 인성교육과 주식 신선투자기법 교육에 따라 욕심을 버리고 조급함, 불안한 마음 버리고 3년 참고 견디시면 분명히 주식 부자가 될 수 있습니다. 희망과 용기를 가지십시오.

정창한 드림

회장님, 며칠 후면 스승의 날입니다.

회장님은 저에게 훌륭한 스승님이시고 저와 저의 가족에게 실질적인 도움을 주신 은인이십니다.

매주 주말마다 일깨워주시는 회장님의 인성교육은 그동안 잘못 살아 온 저의 욕심과 과욕, 잘못된 습관과 인색함 등을 버리게 하시고 깨우치게 하셨습니다. 그리고 몸소 자선을 실천하시면서 가르침을 주시는 진실된 회장님의 모습에서 제가 배움과 덕을 쌓아가는 인생 후반기를 맞이할 준비를 하게 해주셨습니다.

감사합니다. 회장님.

저는 경북 구미의 박정희 전 대통령 생가 옆에 건설하고 있는 '새마을운동 테마공원 조성공사' 현장에서 근무하고 있습니다. 대한민국 근대화의 상징이 되는 역사적인 건설현장에 와서 그동안 다른 곳에 마음을 둘 수밖에 없었던 가정사에 대한 걱정을 털고 저의 맡은 직분에만 전념하게 된 것 또한 회장님이 계셨기에 가능한 것입니다.

이곳 일이 끝나고 나면 저의 직장생활도 마무리될 것이고 그때쯤이면 회장님과 함께 회장님을 도우며 일할 수 있을 것입니다.

회장님, 건강하시고 안녕히 계십시오.

유병호 드림

1. 유명우(가명, 60대, 서울 거주, 직장인)

저는 지금까지 직장생활만을 30년 가까이 하며 평범하게 살아온 사람으로 아직 대학교를 다니고 있는 아들 둘과 아픈 아내를 보살피고 있는 가장입니다.

작년 8월, 빌플러스의 윤순숙 회장님을 뵙기 전에는 아내의 오랜 병원생활로 저 혼자 도저히 감당할 수 없는 경제적인 짐을 지고 있었습니다. 당시 저는 개인회생자로 결정되어 수원지방법원에 월 230만원씩 납부를 하고 있었고, 이것을 납부하기 위해 대부업체와 개인사채로 차용한 돈의 이자와 원금 납부가 120만원으로, 이렇게 빚을 갚는 데만 월 350만원을 지출하고 있는 상황이었습니다.

상담을 해주시던 윤회장님께서 저의 두 손을 꼭 잡으시며 "어떠한 경우든 희망을 잃지 않으면 살 수 있어요" 하셨고 그 말씀에 용기를 내어 저의 처지를 모두 털어놓았습니다. 그리고 적은 투자금으로도 성공할 수 있다고 하신 윤회장님의 말씀에 그 당시 남은 자금 1,800만원을 투자하게 되었습니다. 이 돈은 제가 5년 전, 월급으로는 감당하기 어려운 아내의 병원비를 마련해보려고 5천만원의 자금을 가지고 시작하여 손실을 보고 남은 주식자금이었습니다. 손실상태로 팔지도 못하고 있던 하락주들을 과감하게 모두 처분하고 회장님의 권유에 따라 새로운 주도주에 투자를 시작했습니다. 그 뒤로 저의 모든 문제가 해결되어가고 있습니다. 올 1월 개인회생이 마무리되었으며, 저의 신용도 회복이 되어 제1금융권을 이용할 수 있게 되었고 대부업체와 개인사체를 절반이나 갚게 되었습니다.

빌플러스와 윤순숙 회장님께서 저에게 주신 축복은 다만 금전적인 해결만이 아닙니다. 7년간 투병생활을 하던 아내가 가정의 안정으로 병원에서 퇴원하게 되었고, 아내의 회복이 가정의 평화를 가져와 대학을 다니고 있는 두 아들에게 희망과 행복을 선물했습니다. 얼마 전, 아내가 저의 두 손을 꼭 잡고 눈물을 흘리며 이렇게 얘기했습니다.

"여보, 당신과 지금껏 함께 살면서 아직 집도 없고 모아둔 돈도 없고 건강도 잃었죠. 하지만 당신 곁에서 앞으로 영원히 함께할 힘과 용기는 남아 있어요…. 여보 힘내세요. 저 때문에 고생 많았어요. 당신께 너무 고마워요…. 사랑해요, 여보…."

저의 가족이 짊어지고 있던 암울한 삶에서 벗어나게 해주시고 꿈과 희망을 선물해주신 빌플러스와 윤순숙 회장님, 너무나 감사합니다. 그리고 회장님의 인성교육은 앞으로 올바르게 살아가고자 하는 제 삶의 또 다른 이정표가 되고 있습니다. 감사합니다.

2. 이정효(가명, 70대, 서울 거주, 택시기사)

저는 올해 70살이 된 개인택시기사입니다.

몇십 년 소규모 사업을 하면서 10여 년간 주식투자를 하여 큰 손실을 보고 한때 자살까지 결심한 적도 있습니다. 하지만 다시 마음을 다잡고 택시기사로 일하며 주식 쪽은 쳐다보지도 않고 있었습니다. 그러다 우연히 신문광고에서 윤회장님을 만나 상담을 하게 되었고 다시 투자를 하게 되었습니다. 처음엔 아내가 상의도 없이 전 재산을 함부로 투자했다고 화를 내기도 했습니다.

그래서 윤회장님의 강의를 3번 듣게 했더니 투자에 대한 이해를 하고 잘했다고 하더군요. 그후 회장님을 너무 좋아하게 된 아내는 항상 바빠서 식사도 제때 못 챙겨 드시는 회장님께 과일과 건강즙까지 챙겨드릴 정도입니다.

2014년 7월부터 현재까지 만족스러운 수익을 내주시니, 아내 하는 말이 이 세상에 이렇게 투자금을 잘 운용해서 수익을 많이 주는 곳은 여기 말고 없을 거라고 하네요. 윤회장님 덕분에 아내한테 대우받고 삽니다. 지금 저희 부부는 이 세상에 태어나 윤회장님 만난 것을 최고의 행운으로 생각하고 항상 감사하게 여기고 있습니다.

3. 황정운(가명, 50대, 호주 거주)

2015년 4월 11일, 여의도 화재보험빌딩에서 윤순숙 회장님의 강의를 들었습니다.

시어머니선, 남편선, 아들과 딸 선 등, 익숙하지 않은 MA(이동평균선) 이름으로 처음에는 감을 잡는 데 어려움이 있었으나 일단 익숙해진 뒤에는 무척 쉽게 이해가 되었습니다. 약간은 독특하다고 생각되었습니다. 특히 신혼기법선은 바로 golden cross를 얘기하기에 매우 신선하게 기억됩니다.

책으로 나온다 하니 꼭 읽어야겠다 하는 마음입니다. 저는 현재 가족들과 함께 호주에 살고 있으며 이번에 한국에 나온 김에 윤회장님의 강의를 듣게 되었습니다. 앞으로도 기회가 된다면 (호주에 돌아가기 전까지) 다시 강의를 수강하고 싶습니다. 고생 많으셨습니다. 감사합니다.

4. 김영민(가명, 60대, 서울 거주, 자영업)

올해부터 주식투자를 시작하면서 주말에 여러 강의를 들어봤는데, 윤회장님은 색다른 방법으로 강의하는 것이 좋았습니다.

강의에 있어서도 수익만을 기대하면서 강의를 하는 것이 아니라 가정과 사회의 안정과 더 나은 사회를 만들기 위해서 노력하는 것이 특히 인상적이었으며, 가정에 있어서도 가장이 중심을 잡아야만 그 가정이 건강하고 화목하다며 가장(남편)의 중요성을 강조한 점이 좋았습니다. 기술적 지표인 이평선에도 우리 가족의 의미를 부여하여 설명하는 것이 특히 인상적이었습니다.

좋은 기회였습니다. 앞으로도 많은 사람들을 위해서 더 좋은 강의를 부탁드리며 항상 건강하고 행복했으면 좋겠습니다. 감사합니다.

5. 정윤창(가명, 50대, 서울 거주, 직장인)

저는 2014년 10월에 신문광고를 보고 윤회장님 강의를 듣게 되었습니다. 강의를 듣고 경제교육을 하시면서 인성교육까지 병행하시니 정말 이 강의는 들어야겠다 하는 생각에 VIP회원으로 가입했습니다. 제가 윤순숙 회장님한테 오기 전에 증권회사에서만 상담해 상당히 많은 손실을 보았는데, 윤회장님에게 코치를 받으면서부터는 돈을 벌지는 못했지만 손실은 보지 않았으니 수익이 난 셈입니다.

이 경제교육이 내 마음에 와닿고 만족한 만큼 앞으로도 계속 강의를 들을 것이며 윤순숙 회장님을 자랑하고 다닐 것입니다. 앞으로도 더욱 좋은 강의를 해주시고 경제교육으로 모든 우리 가정이 잘살 수 있는 계기가 되었으면 좋겠습니다. 감사합니다.

6. 김병수 (가명, 40대, 경기도 거주, 직장인)

주식투자를 늘 하고 싶었습니다. 그러나 말만 듣고는 뛰어들기가 쉽지 않던 차에 우연히 TV 하단에 나온 광고를 보고 윤회장님의 강연회에 참석하게 되었습니다.

구좌도 없이 강의를 듣기 시작하여, 점차 새내기로서 침착하고 겸손한 마음으로 증권회사에 구좌를 만들고 조금씩 시작하였습니다.

빌플러스는 제게 주식투자입문을 할 수 있도록 용기와 발판을 놓아준 은인 같은 기업입니다. 윤순숙 회장님은 쉽고 편안하게 주식에 입문할 수 있도록 이끌어주셨습니다. 분할매수, 분할매도 하는 방법과 자산의 10%만 투자하고 다섯 종목을 선택하여 따로 묶어서 균등 배분하는 주식투자기법 등 많은 것을 배웠습니다. 처음 주식투자를 시작하는

제게, 어머니가 어린 자녀의 걸음마부터 시작하여 혼자 걸을 수 있도록
애쓰심 같이 저를 이끌어주셔서 제게는 주식 분야의 어머니 같습니다.
아직도 발걸음을 떼어 혼자 걷기에는 부족하여 윤회장님을 모시고 따
라가며 배우려고 합니다.

입문할 수 있도록 도와주셔서 감사합니다.

7. 김인철(가명, 60대, 서울 거주)

강의는 어렵고 까다로우면 졸릴 수밖에 없는 것이 사람의 체질인 것
인데 회장님의 강의는 너무나 쉬워 무식한 노인도 쉽게 이해하고 오래
도록 기억할 수 있게 합니다. 더욱이 주식투자에서 이미 손해를 많이
본 사람들에게는 위험부담을 줄이고 믿음을 가질 수 있도록 강의해주
셔서 감사드립니다.

8. 홍영수(가명, 50대, 서울 거주, 자영업)

서울대 경제학자 출신에게 5억을 맡겼다가 4억을 손해본 경험 때문
에 주식은 포기했었습니다. 그후 부동산으로 전환하여 경매공개강좌
를 들으러 갔었는데 강의를 들으러 온 사람들이 부동산 공부보다 투기
에만 관심을 보이는 것 같아 실망하기도 했습니다.

처음엔 주식도 부동산투기나 마찬가지라고 생각했던 저였는데 다른

곳과는 다르게 윤회장님의 강의는 인성교육까지 겸하고 있어 인상적이었습니다. 덕분에 부모님과 아내, 자식들과 제 주변을 다시 한 번 돌아보게 되었습니다.

인성교육을 통해 왜 부자가 되어야 하는지에 대한 목적을 바로 세워주신 점 감사드립니다. 주식초보라 아직도 이해가 안 되는 부분이 많으나 열심히 배우다 보면 전문가처럼 될 수 있으리라 믿습니다.

9. 황영미 (가명, 40대, 서울 거주, 직장인)

주식에 대해서 전혀 알지 못하는 상태에서 이제 3회의 강의를 들었습니다. 처음으로 주식매매기법에 대해서 알기 쉽게 강의를 해주신 것 같습니다. 처음으로 증권계좌도 개설했고, 이제 조금씩 그림(차트)도 한 번씩 관심 있게 보면서 아직은 주식을 매수하지 못했지만 점점 자신감이 생길 것 같습니다.

무엇보다 삶의 자세나 기본적인 가족관계 등의 강의에도 자신을 다시 돌아보는 계기가 된 것 같습니다. 미래에 살아갈 일이 많이 걱정되는데 이제 자신감을 가져보려고 합니다. 회장님의 삶이 제 멘토가 되어가고 있어요. 이제 목표도 생기고, 그 목표를 향해 노력하는 저를 볼 수 있을 것입니다.

회장님의 강의를 소개해준 선배언니께 밥 사야겠습니다. 앞으로도 계속 밝은 모습 뵐 수 있도록 언제나 건강하세요.

10. 류영찬(가명, 50대, 경기도 거주, 자영업)

주식재테크 외에 인생을 어떻게 살 것인지까지 교육해주심에 감사드립니다.

초보자도 알기 쉽게 비유를 통해서 강의해주시니 매우 알찬 강의인 것 같습니다. 특히 종목분할, 분할매수의 원칙이 매우 중요합니다. 이것도 실행토록 노력하겠습니다.

더구나 110만원의 회비로 회원을 위해 사무실을 운영하시고 계속해서 이익이 나면 10%의 배당금을 주시겠다니, 이런 곳이 있는가 할 정도로 감명받았습니다.

저 역시 남에게 베푸는 인생이 되도록 노력하는 사람이 되고자 더욱 노력하겠습니다.

늘 건강하시고 행복하십시오. 사업도 더욱 잘 되시기를 기원드립니다.

11. 인터넷 댓글 사례

💬 오늘 윤회장님의 강의를 들으니 기술적인 차트를 쉽게 표현해가며(예를 들면 시어머니선, 동네사람선, 부모선, 남편선, 딸선, 아들선) 설명을 하여 형식적으로 의례적인 설명을 하는 타 전문가와 비교가 된다.
- ddng3

💬 그동안 매수시기를 쉽게 결정하지 못하였는데 오늘 강의를 듣고 나니 다음 매수 때는 윤회장님의 기법을 사용하여 매수하면 좋은

수익이 날 것으로 기대된다. - ajah12

💬 바쁜 시간 중에 참석하였는데 오늘 강의를 들으니 오길 잘했다는 생각이 들고 충분한 보상을 받았다고 느낀다. - april6574

💬 강의를 준비해주신 윤회장님과 관계자들에 대하여 감사를 드린다. "성공투자!" "필승!" - victor 69

新 신사임당 윤순숙의
코리아 탈무드

초판 1쇄 발행일 2015년 8월 20일
2쇄 발행일 2015년 8월 25일

글 윤순숙
펴낸이 강희제 **펴낸곳** 힐링21
디자인 김진디자인

주소 413-756 경기도 파주시 직지길218(문발동)
전화 031-955-0508 **팩스** 031-955-0509
등록번호 제406-2012-000110호 **등록일자** 1993년 5월 13일

ISBN 978-89-969660-3-6 (03810)

힐링21 은 독자들에게 삶의 희망과 위안을 주는
도서출판 다리미디어의 브랜드입니다.